In der Entfernung liegt die Wahrheit

Lene Steening

ISBN: 1517369770
ISBN-13: 978-1517369774

Eins

Donnerstag – »Becker und Becker«-Werbeagentur, Hamburg

Feucht vom Nieselregen schob sich Pauline mit Zeitungen unter dem Arm durch die gläserne Drehtür. In der großen Eingangshalle schüttelte sie sich und kleine Tropfen fielen aus ihrem blonden Pony. Sie fröstelte. Pauline entdeckte einen Mann am Empfangstresen und steuerte auf ihn zu.

»Ich habe einen Termin mit Harald Becker«, sagte Pauline und war angestrengt damit beschäftigt, ihre Laptoptasche, ihre Handtasche und die Zeitungen auf der schmalen Ablage des Tresens zu koordinieren.

»Ich komme von »Land und Stil« und habe ein Interview mit Herrn Becker«, ergänzte sie und hatte endlich ihren Stapel im Griff. Sie lächelte, strich sich eine nasse Haarsträhne aus der Stirn und wartete auf Anweisungen.

»Wie ist Ihr werter Name, Fräulein?«, fragte der Portier mit steifer Langeweile.

»Pauline Große-Lindhorst. Verzeihung.«

»Einen Moment bitte, ich melde Sie an«, sagte ihr Gegenüber kühl und blickte kaum auf. Er vermittelte Pauline den Eindruck, alles im Haus gehöre zu etwas Besserem und Besucher seien lästige Fliegen. Der Portier telefonierte kurz und beschrieb ihr anschließend ebenso kurz den Weg. Oberstes Stockwerk, links.

Pauline sah auf ihre Armbanduhr, während sie auf den Fahrstuhl, der ewig zu brauchen schien, wartete. Es war zehn vor elf. Perfekt. Sie hasste Verspätungen bei Terminen. Um elf Uhr sollte sie Harald Becker, den »fulminanten und tüchtigen« Geschäftsführer – wie ihn ein paar Medien übermäßig adjektivierten – der renommierten Werbeagentur »Becker und Becker«, interviewen. Nervös war Pauline Große-Lindhorst deswegen nicht. Derartige Persönlichkeiten – und darüber hinaus – hatte sie als Reporterin in London regelmäßig getroffen und befragt. Pauline stand zwar mitten in einem imposanten Altbau in der Hamburger Innenstadt und hatte gleich ein Gespräch mit einem der besten Werbeleute des Landes, aber der Termin war dennoch nicht vergleichbar mit Veranstaltungen der Kunst-, Model- oder Politikszene von London. Allerdings hatte sich Pauline davon nicht beeindrucken lassen. Das war nicht so, weil sie arrogant war. Pauline Große-Lindhorst war zwar die Tochter eines lokal bekannten Gutsherren, aber das Gut »Drei Eichen« stand im idyllischen, bodenständigen Münsterland und war in Hamburg niemandem ein Begriff. Pauline machte sich schlicht nichts aus großen Namen.

Bing. Die Türen des Fahrstuhls öffneten sich. Sogleich stürzten zwei mit Laptoptaschen bewaffnete Männer hinaus. Pauline stieg lässig in den leeren Fahrstuhl ein. Wie wahrscheinlich jede Frau warf sie einen prüfenden Blick in den Spiegel. Das Aprilwetter hatte glücklicherweise Pony und Pferdeschwanz nicht völlig zerzaust, trocknen würden die Haare von selbst.

Pauline Große-Lindhorst war blond, groß und hatte warme, braune Augen; eine attraktive Frau. Pauline war sich ihres Aussehens bewusst, aber eitel war sie nicht. Sie benutzte etwas Wimperntusche, manchmal Puder. Um morgens ihre Haare zu föhnen, blieb ihr nie ausreichend Zeit, da sie lieber jede Minute länger im Bett blieb, als im Badezimmer zu stehen und ihre blonde Mähne über die Rundbürste zu ziehen. Sie achtete auf ihre Kleidung, aber das fiel ihr nicht schwer. Paulines beste Freundin Julia bewunderte sie für ihre Stilsicherheit. »Du kannst alles tragen und es sieht immer super aus. Wie machst du das?«, fragte Julia, nicht selten mit ein bisschen Neid im Geheimen.

Pauline wandte sich vom Spiegel ab. In diesem Augenblick hielt der Fahrstuhl. Es war erst das vierte Stockwerk, eines unter der Geschäftsführungsebene von »Becker und Becker«. Als sich die Türen öffneten, schrak Pauline plötzlich zusammen als hätte es einen Donnerschlag gegeben. Ein Mann mit dunkelbraunen, welligen Haaren, Mitte dreißig, in perfekt sitzenden Jeans, weißem Hemd und grauem Wollpullover betrat den Fahrstuhl. Als er Pauline sah, lächelte er und sagte mit einem fröhlichen Augenzwinkern aus strahlend blauen Augen: »Guten Morgen.«

Pauline wurde schwindelig, ein Schauer lief ihr über den Rücken. Diese blauen Augen, diese bestechend blauen Augen! Und dann dieses einnehmende Lächeln, diese warme Stimme, dieser Duft, den er verströmte. Sämtliche Wahrnehmungen ihrer Sinne stürzten auf Pauline ein. Sie fühlte sich verwirrt und benommen. Berauscht. Die verschränkten Arme vor der Brust zerknitterten die dazwischen gequetschten Zeitungen.

»Morgen«, flüsterte sie verspätet und strich eine Strähne aus der Stirn. Dabei entglitt ihr eine Zeitung.

Reflexartig bückten sie sich gleichzeitig. Der Traumtyp und Pauline. Ihre Hände berührten sich, als beide das Papier greifen wollten. Seine Berührung schoss durch Pauline wie ein Blitz. Als wäre sie für Stunden gelähmt, hockte sie auf dem Fahrstuhlboden.

»Entschuldigung«, sagte er höflich, zog seine Hand zurück und sah ihr in die Augen.

Pauline wurde heiß.

»Nichts passiert, danke«, entgegnete Pauline und ging langsam, die Zeitung in der Hand haltend, aus der Hocke. Dieser Mann hatte eine Anziehungskraft, die Pauline nicht erklären konnte.

Fünfter Stock.

»Bitte, gehen Sie zuerst«, sagte er charmant. Er machte eine sanfte, ausladende Armbewegung, die Pauline bedeutete, dass sie den Vortritt habe.

Er ist Kavalier und seine Haltung wirkt gar nicht abgedroschen, dachte Pauline. Sie war beeindruckt. Und Pauline war noch nie von einem Mann auf den ersten Blick beeindruckt gewesen. Sie trat wie benommen auf den langen Flur, der mit schwarzen, glänzenden Fliesen ausgestattet war. Sie zögerte, blickte unsicher nach rechts und nach links den Gang hinunter, weil sie vergessen hatte, was der Mann am Empfang ihr gesagt hatte. Sie spürte die Blicke ihres Fahrstuhlbegleiters im Nacken und wurde unsicher.

»Wohin möchten Sie denn?«, fragte er freundlich und sanft.

»Zu Harald Becker«, sagte Pauline knapp, um sich bloß keinen Versprecher zu leisten. Sie wandte sich ihm zu.

Diese blauen Augen.

Darin könnte ich versinken und würde nicht gerettet werden wollen, ging es Pauline durch den Kopf. Sie hoffte inständig, nicht zu erröten.

Er lächelte sie an: »Da gehen Sie den Gang links hinunter. An der letzten Tür auf der rechten Seite finden Sie seine Assistentin.« Er wies Pauline mit seiner schönen, kräftigen Hand den Weg.

»Vielen Dank«, bekam Pauline einigermaßen entschlossen heraus. Als sie ging, wollte sie zielstrebig und beherrscht wirken. Sie wollte sich nicht länger in seiner Gegenwart aufhalten, denn sie fürchtete, es könne ihr etwas Albernes passieren. Pauline hielt sich links krampfhaft an den Trägern ihrer Hand- und Laptoptaschen fest und presste die Zeitungen unter den anderen Arm.

Jetzt bloß nicht stolpern oder wanken, das wäre sehr peinlich, dachte Pauline und konzentrierte sich auf einen selbstsicheren Gang. Sie war wütend auf sich. Sie war schrecklich wortkarg gewesen. Und unsicher. Und dämlich. Pauline benahm sich sonst nicht lächerlich hilflos, wenn Männer sie ansprachen. Aber bei ihm war es anders. Er war umwerfend! Er war auch keiner von den zu gut aussehenden Typen, die zu glatt waren, um noch Charakter zu haben. Die konnte Pauline nämlich nicht leiden. Nein, er war zuvorkommend, hilfsbereit, und eine Ausstrahlung hatte er – Wahnsinn.

Innerlich schmolz Pauline dahin, äußerlich musste sie Haltung bewahren, denn sie hörte plötzlich hinter sich seine Stimme, als er mit jemandem auf dem Flur sprach. Pauline glaubte noch immer seinen Blick im Rücken zu spüren, doch das war wahrscheinlich Blödsinn, denn er hatte Wichtigeres zu tun, als sich Gedanken um eine tölpelige Fahrstuhl-Begegnung zu machen.

Pauline ahnte nicht, wie sehr sie irrte.

Reiß dich zusammen, Pauline, ermahnte sie sich. *Du hast jetzt ein Interview. Außerdem ist ein attraktiver Mann, über dreißig, der bei einer großen Werbeagentur arbeitet, selbstverständlich vergeben. Alle Männer über dreißig sind vergeben,* dachte Pauline und schob die Gedanken beiseite.

Energisch klopfte sie an die Tür der Assistentin von Harald Becker und trat ein.

»Guten Tag Frau Große-Lindhorst. Bitte setzen Sie sich.« Harald Becker hatte dieses wissende, gelassene Gewinnerlächeln eines erfolgreichen Managers. Er trug einen grauen Anzug, war sehr groß, schlank, und seine kurzen braunen Haare waren an den Schläfen leicht ergraut. Er bot Pauline den bequem aussehenden Sessel aus braunem Leder an, während er sich auf einen roten Stuhl mit hoher Rückenlehne ihr gegenübersetzte. Harald Beckers Büro war riesig und nüchtern. Für Paulines Empfinden ein wenig zu nüchtern. Einzig die unterschiedlich geformten, bunten Stühle und Sessel um einen kleinen Holztisch lockerten die Strenge des Raumes auf.

Erstaunlich, dass eine derartig durchgestylte Agentur die meisten Aufträge für Bio-Produkte bekam, fand Pauline, die sich mittlerweile gesammelt hatte. Sie durfte sich nicht von der Begegnung im Fahrstuhl ablenken lassen. Ihr Chefredakteur wollte ein ausführliches Interview, denn »Becker und Becker« vermarkteten erfolgreich so ziemlich alles, was mit den Themen Land und Natur zu tun hatte. Die Werbeagentur machte große Kampagnen für Firmen, die neue Produkte auf biologischer Basis einführen wollten, und hatten schon viele Preise gewonnen. Und das Magazin »Land und Stil«, für welches Pauline arbeitete, war derzeit das erfolgreichste seiner Art auf dem Markt. In den Ausgaben ging es um restaurierte Bauernhöfe, liebevoll angelegte Gärten, Wegweiser für gemütliche Bauerncafés oder leckere Marmeladen nach Großmutters Rezepten. Träumerische Idylle, ländlicher Chic und unberührte Natur – danach sehnten sich die Leser von »Land und Stil«. Insofern lag ein großes Interview mit dem erfolgreichsten Werber, der den Trend erklärte nahe – fand Paulines Chefredakteur und hatte sie nach Hamburg geschickt. Pauline stellte das Aufnahmegerät auf den Tisch, holte Notizblock und Stift aus der Laptoptasche und begann mit ihren Fragen.

»Damit Sie einen kleinen Einblick in unsere Arbeit erhalten, zeige ich Ihnen die Abteilungen. Vielleicht wäre es interessant für Sie, ein paar Entwürfe der Kampagnen zu sehen«, sagte Harald Becker am Ende des Interviews und stand auf.

Sie fuhren mit dem Fahrstuhl wieder ein Stockwerk tiefer. Vierter Stock. Hier war eben der umwerfende Typ eingestiegen. Paulines Magen krampfte. Konnte es sein, dass sie ihm noch einmal über den Weg laufen würde? Unwillkürlich zog sie ihr Jackett glatt und hielt die Luft an. Aber wahrscheinlich war das unrealistisch.

In dieser Agentur arbeiten so viele Menschen auf offenkundig mehreren Etagen, wieso sollte ich ihn noch einmal sehen? Pauline versuchte, sich zu beruhigen, aber es gelang ihr nicht. Bei jeder Tür, die Harald Becker öffnete, schlug Paulines Herz schneller und in ihrem Magen kribbelte es. Sie vergaß beinahe, sich Notizen zu machen, während Harald Becker ihr alles erklärte.

Ich denke wie früher, fand Pauline. *Wie ein Teenager, der hofft, dass sein Schwarm auf den Pausenhof kommt.*

Pauline kam sich ziemlich albern vor.

Harald Becker, der von all dem nichts bemerkte, führte sie nun durch die Kreativ-Abteilung. Dann betraten sie ein Büro, auf dessen Türschild Pauline lesen konnte: Ella Nientiedt, Assistentin Art Director.

»Ist Herr Hoff da?«, fragte Harald Becker, während Pauline die Assistentin als Ablenkungsmanöver von ihren Gedanken neugierig besah. Ella Nientiedt hatte braune, lange Haare, deren Spitzen nach innen geföhnt waren. Sie trug eine beige Bluse und einen braunen Bleistiftrock. Ihr Schal hatte exakt den gleichen Braunton wie der Gürtel ihres Rockes, ihre Ohrringe und ihre Stiefeletten.

Meine Güte, alles perfekt abgestimmt, dachte Pauline verblüfft. *Schuhe und Ohrringe in der gleichen Farbe zu tragen, das schaffe ich nicht.* Pauline hatte zwar Perlenohrringe, die zu fast jedem Outfit passten, aber sie trug sie, weil sie die Stecker nachts nicht herausnehmen brauchte, bequem.

»Ja, bitte gehen Sie durch, Herr Becker«, sagte Ella Nientiedt folgsam und mit einem leichten Ton der Unterwürfigkeit, wie Pauline meinte herauszuhören.

Sie gingen auf eine halb offen stehende Glastür zu. Harald Becker klopfte kurz gegen das Milchglas, schob die Tür weiter auf und ging hinein. Pauline folgte – dieses Mal ohne Herzklopfen, denn Art Director einer großen Agentur konnte er unmöglich sein, dafür sah er zu jung aus. Pauline betrat, mit den Gedanken wieder bei ihrer Arbeit, hinter Harald Becker das Büro und erkannte, wer sich telefonierend vom Fenster zur Tür umdrehte: der gutaussehende Mann aus dem Fahrstuhl!

Pauline wäre am liebsten rückwärts hinaus gestolpert,

aber das ging nicht. Auch der Art Director sah, wen sein Chef ins Büro mitbrachte. Er strahlte sie an, sagte: »Ich rufe dich später zurück«, ins Telefon und legte auf.

»Hallo Jan. Dies ist Frau Große-Lindhorst. Sie ist Autorin bei »Land und Stil««, erklärte Harald Becker. Pauline starrte Herrn Hoff, den Mann aus dem Fahrstuhl, an.

»Sie hat mich interviewt«, fuhr Harald Becker fort. »Das Magazin bricht gerade alle Rekorde, was die Verkaufszahlen anbetrifft, aber dies nur am Rande«, ergänzte er, vermutlich um Herrn Hoff die Relevanz des Artikels deutlich zu machen. Pauline hörte all dies wie aus weiter Entfernung. Sie konnte die Augen nicht von Herrn Hoff lassen.

»Vielleicht kannst du ihr etwas zu den Kampagnen zeigen. Fotos, Entwürfe, Zeichnungen, du weißt schon«, sagte Harald Becker und wischte mit der Hand in der Luft, was bedeuten sollte, dass er mehr nicht erklären werde.

»Aber selbstverständlich«, antwortete Herr Hoff erwartungsgemäß und an Pauline gewandt: »Jan Hoff, schön Sie kennenzulernen.« Er war um seinen Schreibtisch herum gegangen, streckte die Hand aus und sah Pauline mit seinen strahlend blauen Augen offen an. Pauline nahm seine Hand und bildete sich ein, dass er das mit dem »Kennenlernen« ernst gemeint hatte. Sicherlich war dies aber nur ihr Wunsch, den sie in seine Wortwahl hineininterpretierte. Jan Hoff hatte einen festen, angenehmen Händedruck. Wieder durchzuckte Pauline diese Berührung wie ein Blitz. Am liebsten hätte sie seine Hand für immer festgehalten.

»Sie sind bezüglich ihrer letzten Fragen bei Jan Hoff genau richtig«, sagte Harald Becker. Pauline reagierte nicht, was Harald Becker nicht aufzufallen schien.

»Ich lasse Sie beide dann allein. Wenn Sie noch Fragen an mich haben, Frau Große-Lindhorst, einfach melden. Fotos werden Ihnen gemailt. Ich habe den nächsten Termin. Auf Wiedersehen«, verabschiedete sich Harald Becker bei Pauline. Höflich, aber eilig, und weg war er.

Da standen sie nun. Jan Hoff und Pauline Große-Lindhorst. Pauline bekam weiche Knie bei seinem Anblick und der Vorstellung, mit ihm allein zu sein und reden zu müssen.

»Bitte setzen Sie sich doch. Was möchten Sie wissen?«, fragte Jan Hoff freundlich. »Ich hoffe, ich kann Ihre Fragen wirklich so gut beantworten, wie mein Chef Ihnen versprochen hat. Er übertreibt nämlich gern, wissen Sie«, sagte Hoff, zwinkerte ihr zu und ließ sich lässig wieder in seinen Schreibtischstuhl fallen.

»Keine Sorge, das werden Sie!«, konterte Pauline und machte lächelnd eine läppische Handbewegung. Sie hatte durchschaut, dass Jan Hoff seine Qualifikationen herunterspielen wollte. Und dabei hatte Pauline plötzlich ihre Art wiedergefunden: Nicht auf den Mund gefallen und dennoch charmant. Die überrollende Hilflosigkeit, die sie im Fahrstuhl erfasst hatte, war weg. Sie setzte sich aufrecht auf den ihr angebotenen Stuhl, warf ihren langen Pferdeschwanz in den Nacken und wusste wieder, wie sie vereinnahmend wirken konnte. Dann stellte sie ihre letzten Fragen, Jan Hoff antwortete ausführlich und brachte kuriose Beispiele von verworfenen Ideen. Er hatte eine faszinierende Art, locker und witzig zu beschreiben, ohne dass es überheblich wirkte. Beide lachten viel und vergaßen vollkommen die Zeit.

»Entschuldigung, Jan«, sagte Frau Nientiedt und steckte vorsichtig ihren hübsch zurechtgemachten Kopf durch die Tür, »du hast jetzt eine Besprechung.«

Jan Hoff sah auf seine Armbanduhr: »Tatsächlich, so spät schon.« Und an Pauline gewandt meinte er: »Leider kann ich Ihnen nicht mehr die letzten Entwürfe zeigen, Frau Große-Lindhorst. Ich werde Ella bitten, einen Kollegen zu fragen. Falls Sie noch etwas brauchen, einen Moment, ich gebe Ihnen meine Visitenkarte.« Er tauchte plötzlich hinter seinem Schreibtisch ab und wühlte hörbar in einer seiner Schubladen.

Ella Nientiedt, die noch immer in der Tür stand, als wolle sie kontrollieren, dass sich ihr Chef tatsächlich auf den Weg machte, sagte: »Aber selbstverständlich. Ich besorge Ihnen jemanden, Frau Große-Lindhorst.«

»Hier ist sie«, sagte Jan Hoff. Er übergab Pauline seine Karte, nahm ihre Hand zum Abschied und sagte mit Nachdruck: »Rufen Sie mich gern jederzeit an, wenn es noch Unklarheiten gibt.«

Die Szene beobachtend räusperte sich Ella deutlich vernehmbar und Jan Hoff folgte ihrer wortlosen Aufforderung: »Ja, ich muss jetzt gehen. Auf Wiedersehen, Frau Große-Lindhorst.«

Vollkommen verwirrt stand Pauline wieder auf der Poststraße vor dem renovierten Altbau der Werbeagentur. Das Zusammentreffen mit Jan Hoff hatte sie umgehauen. Doch so überraschend und schön es gewesen war, ihn in seinem Büro wiedertreffen zu dürfen, so eindringlich sagte sich Pauline, dass Jan Hoff alle Mal eine Freundin haben musste. Einen Ehering oder Freundschaftsring hatte sie an seiner Hand nicht entdeckt, aber das musste nichts heißen.

Insofern konzentrierte sie sich wieder auf die Arbeit und ließ Eindrücke des Termins wirken. Sie hatte ein gutes Gefühl. Nicht nur das Interview mit Harald Becker war gut gelaufen, sondern auch die Führung durch die Abteilungen und das Einsehen der Entwürfe war aufschlussreich gewesen, obschon sie etwas unkonzentriert gewesen war. Pauline war aber alles in allem zufrieden mit sich und fand, dass sie noch ein wenig durch Hamburg bummeln könne, bevor sie einen Zug nach Münster nahm. Da sie ihren Laptop dabei hatte, konnte sie unterwegs schreiben und abends daheim weitermachen. Pauline erledigte immer alles zügig. Informationen lange unbearbeitet liegen zu lassen, entsprach nicht ihrer Arbeitsweise.

Sie blickte auf die Uhr, es war kurz vor drei. Sie schlenderte zum Rathaus. Pauline hatte während ihres Volontariats zwei Jahre in Hamburg gelebt, daher war das Rathaus kein besonders spannendes Ziel – eher etwas für Touristen –, aber immer wieder schön. Auf dem Rathausplatz angekommen betrachtete Pauline das beeindruckende Gebäude. Auf Pauline wirkte es – wie damals – imponierend, ohne protzig zu sein. Sie fand, man spüre ein erhabenes Selbstbewusstsein und vornehme Geduld. Sie lächelte und schüttelte leicht den Kopf. Konnten Gebäude so etwas ausstrahlen? Wahrscheinlich war sie die Einzige, die sich derartig komische Gedanken machte.

Pauline war unentschlossen. Was sollte sie jetzt unternehmen? Schaufensterbummel und Einkaufen? Keine Lust. Ins Schanzenviertel fahren und Kaffee trinken? Irgendwie auch nicht. Eigentlich könnte sie dann doch nach Hause fahren.

Mit einem Mal blies der Frühlingswind kräftiger und

Pauline wurde es zu kalt am Hals. Sie wühlte in ihrer beutelartigen Handtasche nach ihrem Schal, den sie in der Agentur abgelegt hatte. Plötzlich fiel ihr die Visitenkarte von Jan Hoff in die Hände. Als sie seinen Namen las und die Lippen dazu bewegte, als wolle sie ihn laut aussprechen, kribbelte es in ihrem Magen und ein Lächeln umspielte ihren Mund. Jan, ein schöner Name, fand Pauline. Vermutlich hätte sie jeden Namen, der zu diesem Mann gehörte, schön gefunden. Doch er war für sie nicht zu erreichen, das war Pauline klar. Also sollte sie ihn besser gleich vergessen.

Gerade als sie die Visitenkarte einstecken wollte, nahm ihr eine Windböe das Kärtchen aus der Hand und es segelte, mit der Schrift nach unten, auf den Boden. Da entdeckte Pauline, dass die Rückseite handschriftlich beschrieben war. Erstaunt bückte sie sich und hob die Karte langsam lesend auf.

»Muss Sie treffen. 16 Uhr im »Gezeiten«, St. Georg. J.H.«

Pauline war verdattert. Was sollte das bedeuten? Telegrammstil und Namenskürzel? Und dann »treffen« statt »sehen«? Besonders romantisch klang das alles nicht. Es hörte sich eher geschäftsmäßig an. Vielleicht wollte er noch etwas zur Agentur oder der Kampagne sagen, was er nicht in seinem Büro hätte tun können. Vielleicht war er nicht fertig geworden, weil er zum Termin musste? Was konnte es sein?

Pauline fühlte sich widersprüchlich. Natürlich freute sie sich, dass sich Jan – sie beschloss, ihn jetzt für sich so zu nennen – mit ihr treffen wollte. Noch vor zwei Minuten hätte sie dies nie für möglich gehalten und wohl alles dafür gegeben. Aber dieser direkte, nüchterne Stil ließ einfach keine Freude in ihr aufkommen. Er hatte sicher nur seine Arbeit im Kopf. Es ging hier um ihren Artikel und nicht um Pauline. Trotzdem schaute sie auf ihre Uhr: zwanzig nach drei. Sie musste sich entscheiden. Sollte sie hingehen? Sie wusste nicht, was er wollte. Warum ein Treffen? Hätte er sie nicht morgen in der Redaktion anrufen können? Genau, wenn er sich schon nicht für Pauline interessierte, sondern nur für ihre Arbeit, dann konnte er auch anrufen. Pauline spürte, wie sie trotzig wurde. Was konnte so relevant sein, dass es nicht bis morgen warten konnte?

Andererseits war sie neugierig auf die Antworten zu all diesen Fragen. Und dass sie Jan noch einmal würde sehen zu können ... bei diesem Gedanken wurde sie nervös.

Also gut, dachte sie, *ich werde hingehen.*

Pauline beschloss, sich die Nervosität nicht anmerken zu lassen. Ganz professionell wollte sie der Frage nachgehen, was er noch für ihren Artikel zu berichten wusste. Sie stieg in die Buslinie fünf ein und fuhr zum Hauptbahnhof. Von dort wollte sie laufen und sich in Cafés und Geschäften erkundigen, wo das »Gezeiten« war, denn sie kannte es nicht. Und im Smartphone hatte sie es nicht gefunden.

Donnerstagnachmittag – Agentur, Hamburg

Jan Hoffs Besprechung war zu Ende. Er eilte zurück in sein Büro und schloss die Tür hinter sich, was er im

Allgemeinen nicht tat. Nervös ging er, die Hände auf dem Rücken verschränkt, auf und ab und biss sich immer wieder auf die Unterlippe. Würde sie seine Nachricht lesen? Würde sie kommen? Was würde sie denken? Hatte er nicht doch einen Fehler begangen? Sollte er wirklich hingehen?

Sein Telefon klingelte. Jan Hoff ignorierte es. Das Klingeln verstummte und wenig später kam Ella Nientiedt in das Büro ihres Chefs und flüsterte: »Es ist Harald Becker. Er möchte dich kurz sprechen.«

»In Ordnung«, sagte Jan abwesend und ging langsam zu seinem Schreibtisch, in Gedanken immer noch bei Pauline.

Donnerstagnachmittag – St. Georg, Hamburg

Das Café »Gezeiten« lag an der Straße »Lange Reihe«, die bekannt war für schöne Altbauten, Boutiquen und Cafés. Das »Gezeiten« wurde hauptsächlich von Homosexuellen besucht, was in St. Georg keine Überraschung war, aber Pauline überraschte, denn sie fürchtete enttäuscht, Jan könne einen Freund statt einer Freundin haben. Das erklärte seinen unromantischen Text auf der Visitenkarte. Auf einmal tat Pauline die Idee, Jan könne homosexuell sein, weh. Damit hatte sie nicht gerechnet. Eine andere Frau war eine Sache, aber ein Mann? Es bedeutete, dass sie absolut keine Chance hatte. Er wollte sich nur aus beruflichen Gründen mit ihr treffen. Wie auch immer. Leise seufzend setzte sie sich an einen Tisch, denn sie hatte überblickt, dass Jan noch nicht da war.

Das Café strotzte vor Kitsch. Pinke Plastikblumen, grasartige Fellstückchen an den Wänden, große goldene Kerzenleuchter auf den Tischchen. Aufgestellte Leuchttürme und Bilder vom Meer, die nicht zur restlichen Ausstattung passen wollten, sollten offensichtlich den Namen »Gezeiten« rechtfertigen.

Wow, ich hätte Jans Geschmack anders eingeschätzt. Stylischer, dachte Pauline, wenngleich sie verkitschte Cafés und Bistros mochte. In London hatte sie oft in solchen Cafés gesessen. Aber zu Jan Hoff schien dieses Lokal nicht zu passen, oder er führte zwei Leben.

»Ich freue mich, dass Sie gekommen sind«, sagte eine ihr mittlerweile bekannte sonore Stimme hinter ihr.

Pauline drehte sich um. Jan stand mit geraden Schultern, die Brust nach vorn gestreckt und den Händen lässig in den Hosentaschen direkt hinter Pauline. Er lächelte und setzte sich souverän ihr gegenüber. Abermals war Pauline ob seines Anblickes verwirrt. Sie konnte sich seiner Anziehungskraft nicht erwehren. Schnell versuchte sie, möglichst locker zu wirken.

»Ich habe Ihre Nachricht kurz vor meiner Abreise ganz zufällig noch gelesen. Was gibt es so Dringendes, was Sie dem Artikel noch hinzufügen möchten?«, fragte Pauline kühl, um keine Zweifel an ihrer Professionalität aufkommen zu lassen, schließlich war das hier kein Date. Sie blickte ihn nicht an, das konnte sie nicht. Stattdessen holte sie Notizblock und Kugelschreiber aus ihrer Tasche.

»Nun«, begann Jan sanft, »es geht nicht um Ihren Artikel.«

Pauline sah auf.

»Ehrlich gesagt weiß ich gar nicht, wie ich es

formulieren soll, ohne, dass es blöde klingt. Ich habe das noch nie gemacht, das müssen Sie mir glauben!« Er machte eine Pause und suchte nach den richtigen Worten.

»Ja?«, konnte Pauline nur auffordernd hervorbringen.

»Was soll's. Ich sag's einfach, wie es ist: Ich wollte Sie wiedersehen, weil sie mir gefallen haben!« Jan blickte Pauline an, um die Wirkung seiner Offenheit zu beobachten.

Pauline riss ihre braunen Augen weit auf. Das war nun mittlerweile das Letzte, womit sie gerechnet hatte! Konnte das wahr sein? Sie hatte keine Ahnung, wie sie auf dieses Geständnis reagieren sollte. Er wollte SIE wiedersehen? Nicht die Journalistin, sondern SIE, Pauline? So abgedroschen dieser Vergleich auch war, aber Pauline kam sich vor wie im Film, denn »Ich wollte Sie wiedersehen, weil sie mir gefallen haben!« ist genau der Satz, von dem jedes Mädchen träumt, wenn es seinen Traummann getroffen hat.

Als Pauline nichts sagte und ihr Gesichtsausdruck keine konkrete Einschätzung ihrer Gedanken zuließ, meinte Jan, die Situation erklären zu müssen.

»Ich dachte, dass ich Sie nicht gehen lassen könnte, ohne Sie noch einmal zu treffen und mehr über Sie zu erfahren. Daher kritzelte ich die kurzen Sätze auf die Visitenkarte, während Ella auf uns wartete. Es war eine spontane Reaktion. Wie gesagt, ich habe so etwas noch nie gemacht«, sagte Jan und erwartete offenbar eine Reaktion von Pauline.

»Warum hier?«, fiel Pauline nur ein und kam sich gleich dämlich vor.

»Das »Gezeiten« ist ein Ort, an dem sich meine Kollegen oder Freunde eher nicht aufhalten, da es nicht chic genug ist. Ich musste Sie wiedersehen und jetzt denken Sie sicher, dass es eine dumme, plumpe Anmache ist. Wenn Sie nun aufstehen und gehen, dann verstehe ich das. Aber ich musste es einfach versuchen«, schloss Jan. Pause. Pauline ging nicht.

Zwei

Freitagmorgen – Zug nach Münster

Freitag. 7 Uhr 20. Wahnsinnig müde, aber unbeschreiblich glücklich und beschwingt saß Pauline im Zug nach Münster. Pauline sah aus dem Fenster. Regen. Das übersah sie.

Alles erschien so unwirklich, wie durch einen Nebelschleier, der Reales nicht gänzlich sichtbar macht. Gestern saß sie in einem Zug, der sie zu einem Termin im Auftrag ihres Magazins brachte. Nichts Ungewöhnliches. Kaum vierundzwanzig Stunden später saß sie in einem Zug, der sie von einem faszinierenden, intelligenten und humorvollen Menschen entfernte. Der sie von einem liebenswerten, vielleicht dem liebenswertesten Menschen überhaupt, entfernte. Ihre Begegnung mit Jan Hoff in Hamburg stellte alles auf den Kopf. So verwirrt, so glücklich, so leicht hatte sich Pauline noch nie gefühlt. Das war neu.

Sie konnte, nein sie musste, nur dasitzen, aus dem Fenster sehen und still lächeln. Am liebsten wäre sie vor Glück ausgeflippt, hätte sie aus Übermut kreischen können. Der Mann, den sie schon im Aufzug hoffnungslos anziehend fand, genau der Mann hatte sie, Pauline, nach einer Verabredung gefragt. Unglaublich.

Lange hatten sie und Jan am Vortag in dem trutschigen Café »Gezeiten« gesessen. Sie hatten geredet, gequasselt und viel gelacht. Pauline war überrascht gewesen, dass Männer schwatzhaft und dabei nicht prahlerisch sein konnten. Sie hatte bis dahin nur die Versionen »Wortkarg« oder »Angeberisch« gekannt. Doch Jans Erzählen war sympathisch und nicht aufdringlich. Folgerichtig ging es zunächst um ihre beiden Berufe, die Journalistin und der Art Director. Aber schon wenig später sprachen sie über das Studium, Paulines Zeit in Hamburg, ihre Vorlieben. Sie hatten beide Paul Auster gelesen, hörten Jazz, gingen beide gern joggen oder spazieren – damit waren die Grundsätzlichkeiten abgehakt.

Sie mochten beide Sushi und Brownies, diese schokoladigen Kleinkuchen, und sie hatten beides während ihrer jeweiligen Aufenthalte in London lieben gelernt. Jan hatte in London Graphikdesign studiert und er schwärmte noch immer von dieser Zeit. Er machte gekonnt den britischen Humor nach, und es dauerte gar nicht lange bis Pauline und Jan abwechselnd Sätze aus der britischen Comedy-Serie »Black Books« zitierten.

Noch mehr Gemeinsamkeiten.

Die Zeit war verflogen wie zuvor in Jans Büro. Sie hatte eine Nähe gespürt, die sie für das erste Treffen – einmal abgesehen von dem beruflichen Treffen im Büro – als unwirklich empfand. So viele Übereinstimmungen, das konnte kein Zufall sein, hatte Pauline gedacht. Es fühlte sich beinahe an, als hätten sie Fragebögen einer Partnervermittlung ausgefüllt. Aber das hatten sie gar nicht. Nein, der unglaublich passende Mann war einfach in einem Fahrstuhl in ihr Leben gestiegen.

Es war so herrlich unbeschwert mit Jan. Aber manchmal hatte er absonderliche und schräge Sichtweisen, etwa wenn er erläuterte, warum er Brathähnchen liebte.

Pauline konnte Brathähnchen nicht ausstehen. Wenn sie an die oft labberige, nicht knusprige Haut dachte, bekam sie einen Würgereiz. Aber Jan hatte erzählt und sein Blick war von Pauline zur Decke gewandert, um sich in die Situation von früher hinein fühlen zu können: »Immer, wenn ich eine Imbissbude betrete und mir der Duft von Brathähnchen entgegen strömt, denke ich an meine alte Kinderfrau und mich umgibt eine wohlige Wärme. Wie früher, bei unserem sonntäglichen Ritual, muss ich ein Brathähnchen kaufen. Ich kann gar nicht anders.«

Pauline hatte dieser Geschichte nicht folgen können, aber höflich gelächelt. Er hatte eine Kinderfrau gehabt, und sie war für ihn wichtig gewesen, hatte Pauline verstanden. Warum oder wie lange er diese Kinderfrau gehabt hatte, dazu sagte er nichts. Anders als Pauline, die von ihrer Familie geschwärmt hatte, hatte Jan auch sonst nichts von seiner Familie preisgegeben. Aber das kam vielleicht noch. Sie wollte ihn nicht drängen oder allzu neugierig erscheinen. Familie war immer ein heikles Thema und man umschiffte es besser beim ersten Date, befand Pauline.

Nach Stunden im Café in St. Georg waren sie essen gegangen, natürlich Sushi.

Ein klassischer Schönling ist Jan eigentlich nicht, dachte Pauline, als sie ihn beim Erzählen über den Rand ihres Rotweinglases genau begutachtete. *Er sieht jedenfalls nicht wie Brad Pitt oder ein männliches Unterwäsche-Model aus. Sein Mund ist etwas zu schmal, aber sein Lächeln ist charmant, manchmal spitzbübisch,* stellte Pauline fest, und es gefiel ihr.

Jan hatte leicht gelocktes, dunkles Haar. Bislang hatte Pauline Locken nie gemocht, aber nun wäre sie am liebsten mit ihren Fingern durch seine Haare gewuschelt.

Stundenlang hätte sie ihm gegenübersitzen können. Sie verfolgte jede Gestik, genoss jede Mimik und nahm alles auf. Für Pauline war Jans Auftritt perfekt. Er hatte keinen Tick und machte nie etwas Peinliches, für das sich Pauline hätte schämen müssen. Das war bei ihren früheren Bekanntschaften anders gewesen. Till hatte mit jedem Kellner über das schlechte Essen diskutiert, das serviert worden war, um Rabatt herauszuschlagen. Und wenn David zuviel getrunken hatte, brach sein kicherndes, albernes Mädchen-Lachen durch und damit zog er alle Blicke auf sich. Damals hatte Pauline sich gefragt, ob es dazugehörte, dass einem manchmal das Verhalten der Verabredung peinlich war. Bei Jan entdeckte sie, dass es nicht so sein musste.

Als Pauline zur Wasserflasche griff, beeilte sich Jan, ihr einschenken zu wollen. Ihre Hände berührten sich, und Pauline erschauerte angeregt. Am liebsten hätte sie seine Hand ergriffen, ihn über den Tisch zu sich gezogen und einfach geküsst, leidenschaftlich und ohne darauf zu achten, was andere Restaurantbesucher gedacht hätten. Pauline explodierte innerlich vor Spannung, ihn endlich berühren zu dürfen, seine Hände, seine Wangen, ihn küssen zu dürfen. Doch sie unterdrückte ihr Verlangen.

Später hatten sie beschwipst das Lokal verlassen und Pauline dachte: *Lass diesen Abend nicht enden!*

Auch Jan schien sich noch nicht verabschieden zu wollen. Pauline hätte erwartet, dass er einen Drink in einer Bar vorgeschlagen hätte und dass sie anschließend wahrscheinlich in seiner Wohnung und in seinem Bett gelandet wären. Pauline war keine Frau für One-Night-Stands, aber in Jans Fall wäre sie schwach geworden – und mitgegangen.

Zu Paulines Überraschung schlug Jan einen Spaziergang vor. Das imponierte Pauline, und so hatte sie sich behaglich fühlend bei Jan untergehakt. Ein wenig angetrunken zu sein hatte sie als hervorragende Ausrede empfunden, sich Jan zu nähern. Und er ließ es geschehen. So liefen sie eine Weile, sprachen zunehmend über belangloses Zeug, denn jeder von ihnen spürte, dass nur die Nähe, die Berührung, der Körper des anderen begehrt wurde. Nicht der Inhalt der Worte.

Küss mich endlich!, hatte Pauline immer wieder gedacht, ihre Wange an seinen Oberarm geschmiegt, seiner Stimme, aber längst nicht mehr seinen Ausführungen gelauscht. Und dann hatten sie sich endlich irgendwann irgendwo auf der Straße bei Kälte, die keiner von ihnen wahrnahm, geküsst.

Pauline sank tiefer in ihren Sitz im Zug, schloss die Augen und holte diesen wahnsinnig innigen Kuss träumerisch zurück. Sie konnte seine sanften Lippen spüren; ihr Magen zog sich freudig erregt zusammen. Als sie sich küssten, schien es Pauline, als entlade sich eine ungeheure Spannung. Stürmisch, erregt, aber gefühlvoll hatten sie sich endlos lange mitten auf der Straße geküsst.

In Paulines Körper prickelte es plötzlich überall. Sie genoss jede Sekunde dieser Erinnerung.

Ich glaube, ich habe mich verliebt, dachte Pauline und blickte ziellos in die Ferne. Dieses Gefühl wollte sie bewahren. Nichts wollte sie von der Zug-Welt um sie herum mitbekommen. Still genießen.

Um kurz nach neun in Münster angekommen warf

sich Pauline, anstatt mit dem Bus zu fahren, in ein Taxi, das sie schnell in ihren Alltag und zum Verlag bringen sollte. Zur Sonderkonferenz um zehn Uhr durfte sie nicht zu spät kommen.

Da sie nicht mehr in Hamburg war, erschien ihr das Geschehene der gestrigen Nacht völlig unwirklich; wie ein Traum, der sich beim langsamen Aufwachen echt anfühlte und nur Geträumtes blieb.

Ich bin wieder in meinem Leben, dachte Pauline, als sie mit dem Taxi Münsters berühmte Promenade querten. Die Promenade war eine Ringstraße, die ausschließlich von Fahrradfahrern und Fußgängern genutzt werden durfte. Sie entstand dort, wo früher Münsters Stadtmauer verlief. Die Befestigung wurde jedoch in der zweiten Hälfte des 18. Jahrhunderts zurückgebaut. Es entstand nach einer Idee des Barock-Architekten Johann Conrad Schlaun, der in Münster ein Begriff ist, eine Lindenallee.

Wie die meisten Münsteraner fuhr auch Pauline gern mit ihrem Rad die Promenade entlang. Einige Ziele ließen sich in Münster mit dem Fahrrad am besten erreichen. Außerdem gehörte das Radfahren in Münster zum Lebensgefühl.

Während Pauline aus dem Taxifenster Radlern auf schnellen und langsamen, sportlichen und gemütlichen Fahrrädern nachsah, fragte sie sich, ob Jan heute früh ebenfalls lange über ihre Begegnung nachgedacht hatte.

Vermutlich nicht.

Er war sicher einer der Männer, für die Flirten und Küssen nichts Besonderes waren. Denkbar, dass er am Wochenende ohnehin mit einer anderen Frau verabredet war. Er würde Pauline dann vergessen haben. Oder hatte Jan Pauline gar geküsst und er hatte eine Freundin?

Das wäre ja das Allerletzte, dachte Pauline. Ihr Herz schlug schneller. Nein, das konnte, das durfte nicht sein. Denn das Merkwürdige war, dass sich der Abend für Pauline nicht so angefühlt hatte, als sei es für Jan eine belanglose Verabredung oder sogar Fremdknutschen gewesen. Es fühlte sich für Pauline an, als sei zwischen ihnen etwas Außergewöhnliches passiert. Eine Begegnung zwischen zwei Menschen, die zusammenpassten. Zwei Menschen, die, obwohl fremd, sofort miteinander vertraut waren. Außerdem hatte er sie nach ihrem Auftritt in seinem Büro wiedersehen wollen – und dies nicht für schnellen Sex. Zu ihrem Selbstbewusstsein zurückfindend dachte Pauline: *Warum soll er nicht begeistert von mir gewesen sein? Ich hatte schon viele Verehrer, warum nicht Jan?*

Pauline wollte ihr Glück genießen und schob bohrende Fragen beiseite. Zweifeln und Trauern konnte sie schließlich immer noch.

Sie lächelte zufrieden und sah auf die Uhr am Armaturenbrett. Sie hatte genügend Zeit, bis die Konferenz beginnen sollte. Es war ihr nicht klar, um was es gehen sollte, aber die Aufforderung der Chefredaktion, die jeder per E-Mail gestern bekommen hatte, klang dringlich. Wie auch immer, ihr würde nichts den Tag vermiesen können.

Fröhlich grüßend rauschte Pauline am Empfang vorbei und sauste in ihr Büro im dritten Stock. Sie schloss ihre Bürotür auf und warf ihre Handtasche auf den aufgeräumten Schreibtisch. Wenn sie arbeitete, konnte es bisweilen chaotisch auf ihrem Schreibtisch aussehen. Viele halb leer getrunkene Kaffeetassen standen dann zwischen Stapeln von Papier und Büchern; Kugelschreiber und Notizblöcke lagen quer über den ganzen Tisch verteilt.

Aber wenn Pauline ihr Büro verließ, dann musste alles seine Ordnung haben. Dann war, neben Telefon und Laptop, nur noch eine gerahmte Fotografie, die ihre Schwester Carolina, ihre Mutter Maria und Pauline vor der Londoner Tower Bridge zeigten, auf dem Schreibtisch zu sehen. Eine Erinnerung an ein »Mädelswochenende«. An der Wand dahinter hing ein Bild des Fotografen Andreas Gursky, »Der Rhein«. Schlicht zeigte es drei horizontale Linien: Wasser in der Mitte, Gras oben und unten. Pauline liebte dieses Bild. Es beruhigte sie und half ihr, über Texte und Wortwahl nachzudenken. Das Foto war ein Geschenk ihres Vaters gewesen.

Pauline öffnete die unterste Schublade ihres Schreibtisches, in der sie Puder und Deodorant deponiert hatte, und trug beides auf. Obwohl sie sich selten mit Puder schminkte, sollten die Kollegen nicht sofort bemerken, dass sie die ganze Nacht unterwegs gewesen war. Pauline legte Puderdose und Deo zurück und schloss die Lade, als es klopfte und Julia Schneider eintrat.

»Bist du fertig für die Konferenz?«, fragte sie und warf die eine Seite ihres beigefarbenen Schals über ihre Schulter. Ihr riesiger Ohrring baumelte. Ohne die Antwort abzuwarten, stellte Julia sofort fest: »Es riecht nach Deo. Wozu brauchst du das denn bereits am Morgen? Hast du zuhause nicht geduscht?« Julia lachte und ihre Ohrringe baumelten noch heftiger.

Julia Schneider war Paulines Kollegin, auch wenn Julia bei einem anderen Magazin des Verlages arbeitete. Vor allem war Julia aber Paulines beste Freundin. Julia kannte jede von Paulines Eigenheiten, und sich bereits vor zehn Uhr in der Früh mit Deodorant einzunebeln, gehörte nicht dazu. So eitel war Pauline nicht.

»Wieso willst du mich zu unserer Redaktions-Konferenz abholen? Oder arbeitest du seit neuestem auch für »Land und Stil«?«, wich Pauline Julias Frage aus. Sie wollte nicht über Jan sprechen. Noch nicht.

»Ich dachte, ich hole dich lieber ab, damit du nicht auf die letzte Sekunde in den Raum rauschst, wenn uns der Verleger höchstpersönlich alle einbestellt«, sagte Julia spöttisch und musterte Pauline weiterhin, denn Julia fand, dass Pauline heute verändert wirkte.

»Ich komme nie zu spät«, brummelte Pauline, denn Julia wusste das eigentlich. »Aber was heißt: alle einbestellt? Ich hatte angenommen, dass nur meine Redaktion eine Sonderkonferenz hat.« Pauline verstand es nicht.

»Hast du nichts mitbekommen? Richtig, du warst ja in Hamburg«, beantwortet Julia umgehend ihre Frage selbst. »Da gab es eine Änderung. Alle sollen kommen. Gerhard von Hoff habe etwas Wichtiges zu sagen, heißt es«, fuhr Julia fort. »Was das werden soll, weiß ich nicht. Vielleicht sollen Bilder eines vielversprechenden Künstlers ausgestellt werden und zur Eröffnung sollen wir alle kommen und Interesse heucheln.« Julia betrachtete ihre manikürten Fingernägel. Sie schien die Versammlung nicht besonders aufregend zu finden.

Auch Pauline wusste, dass sich Gerhard von Hoff selten direkt an seine Mitarbeiter wandte. Es hieß, er sei hart und desinteressiert. Es war bekannt, dass ihm Inhalte nicht wichtig waren. Laut Gerüchten ging es Gerhard von Hoff darum, dass sein Verlag genug Geld für seinen Lebensstil und den seiner extravaganten Frau abwarf. Es war außerdem bekannt, dass Gerhard von Hoff die Kunst liebte. Er saß in Jurys, die junge Künstler auszeichneten.

Seinen Sinn für Kunst und die Förderung junger Talente wusste Gerhard von Hoff wiederum gut zu präsentieren. Regelmäßig las man über Gerhard von Hoff in den lokalen Zeitungen. Spötter meinten, er kümmere sich mehr um die Kunst als um seinen Verlag. Aber Pauline hörte bei diesem Tratsch immer nur halb hin. Es interessierte sie nicht.

Anders war es bei Julia. Sie wusste beinahe alles, was im Verlag und in dessen Nähe vor sich ging. Sie verstand sich mit den Sekretärinnen der Redaktionen gut, die als hervorragende Quellen dienten. Julia Schneider war neugierig, redete gern und hörte noch lieber Geschichten. Erstaunlicherweise konnte sie andererseits echte Geheimnisse, die ihr anvertraut wurden, sehr gut für sich behalten. Tuscheln war das eine, aber das Vertrauen hatte Julia noch von niemandem missbraucht. Daher war sie bei den Kolleginnen sehr beliebt, aber mit Ausnahme von Pauline hatte sie keine Freundin im Verlag. Julia hielt sich zurück und nur Pauline wusste, wenn ihre Freundin etwas auf dem Herzen hatte.

»Glaubst du wirklich, dass es um von Hoffs Kunst geht?«, fragte Pauline ungläubig, die Julias Erklärung irgendwie zu banal fand. Und falls doch, so wäre eine Mitarbeiterversammlung doch sehr übertrieben. Aber bei Chefs und ihren Eigenheiten konnte man ja nie wissen. Julia hätte es zudem sicher längst erfahren, wenn es der Grund ein anderer wäre.

»Ich hab's!«, rief Julia Paulines Frage ignorierend. Julia grinste. »Du warst nicht auf „Drei Eichen“! Deshalb brauchtest du das Deo.« Endlich hatte sie erraten, was bei Pauline heute Morgen anders war.

Unruhig rutschte Pauline auf ihrem Stuhl hin und her.

»Du hast recht. Ich bin in Hamburg geblieben«, sagte

sie verlegen, aber auch ein bisschen mit dem Stolz, in einen umwerfenden Mann verliebt zu sein.

»Nein!«, rief Julia aus und schlug theatralisch die Hände vor den Mund.

»Wie sieht er aus? Was macht er? Was ist passiert?«

»Nicht jetzt, Julia. Und bitte verrate niemandem etwas. Los, wir müssen zur Konferenz.« Geschäftig schob Pauline ihren Laptop beiseite.

»Aber später musst du mir alles genau erzählen«, forderte Julia, ihre dunkelbraunen Augen funkelten.

»Bestimmt«, beruhigte Pauline sie, stand auf und schob den Schreibtischstuhl unter den Tisch.

Julia und Pauline saßen auf schwarzen Plastikstühlen in der halbrunden Aula des Verlages. Es war voll. Julia und Pauline sahen sich um. Jeder schien gekommen zu sein. Die Gesichter der anderen Mitarbeiter drückten ebenfalls Ratlosigkeit aus. Die meisten tuschelten miteinander, wenige starrten gespannt nach vorn. Gerhard von Hoff, einige Chefredakteure und der Verlagsgeschäftsführer Siegfried Kröger standen vorne seitlich am Podest und diskutierten noch. Pauline beobachtete, wie Gerhard von Hoff immer wieder leicht in die Knie ging und nervös wippte, die Arme vor seinem schlaksigen Körper verschränkte. Siegfried Kröger nestelte an seinen kurzen Fingern, während er sprach. Zwei Chefredakteure fuhren sich mit der Hand über die Wangen und zogen ihre Gesichter in die Länge. Dann bewegten sie sich. Von Hoff ging auf das Rednerpult zu, die anderen nahmen auf Stühlen in der ersten Reihe Platz.

Gerhard von Hoff wollte in einem kaffeebraunen Anzug ohne Krawatte lässig wirken. Es gelang ihm nicht, denn er hielt sich krampfhaft seitlich am Pult fest. Der Verleger holte aus. Dass sein Vater den Verlag gegründet hatte, dass es Höhen und Tiefen gab, dass sich »Land und Stil« großartig entwickelt hatte.

Die Kollegen um Pauline herum verzogen irritiert die Mienen. Das wussten doch alle.

»Er soll zum Punkt kommen und die Selbstdarstellung sein lassen«, raunte Julia Pauline genervt zu.

»Er wird schon noch sagen, was er eigentlich will«, entgegnete Pauline unbeteiligt. Sie war in Gedanken bei Jan. Sie nahm die verwirrten Gesichter der Kollegen wahr, sie hörte die Worte ihres Verlegers, aber alles erschien ihr weit weg. Sie fühlte sich nicht angesprochen, so als würde sie nicht zum Verlag gehören. Es war ihr nicht wichtig, was gesagt wurde. Jan war wichtig. Was Gerhard von Hoff auch sagen würde, sie würde es nicht aus der Bahn werfen. Pauline, die ihren Beruf sehr ernst nahm und sich richtig reinhängte, empfand in diesem Moment einfach nichts. Nichts für ihre Redaktion, ihren Verlag. Sie wollte nur an Jan denken. Und sie wollte ihn so schnell wie möglich wiedersehen. Würde er sich bei ihr melden? Sie würde es jedenfalls nicht tun, wie sähe das denn aus? Pauline wollte sich umwerben lassen.

»Aber um weiterhin ein erfolgreicher Verlag zu sein, müssen wir umstrukturieren«, sagte von Hoff nun konkret. Er starrte auf sein Manuskript. »Wir werden Neues entwickeln. Manchmal, so schmerzhaft es sein mag, muss man sich von Altem trennen,« sagte von Hoff, zögerlich blickte er auf. Seine Haltung war leicht geduckt. Pause.

Für jemanden, dem es nur ums Geld geht, wirkt er überraschenderweise weder hart noch berechnend, wunderte sich Pauline still und war für einen kurzen

Augenblick von den Gedanken an die vergangene Nacht abgelenkt.

In den Reihen wurde getuschelt, geflüstert, gewispert. Julia und Pauline sahen sich erstaunt an. Pauline kam nicht darum herum, Jan in ihren Gedanken ein wenig beiseitezuschieben.

»In den kommenden Wochen werden wir gemeinsam mit externen Beratern einen Plan entwerfen. Über die weiteren Schritte werden Sie selbstverständlich regelmäßig informiert. Wir hoffen auf Ihre Mitarbeit und Ihr Verständnis. Vielen Dank!« Stakkatoartig las er die letzten Zeilen vom Blatt ab. Dann verließ er überstürzt das Rednerpult und begann, vor der ersten Reihe stehend, sichtbar angestrengt eine Unterhaltung mit dem Verlagsgeschäftsführer. Nachfragen waren unangenehm und unerwünscht.

Fast alle Mitarbeiter blieben sitzen. Von Hoffs Worte schienen noch nicht angekommen zu sein.

Pauline ließ die Arme baumeln und warf den Kopf in den Nacken, sodass sie die gläserne Decke sehen konnte, seitlich die Gänge der einzelnen Stockwerke. Erst vor wenigen Jahren war das Verlagshaus modern umgebaut worden. In der Aula kam man sich immer wie im Glashaus vor, fand Pauline. Die Architekten hatten mit den vielen Glasscheiben, die die Aula umgaben, Transparenz, Licht und Offenheit symbolisieren wollen. Das stimmte, fand Pauline. Aber man konnte sich andererseits schnell eingesperrt fühlen oder beobachtet vorkommen. Das Glas wirkte zuweilen kalt und abgrenzend. Der Gedanke, die mächtigen Glasplatten könnten zerspringen, wirkte bedrohlich.

»Sie werden Leute entlassen«, fasste Pauline knapp von

Hoffs Rede zusammen.

»Glaubst du wirklich?« Julia wollte es nicht wahrhaben.

»Umstrukturierung. Externe Berater. Hoffen auf Verständnis. Das sind die üblichen Begriffe für eine derartige Ankündigung. Ehrlich gesagt hätte ich nicht gedacht, dass es auch uns trifft«, meinte Pauline verblüfft.

»Dich wird es nicht treffen«, sagte Julia plötzlich sehr spitz.

»Wieso?« Pauline richtete sich verdattert wieder auf.

»Dein Magazin hat großartige Zahlen. Das hat von Hoff doch gesagt. Du hast als Autorin mit so vielen Freiheiten sowieso eine Sonderstellung, und das weißt du!«, sagte Julia schnippisch.

Obwohl sie ihre beste Freundin war, war Julia gelegentlich eifersüchtig auf Paulines Erfolg und Glück. Alles schien Pauline Große-Lindhorst zuzufallen. Sie war Volontärin in Hamburg und Korrespondentin in London gewesen; sie kehrte in ihr geliebtes Münster zurück; wohnte auf dem herrschaftlichen Gut ihrer liebevollen Eltern und bekam obendrein eine herausragende Stelle angeboten. Julia hingegen war nie aus Münster herausgekommen, ihr Vater Herbert war schon vor sieben Jahren gestorben, weshalb ihre Mutter Irmelin sehr an Julia hing und Julia nicht wagte, sie allein zu lassen. Julia war nach dem Tod des Vaters aus ihrer Zwei-Zimmer-Wohnung in der Innenstadt ausgezogen und in die Nähe ihres Elternhauses im Stadtteil Gremmendorf gezogen. In Gremmendorf wohnten Banker, Ärzte oder Anwälte. Auch Julias Vater Herbert war Anwalt gewesen. Er hatte die junge hübsche Irmelin geheiratet, die seither nicht mehr als Kosmetikerin arbeiten sollte. Nach Herberts Tod hätte sich Irmelin unwohl in dem großen

Haus gefühlt, aber verkaufen konnte sie auch nicht. Also gab Julia ihre gerade erreichte Unabhängigkeit teilweise wieder auf, um schnell bei ihrer Mutter sein zu können. Ganz nach Hause zu ziehen wäre für Julia allerdings nicht in Frage gekommen. Das hätte nur Ärger gegeben. Irmelin konnte anstrengend anhänglich sein. Sie wollte nach dem Ehemann nicht auch noch die Tochter verlieren. Ständig wollte Irmelin über Julias Leben Bescheid wissen, wann sie wohin ging, wen sie traf, was sie machte. In diesem Punkt beneidete Julia ihre Freundin Pauline um deren verständnisvolle Eltern. Maria und Bernd würden nie auf die Idee kommen, Pauline derart zu kontrollieren. Sie hatten immer ein offenes Ohr, aber sie bedrängten Pauline nie. Pauline hatte die lässigeren Eltern und den besseren Job, fand Julia. Denn Julia arbeitete ihrer Ansicht nach bei einem nicht bedeutsamen Frauenmagazin, das immer wieder die gleichen Themen behandelte und wenig Aufregendes zu bieten hatte. Meistens gefiel Julia ihr beschauliches, berechenbares Leben, aber manchmal hätte sie an Paulines Stelle sein wollen. Eigentlich gönnte sie der Freundin den Erfolg und ihr perfektes Leben. Und ständig auf Reisen zu sein, wie Pauline es war, das wäre Julia zu anstrengend gewesen. Sie brauchte ihren geregelten Feierabend. Nur manchmal beschlich sie das Gefühl der Ungerechtigkeit. Es gab offensichtlich Menschen, die immer auf der sonnigeren Seite des Lebens standen, meinte Julia.

»Du magst recht haben, dass es mich vielleicht nicht als Erste treffen wird«, sagte Pauline betont gelassen. Sie wollte nicht auf den eifersüchtigen Anflug von Julia eingehen. »Mein Magazin verkauft sich gut und macht Gewinn. Aber wer sagt, dass die Umstrukturierung in den verschiedenen Redaktionen abläuft? Ich bin ein junger Single. Nach sozialen Aspekten müsste ein älterer Familienvater seine Stelle behalten, und ich könnte mir etwas Neues suchen. Dann macht eben jemand anders meinen Job. Für unersetzlich halte ich mich nicht.« Den letzten Satz formulierte Pauline bewusst deutlich. Julia sollte bemerken, dass ihre Unterstellungen, Pauline wäre stets die verwöhnte Ausnahme, nicht fair waren.

Freitagvormittag – Agentur, Hamburg

Jan Hoff saß zurückgelehnt in Jeans, weißem Hemd und dünnem, blauen Schal am großen Konferenztisch. Er drehte sich mit seinem Stuhl ein wenig hin und her, blickte aus dem Fenster. Der Regen prasselte gegen die großen Glasscheiben. Starke Windböen ließen das Regenkonzert unharmonisch wirken. Jans Hände spielten mit einem Bleistift.

Er dachte an Pauline. Wie sie ihren langen Pferdeschwanz in den Nacken warf, wie sie mitreißend lachte, wie ihre sanften, braunen Augen strahlten. Jan meinte, in ihren Augen eine Unbeschwertheit, eine Offenheit, eine Klarheit herauslesen zu können, die ihm so noch nie begegnet waren. Jan war gefangen von Pauline.

Bei ihrer ersten Begegnung im Fahrstuhl empfand Jan Paulines Art als unterkühlt. Gleichwohl war ihm nicht entgangen, wie attraktiv sie war mit ihren rehbraunen Augen und ihrer schlanken Figur.

Als Pauline später in seinem Büro Platz genommen und ihre Fragen gestellt hatte, war von Unterkühlung nichts mehr zu spüren gewesen. *So eine faszinierende Frau*, hatte er gedacht, *clever, lustig und warmherzig.*

Egal welche Szene er sich aus dem Café oder Restaurant ins Gedächtnis rief, es war ein umwerfender, berauschender Abend gewesen.

Wie gern hätte er mit ihr geschlafen. Wie gern hätte er ihren Hals gestreichelt, ihre nackten Schultern geküsst, den Geruch ihrer Haut eingeatmet.

Er stellte sich vor, ihre zarte Haut mit seinen Händen zu berühren, die Kurve an der Seite zwischen ihren Rippen und ihrem Becken nachzufahren ...

»Jan, und wie stellst du dir die grafische Umsetzung vor?«

Pause.

»Jan? Jan, kannst du mir die Frage beantworten?«, hakte Gerrit Buckner, der Projektleiter, nach. Es war nicht Jan Hoffs Art, bei Besprechungen unkonzentriert zu sein.

»Ach so, ja natürlich. Also, ich dachte an Folgendes«, begann Jan verwirrt und stellte mit monotoner Stimme seine erarbeiteten Ideen vor. Als er geendet hatte und die Umsetzungsvorschläge zur Diskussion standen, bemerkte Jan knapp: »Ich habe noch einen Termin, Herr Temmer kann übernehmen. Wir klären die Details dann am Montag, ihr entschuldigt mich.« Jan stand hastig auf, legte den Bleistift, den er während seines Vortrags weiter festgehalten hatte, auf den Tisch und ging zielstrebig auf die Tür des Konferenzraumes zu.

»Von einem Termin hatte er gar nichts gesagt«, flüsterte Oliver Temmer erstaunt seiner Tischnachbarin zu.

Dann war Jan auf dem Flur. Allein. Er ging wenige Schritte den Gang hinunter zur Herrentoilette. Nachdem sich Jan Hoff zwei Hände voll mit Wasser ins Gesicht geschüttet hatte, eilte er in sein Büro. Ella Nientiedt sah überrascht von ihrem Schreibtisch auf.

»Ist das Meeting schon beendet?«, fragte sie erstaunt und blickte rasch in Jans Terminkalender auf dem Computer.

»Nein, nein. Oli macht für mich weiter«, erklärte Jan abwesend.

»Ist dir nicht gut?« Ella war besorgt. Jan verließ niemals ohne wichtigen Grund ein Meeting.

»Nein, alles in Ordnung«, sagte Jan leise und fügte beschwörend hinzu: »Ella, ich habe jetzt eine wichtige Verabredung und möchte von niemandem gestört werden. Von niemandem. Keine Anrufe auf dem Handy, nichts. Wenn jemand fragt, wo ich bin, dann sagst du, es sei spontan ein Termin hinzugekommen und mehr wüsstest du nicht, klar?«

»Natürlich Jan. Wann wirst du zurück sein?«

»Heute komme ich nicht mehr ins Büro«, sagte Jan nur, nahm seine Jacke vom Garderobenhaken im Vorzimmer und eilte aus der Tür. Etwas ratlos sah ihm Ella Nientiedt nach. Ein merkwürdiges Verhalten, wie sie fand. Jan brach nie Meetings ab und flüchtete anschließend aus dem Büro. Er wirkte zerstreut und fahrig, nicht so entspannt und brillant, wie Ella ihn sonst kannte. Ella Nientiedt vergötterte ihren Chef. Für ihn würde sie alles tun. Theoretisch war er der perfekte Mann zum Heiraten, aber Ella war erstaunlicherweise nicht in ihn verliebt, und zwischen ihnen gab es nur eine berufliche, professionelle Verbindung. Sie wusste, dass Jan ihre Arbeit schätzte. Ella war pünktlich, korrekt, höflich, bestens organisiert und arbeitete vorausschauend. Jan vertraute Ella viel an, sie wusste viel über die laufenden Kampagnen, schwierige Kunden oder Ärger im Team. Und schließlich verbrachten beide viele, viele Stunden gemeinsam in der Agentur, sodass die Launen und Eigenheiten offenbar wurden, aber befreundet waren sie dennoch nicht. Jan trennte Beruf und Privatleben strikt. So offen und charmant er im Büro sein konnte, so eigenbrötlerisch wirkte er, wenn es um sein Privatleben ging. Daher erklärte er Ella wohl auch nicht, was ihn gerade bewegte. Aber es ging sie nichts an, und so wandte sie sich ihrer Arbeit zu, ohne beleidigt zu sein, weil Jan sie nicht ins Vertrauen gezogen hatte.

Jan Hoff ging schnellen Schrittes zur Binnenalster, er musste aus dem Eingangsbereich der Agentur entkommen. Kollegen wollte er nicht sehen. Am Wasser angekommen atmete er tief ein. Es hatte aufgehört zu regnen, aber der Himmel war grau. Jan fröstelte. Er hatte in aller Eile versehentlich die Sommerjacke von einem Stuhl daheim im Flur gegriffen, um nicht zu spät zum Meeting zu kommen. Geschlafen hatte er nicht.

Während ihres langen nächtlichen Spaziergangs hatten Pauline und er sich geküsst und waren anschließend in einer heruntergekommen Bar gelandet, aber das war ihnen gleich gewesen. Sie hatten gekuschelt, geküsst und ausgelassen getanzt bis in die Morgenstunden. Jan war verrückt nach Pauline gewesen und er hätte sie am liebsten mit in seine Wohnung genommen. Aber das war nicht möglich gewesen.

Nachdem er um halb sieben in der Früh Pauline bis zu ihrem Zug begleitet hatte und sich mit einem innigen Kuss von ihr verabschiedet hatte, war er schnell mit einem Taxi in seine Wohnung gefahren und hatte geduscht. In der Hektik hatte er nicht darauf geachtet, welche Jacke er mitnahm.

Was hatte er sich dabei gedacht, Pauline wiedersehen zu wollen? *Das war nicht klug,* dachte Jan nun und schlug den Kragen seiner dünnen Jacke hoch. Es war eine wundervolle Nacht, aber es war nicht klug.

Jan blickte auf seine Armbanduhr. Es war kurz nach halb zwölf. Mittagspausenzeit. Er suchte sein Smartphone in seiner Jeans und tippte.

»Hey Daniel, ich muss unbedingt mit dir sprechen!«, sagte Jan ernst, als sich sein bester Freund meldete.

»Was ist denn passiert?«, fragte Daniel Schäfer irritiert.

»Nicht am Telefon. Können wir uns gleich sehen?«

»Gleich? Ich kann eigentlich heute schlecht Pause machen. Imke und ich wollen doch am Abend ins Theater, und da muss ich pünktlich aus dem Laden hier rauskommen und ...« Daniel kam mit seinen Erklärungen nicht weiter.

»Du musst. Es ist mir wirklich wichtig. Zwölf Uhr bei unserem Italiener«, unterbrach ihn Jan mit Nachdruck.

»Na gut, wenn es dir so wichtig ist.« Daniel Schäfer legte auf.

Jan saß wie verabredet in dem italienischen Restaurant in einer Ecke an einem kleinen runden Tisch und trank seine Cola hastig aus. Daniel kam herein und setzte sich. Seine Jacke ausziehend fragte Daniel neugierig: »Was ist denn eigentlich passiert? Haben sie dich gefeuert?«

»Nein, wie kommst du denn da drauf?« Jan war verblüfft.

»Das wäre das einzige Drama, was mir zu dir einfiele. Tod eines Verwandten kommt nicht in Frage, da du quasi keine Familie hast«, stellte Daniel trocken und zusammenfassend fest, er legte seine Jacke auf den leeren

Stuhl neben sich.

»Und dennoch geht es um Familie«, Jan seufzte und sagte leise: »Ich habe mich verliebt.«

»Klar, in Pia, das wissen doch alle. Auch wenn ich nicht nachvollziehen kann, warum es gerade Pia sein muss«, gelangweilt von dem Thema blätterte Daniel in der Speisekarte. »Das erneut zu diskutieren, dafür hast du mich hoffentlich nicht aus dem Büro geholt, und heiraten willst du sie hoffentlich auch nicht. Oder doch?« Daniels Stimme klang mit einem Mal scharf, und er blickte Jan forschend an. Daniel Schäfer mochte die Freundin seines Freundes nicht, und das war Jan längst bekannt. Deswegen hatten sie sich oft gestritten. Pia Schüller war jung, sehr dünn – klapprig, wie Daniel sagen würde – und mit ihrem pechschwarzen Kurzhaar-Bob, ihren stahlblauen Augen und tiefrot geschminkten Lippen fanden sie einige Männer sehr attraktiv. Nur Daniel konnte dies nicht nachvollziehen. Für ihn war Pia der Prototyp einer egoistischen, berechnenden Frau, die einen Mann lediglich dazu brauchte, ihre Einkaufswünsche zu erfüllen. Aber Jan war seit fast zwei Jahren mit ihr zusammen und er war offenbar noch immer nicht der gleichen Meinung wie Daniel.

»Es geht nicht um Pia. Doch, ein bisschen vielleicht. Es ist alles sehr kompliziert«, sagte Jan und blickte auf sein leeres Glas.

Freitagmittag – Von-Hoff-Verlag, Münster

»Uff, fertig.« Pauline klickte ein letztes Mal auf das Speichersymbol, um den Text auf ihrem Laptop zu sichern.

Sie stieß sich mit den Füßen auf dem Teppich ab und der Bürostuhl rollte ein wenig zurück. Dann drehte sie sich um und blickte auf ihren Gursky. Es war tatsächlich ein beruhigend schönes Bild, fand Pauline.

Sie überlegte. Ob Jan heute viel zu tun hat? Ob er sich gerade Entwürfe für eine neue Kampagne anschaut? Ob er einen neuen Kunden trifft? Am liebsten hätte sie alles über seinen Alltag und seinen Beruf gewusst. Sie wollte sich teilhabend fühlen, alles mit ihm teilen. Es war eigenartig. Bei den Männern, die sie zuvor getroffen hatte, war sie nicht daran interessiert gewesen, zu wissen, wie deren Tagesablauf aussah. Bei Jan war das anders. Sie konnte es nicht abwarten, ihn alles zu fragen und alles von ihm zu erfahren. Zwar hatten sie gestern Stunden geredet, aber Pauline hungerte nach jeder Kleinigkeit seines Lebens.

Sie drehte sich zurück zum Schreibtisch und nahm Jans Visitenkarte in die Hand, die sie neben ihr Telefon gelegt hatte, damit sie während ihrer Arbeit mit nur einem Blick seinen Namen immer lesen konnte. War das kindisch oder romantisch? Pauline konnte sich nicht entscheiden.

Eigentlich könnte ich ihn unter dem Vorwand noch eine Frage zu haben anrufen, dachte Pauline. Sie zögerte. Oder lieber doch nicht? Warum hatte er sich noch nicht gemeldet? Dann schob sie die Karte weg, über den Tisch. Nein, sie wollte nicht die Erste sein, die anrief. Doch andererseits wollte sie unbedingt seine warme Stimme hören, seine Reaktion auf ihren Anruf herausfinden. Sie wollte ein Gefühl dafür bekommen, ob es mit ihnen weiterginge. Pauline zog die Karte zurück und griff entschlossen zum Telefonhörer, schließlich konnte sie sich hinter einer Frage zum Artikel verstecken. Sie rief den Art Director an, nicht Jan. Überzeugt warf sie den Kopf in den Nacken, doch als sie das Freizeichen hörte, wurde sie nervös und ihre Hände schwitzten.

»Becker und Becker, Sie sprechen mit Ella Nientiedt, was kann ich für Sie tun?«

Pauline nannte etwas zu forsch, um ihre Nervosität zu kaschieren, ihren Namen und erklärte, Herrn Hoff noch eine Frage stellen zu müssen.

»Das tut mir leid, Frau Große-Lindhorst. Herr Hoff ist heute nicht mehr im Hause. Kann ich ihm etwas ausrichten?«

Pauline war enttäuscht. Sie hatte sich auf Jans Stimme gefreut, sie hatte sich darauf eingestellt, ihn sprechen zu können.

»Könnte ich ihn mobil anrufen? Es wäre gut, die Frage heute noch zu klären, damit ich den Text abschließen kann.« Pauline ließ nicht locker.

»Das geht leider nicht, da er einen Termin hat und absolut nicht gestört werden darf. Er wird sein Smartphone abgeschaltet haben. Aber ich werde ihm gleich am Montag ausrichten, dass Sie angerufen haben, falls das für ihren Artikel noch reicht.«

»Ja, das würde reichen, unser Magazin erscheint ja nicht morgen«, sagte Pauline mit einem beleidigten Unterton. Ella Nientiedt ignorierte es, verabschiedete sich höflich und legte auf.

So ein Mist. Pauline war ärgerlich und enttäuscht.

»Jetzt bist du dran! Keine Ausreden mehr!« Julia platzte in Paulines Büro, sie wollte frech und spaßig klingen. »Ich will alles über deine Eroberung hören. Wir gehen in unser kleines Café, ja?«

»Also gut«, seufzte Pauline, die Jan sowieso nicht erreichen konnte. »Lass mich schnell das Interview an Herrn Becker mailen und dann können wir los.«

Freitagmittag, italienisches Restaurant – Hamburg

»Wenn ich alles richtig verstanden habe, hast du gestern im Büro eine Journalistin kennengelernt, dich nachher mit ihr verabredet, sie geküsst, und sie arbeitet für den Verlag deines Vaters?«, fragte Daniel erstaunt.

»Ja, leider«, seufzte Jan und spielte mit dem leeren Cola-Glas in der Hand.

»Wieso leider? Ich finde es großartig!« Daniel lehnte sich entspannt zurück. »Als du mir Pauline beschrieben hast, hast du so enthusiastisch und begeistert gesprochen wie noch nie. Die scheint dir ganz schön den Kopf verdreht zu haben. Ich finde das klasse! Und was ist dabei, dass sie für deinen Vater arbeitet? Das hat doch nichts mit dir zu tun.« Daniel sah das Problem nicht.

»Aber verstehst du denn nicht? Was ist, wenn sie möchte, dass ich sie in Münster besuche? Womöglich soll ich sie auch noch im Verlag abholen und dann laufe ich meinem Vater über den Weg? Das will ich nicht!«, erklärte Jan entschieden. »Und Pauline ständig nach Hamburg zu lotsen geht auf Dauer auch nicht. In Münster lebt ihre Familie, die sie mir sicher gern vorstellen möchte. Ihre Familie ist ihr sehr wichtig.«

»Du hast dir schon enorm viele Gedanken um die Zukunft gemacht und das nach nur einer Nacht, in der du nicht einmal im Bett mit ihr warst«, meinte Daniel amüsiert und faltete seine unbenutzte Papierserviette klein. »Sei doch nicht so vorschnell. Das kann sich alles noch eine Weile hinziehen. Außerdem solltet ihr erstmal sehen, ob ihr zusammenpasst. Wenngleich, meinen Segen hast du. Jede Frau ist besser als Pia.«

Jan antwortete nicht und dachte: *Daniel hat recht. Ich kenne sie gar nicht richtig, aber alles wirkt so vertraut, so schön, so passend. Es fühlt sich so gut an.*

»Mal abgesehen von deiner Schwärmerei für Pauline«, unterbrach Daniel die stille Pause, »was ist denn nun mit Pia? Die flippt aus, wenn du dich trennst. Du bist doch ihr finanzieller Hauptgewinn.«

»Sprich nicht so negativ von ihr«, mahnte Jan, der Daniels permanente Stänkerei gegen seine Freundin nicht durchgehen lassen wollte, wenngleich er sich im Stillen bereits gefragt hatte, was ihn mit Pia eigentlich verband.

»Es ist doch die Wahrheit. Wer bezahlt denn die teuren Klamotten, die Schuhe und die vielen Nagellackfläschchen, die deinen Kühlschrank überfüllen, dass man nicht einmal mehr eine Flasche Bier findet?«, provozierte Daniel. »Wer nimmt sie zu schicken Partys und Empfängen als Begleitung mit? Wer bezahlt die Urlaubsreisen auf die Malediven? Und dabei tauchst du gar nicht.« Daniel ignorierte zufrieden Jans Ermahnung, nicht über Pia zu lästern. Er witterte die Chance, sein Freund könnte die ihm verhasste Pia für eine andere Frau sitzen lassen.

»Ach komm, sie kümmert sich um mich und ist echt ein nettes Mädchen.« Jan wollte seine Freundin verteidigen, aber er bemerkte selbst, dass ihm nicht viel einfiel.

»Mmh, nett ... das ist wirklich ein Kompliment«, kommentierte Daniel ironisch. »Pia muss besondere

Qualitäten haben, von denen mir nichts bekannt ist. Anders kann ich mir wirklich nicht erklären, warum du noch mit ihr zusammen bist«, spekulierte Daniel zweideutig.

Wieder antwortete Jan nicht. Er dachte über Daniels Worte nach und musste zugeben, dass er nicht unrecht hatte. Sex mit Pia war wirklich sehr gut. Sie machte alles mit und hatte immer Lust, wenn er wollte. Aber war guter Sex denn alles? Jetzt, nachdem er Pauline kennengelernt hatte, wurde ihm deutlich, welche Eigenschaften Pia fehlten. Und das waren einige.

Daniel, der glaubte mit seinem letzten Kommentar zu weit gegangen zu sein, weil Jan nur vor sich hinstarrte, wollte das Thema wieder auf Pauline lenken: »Ruf' Pauline an und schieß' Pia in den Wind. Finde heraus, ob Pauline die richtige Frau sein kann. Was hast du denn zu verlieren?«

Drei

Freitag, später Nachmittag – Villa am Aasee, Münster

Es war halb sechs. Gerhard von Hoff kam früher als gewöhnlich nach Hause. Er fuhr mit seinem Jaguar durch das sich automatisch öffnende Eisentor, welches für wenige Sekunden den Blick auf eine moderne, kubische Villa, weiß verputzt, freigab. Kaum hatte sich das Tor wieder geschlossen, konnte von außen niemand mehr einen Blick auf das Anwesen werfen. Mauern, hohe Hecken und Zäune verhinderten dies. Als sie Ende der 1990er Jahre aus dem Stadtteil Mauritz hierher an den Aasee gezogen waren, hatte Gerhard von Hoff dem Kauf nur halbherzig zugestimmt. Er war nicht gänzlich von dem Haus überzeugt gewesen, auch wenn es ein renommierter Münsteraner Architekt entworfen hatte. Aber er hatte auch keine triftigen Gründe gehabt, dagegen zu sein. Da ihm damals die ständigen Hausbesichtigungen auf die Nerven gegangen waren und seine Frau unbedingt in diese Villa hatte einziehen wollen – vor allem wegen des berühmten Architekten –, hatte er zugestimmt. Mittlerweile, nach all den Jahren, erschien ihm sein Heim, wenn dies denn die richtige Bezeichnung war, wie ein Gefängnis.

In Gedanken bei der bedrückenden und unangenehmen Mitarbeiterversammlung schloss Gerhard von Hoff die Eingangstür auf, schlich über den Marmorfußboden und legte Mantel und Schal an der Garderobe ab. Die Doppeltür, die von der großzügigen Diele ins Wohnzimmer führte, stand einen Spalt weit offen. Aus dem Wohnzimmer drang eine grelle und quietschende Stimme. Es war die Stimme seiner Frau Lea. *Sie hängt bestimmt am Telefon,* dachte Gerhard und seufzte leise. Neben der Garderobe stellte er seine Aktentasche ab. Er hielt inne. Nach der verklausulierten Nachricht an seine Mitarbeiter, dass Kündigungen nicht ausgeschlossen seien, hatte er überhaupt keine Lust, sich mit Leas Problemen auseinandersetzen zu wollen. Wahrscheinlich war die Putzfrau unpünktlich gewesen, oder der Friseur hatte ihre Haare zu kurz geschnitten.

Sie weiß glücklicherweise nicht, dass ich da bin, dachte Gerhard von Hoff. Gerade als er geräuschlos Unterlagen aus seiner Tasche heraussuchen wollte, um anschließend unbemerkt in sein Arbeitszimmer, welches Lea so gut wie nie betrat, verschwinden zu können, wurde Leas Stimme lauter.

»Das ist unsere Chance, Erik!«, rief Lea von Hoff und stöckelte unruhig auf den Fliesen hin und her. »Gerhard hat doch gar keine Lust auf den Verlag. Er kümmert sich nur um die Kunst. Und jetzt, wo es im Verlag Probleme gibt, wird er noch weniger Lust haben. Jetzt müsste er zum ersten Mal in seinem Leben richtig arbeiten. Kannst du dir das bei deinem Vater vorstellen? Er, der sich vorzugsweise auf Vernissagen und Eröffnungen herumtreibt? Gerhard soll plötzlich Rechnungsbücher wälzen? Das kannst du viel besser, Erik! Du hast schließlich Wirtschaft studiert und ...« Ihr Redeschwall war offenkundig von Erik unterbrochen worden.

Gerhard hatte sich näher an die offenstehende Tür herangepirscht. Lea telefonierte also mit Erik, ihrem gemeinsamen Sohn. Gerhard von Hoff überraschte das soeben Gesagte. Es war nichts Ungewöhnliches, dass Lea ihn, Gerhard, vor Erik schlecht machte. Schließlich hatten Mutter und Sohn eine sehr enge Verbindung, während das Ehepaar Gerhard und Lea schon seit Jahren nebeneinander statt miteinander lebte. Lea kümmerte sich hingebungsvoll um ihr alterndes Aussehen. Daneben war ihre einzige Aufgabe, Haus und Garten in Ordnung zu halten, was sie wiederum den Angestellten auftrug. Es war vorgekommen, dass Lea mit einem der Gärtner, die bestellt wurden, eine Affäre gehabt hatte. Gerhard von Hoff war dies nicht verborgen geblieben. Lea allerdings glaubte, dass Gerhard ahnungslos war. Gerhard hatte seine Frau nie zur Rede gestellt, da es ihn nicht interessierte, was sie tat.

Es stimmte, Gerhard hatte sich die Kunst als Hobby neben seinen Verlagsgeschäften ausgesucht. Er besuchte viele Museen, ging gern auf Vernissagen. Aber es war eine Frechheit von Lea zu behaupten, er habe nie gearbeitet. Wut stieg in ihm auf, er spürte die Anspannung in seinem ganzen Körper und er presste unterbewusst die Zähne aufeinander. Gerhard war bekannt, dass Lea ihn langweilig fand und sein Interesse für Kunst nicht teilte. Aber wie konnte sie glauben, ihm läge nichts an dem Verlag seines Vaters? Wie konnte sie es wagen, ihn, Gerhard, vor ihrem Sohn als faulen Ignoranten hinzustellen? Das ging zu weit. Gerhard schoss gerade durch den Kopf, dass er in das Wohnzimmer platzen sollte, als er Leas Stimme erneut vernahm.

»Großartig, Erik!«, schrillte sie hocherfreut. »Du bist ein Genie! Natürlich ist es noch besser, den Verlag zu verkaufen und das Geld direkt zu genießen, als sich um den Verlag zu kümmern und womöglich doch pleitezugehen. Du warst sowieso als Nachfolger für Gerhard vorgesehen, jetzt müssen wir dies nur irgendwie beschleunigen. Fabelhaft.«

Gerhard stockte der Atem. Seine hochkochende Wut war zittrigem Entsetzen gewichen. Schweiß trat ihm auf die Stirn. Erik sollte im Verlag das Sagen übernehmen und ihn dann verscherbeln. Dass seine eigene Frau und sein eigener Sohn so niederträchtig, so intrigant sein konnten, das hätte Gerhard von Hoff niemals für möglich gehalten. Dass Lea gern auf Kosten Gerhards lebte und auch die Vorzüge seiner Position genoss, war Gerhard schon lange klar gewesen. Er hatte dies stets hingenommen, um seine Ruhe zu haben. Gerhard hatte geglaubt, ein stilles Abkommen mit Lea zu haben: Er verschafft ihr ein luxuriöses Leben, sie kümmert sich um das Heim – und hält sich ansonsten zurück. Leas überraschende Einmischung in die Verlagsführung schockierte ihn – und dann auch noch gegen ihn. Sie war es doch, die sich nie um den Verlag gekümmert hatte. Sie wollte nur das Geld ausgeben, was Gerhard mit dem Verlag verdiente. Wenn Gerhard gelegentlich von seiner Arbeit berichtete, hatte Lea nur ein müdes »Aha« übrig gehabt. Oft genug hatte sich Gerhard gefragt, warum er ihr überhaupt noch etwas erzählte. Der Grund war wohl eine Mischung aus ehelicher Routine, schließlich war es nicht immer so sprachlos zwischen ihnen zugegangen, und dem Bedürfnis, sich mitteilen zu wollen – egal wem.

»Wir müssen uns nur noch eine Strategie überlegen, wie du deinen Vater früher als geplant ablösen kannst. Steige in das nächste Flugzeug in New York und komm' her«, sagte Lea nun etwas leiser, aber dass ihre Stimme vor freudiger Aufregung bebte, war noch deutlich vernehmbar.

Gerhard rang um Fassung. Gedanken wirbelten in seinem Kopf. Er musste sie erst einmal sortieren. Gerhard beschloss, dass er genug gehört hatte. Er wollte keines Falls beim Lauschen erwischt werden, schließlich konnte Lea jederzeit auflegen und das Wohnzimmer verlassen. Gerhard von Hoff schlich zur Garderobe zurück, nahm seine Sachen und verschwand lautlos aus dem Haus.

Freitag, früher Abend – Münsterland

Keuchend kam Pauline auf ihrem Fahrrad am Reitstall an, wo sie ihre Schwester Carolina treffen wollte. Ihre Lunge schmerzte vom hastigen Einatmen der abendlich kalten Frühlingsluft. Der Hof »Langenfels« war zwar nicht weit vom Gut ihrer Eltern entfernt, aber Pauline war spät dran, wenn sie ihre Schwester noch erwischen wollte.

Der Himmel war bedeckt und es war finster hier draußen. Im indirekten Außenlicht erstrahlte die in Westfalen durchaus übliche Fachwerkfassade des Hofes und erweckte einen heimeligen Eindruck. Auf die angrenzenden Felder fiel nur schummriges Licht, aber Pauline erkannte dennoch, dass kein Pferd mehr auf der Koppel stand. Sie lehnte ihr Hollandrad an die rote Klinkerwand des Stalls und ging hinein. Dabei vergewisserte sie sich abermals, dass ihr Smartphone eingeschaltet war, um bloß keinen Anruf, keine Mitteilung von Jan zu verpassen. Im Stall entdeckte sie Carolina, die ihr Pferd Rasmus trocken rieb. Rasmus war ein schöner Brauner und Carolina liebte ihr Pferd über alles. Fünf oder sechs Mal die Woche kam sie zum Reiten auf den Hof. Falls es ihr Dienstplan im Krankenhaus als Oberärztin nicht zuließen, hatte sie immer noch Ramona, die Rasmus bewegte.

»Hey, Schwesterchen. Du bist spät. Ich bin gleich fertig und muss direkt los. Manfred und ich sind verabredet.«

»Hey, Carolina. Tut mir leid. Ich muss trotzdem kurz mit dir reden.«

Während Carolina ihr Pferd putzte, Sattel, Striegel und Kardätsche aufräumte, erzählte Pauline von ihrer Begegnung mit Jan und wie sehr es sie verrückt machte, dass sie noch gar nichts von ihm gehört hatte.

»Vielleicht hat er in der Agentur irrsinnig viel zu tun«, mutmaßte Carolina. Rasmus stand wieder in seiner Box und bekam zum Abschied eine Mohrrübe. »Fein, mein Lieber, bis morgen.« Carolina streichelte Rasmus die Nase.

An Pauline gewandt sagte sie: »Männer vergessen alles um sich herum, wenn sie viel zu tun haben. Kein Sorge, er wird sich sicher melden. Warte bis Montag, dann kannst du noch immer entscheiden, was du tust. Aber eigentlich ist er dran. Er soll sich melden«, sagte Carolina.

Obwohl ihre ältere Schwester pragmatisch, ehrgeizig und manchmal auch ein bisschen egozentrisch war, so war sie doch – oder gerade deshalb – der Auffassung, dass eine Frau keinem Mann hinterherläuft.

Sie hat recht, dachte Pauline und stieg auf ihr Rad, nachdem Carolina mit ihrem Cabrio abgerauscht war. *Ich muss nur die Ruhe bewahren, wie sie es immer tut.*

Gedankenverloren starrte Pauline auf den kleinen Lichtkegel, den die Lampe ihres Fahrrades auf den Asphalt des Weges warf. Der Dynamo surrte. Es war ein ungemütlicher Abend und Pauline wusste nicht, wie sie das ungemütliche Warten auf Jan überbrücken sollte. Sie war so ungeduldig und konnte es nicht erwarten, endlich seine Stimme zu hören. Er sollte anrufen! Dass sie es erneut bei ihm versuchen würde, kam für Pauline nicht in Frage. Von Carolina ermutigt, meinte Pauline zu spüren, dass Jan sich bald melden würde. Pauline bog in die mit indirektem Licht hell erleuchtete Einfahrt von »Drei Eichen« ein.

Freitag, etwas später am Abend – Aasee, Münster

Gerhard von Hoff ging zu Fuß. Er irrte schnellen Schrittes, die verkrampften Hände tief in den Taschen seines dunkelblauen Mantels vergraben, durch die Straßen des Wohngebietes am Aasee. Das Aprilwetter war abscheulich. Alles war dunkel, abweisend und feucht. Gerhard von Hoff lief hastig nachdenkend an vielen Villen vorbei. Er kannte die meisten ihrer Besitzer, aber Freunde wohnten hier nicht. Überhaupt hatte er eigentlich keine echten Freunde. Durch seine familiäre Herkunft, durch den Verlag, den er von seinem Vater Georg von Hoff geerbt hatte, kannte er viele Menschen. Er würde seinen Bekanntenkreis als groß bezeichnen. Aber Freunde? Fehlanzeige. Dies wurde Gerhard von Hoff nun bewusst, da er darüber nachgrübelte, an wen er sich wenden könnte. Er musste loswerden, welche Ungeheuerlichkeit seine Frau und sein Sohn planten. Er musste sich darüber klar werden, was er wollte. Wenn er nur für eine Sekunde tief in seinem Innersten ehrlich mit sich war – was bisher nicht vorgekommen war –, dann beinhalteten Leas Worte mehr Wahres, als ihm lieb war einzugestehen. Er hatte den Verlag immer als gegeben, als unverrückbaren Bestandteil in seinem Leben wahrgenommen. Der Verlag war da, warf gutes Geld ab, gab ihm selbst eine Bühne und gleichzeitig den Freiraum, sich leidenschaftlich um die Kunst zu kümmern. Nun, da sich eine Krise in seinem Verlagshaus abzeichnete, für die er im Moment keine Lösung hatte, und die Tatsache, dass er von seinem Posten verdrängt werden sollte, spürte Gerhard von Hoff, wie der Boden unter ihm bebte. Von Hoffs Fundament, die Basis seines Lebens bröckelte gewaltig. Nun, da der Verlag drohte ihm genommen zu werden, besann er sich seines Erbes und seiner Verantwortung. Und natürlich war es auch sein Stolz, der sich nicht enteignen lassen wollte. Niemand anders als Gerhard von Hoff war Verlagschef. Er würde den Laden wieder flottkriegen und damit basta.

Von Hoff war ziellos um viele Straßenecken des Wohnviertels gebogen, und nun sah er in der Ferne eines seiner Lieblingsrestaurants, das »Kramer's«, am Aasee. Erst jetzt bemerkte er, dass er Hunger hatte. Den Schritt verlangsamend ging er auf das Restaurant zu. Nach dem Sortieren seiner Gedanken war ihm klar, was er wollte. Er durfte den Verlag nicht anderen überlassen. Er würde kämpfen! Doch noch immer war ihm keine Idee gekommen, mit wem er sich beraten könnte. Jemand aus dem Verlag? Nein, er wahrte immer Distanz zu seinen Mitarbeitern und zudem standen sie logischerweise in

Abhängigkeitsverhältnissen. Das wäre keine gute Beratung. Externe Berater konnte er nicht leiden. Dafür wollte er kein Geld ausgeben. Seine Eltern? Wohl kaum. Seinen alten Vater konnte er damit nicht belasten. Georg von Hoff war krank und hatte sich vor langer Zeit aus dem Geschäft zurückgezogen. Er hätte auch keine Ideen, den Verlag umzustrukturieren, denn für Georg von Hoff war die Welt zu schnelllebig geworden, stellte sein Sohn seufzend fest.

Gerhard von Hoff war am »Kramer's« angekommen, aber noch unschlüssig, ob er überhaupt etwas essen wollte. Einen Moment blieb er auf der Terrasse an der Seite des Restaurants stehen. Er schaute auf den Aasee, auf die kleinen Wellen, und nahm zeitgleich Küchengerüche wahr. Rotkohl. Es roch eindeutig nach Rotkohl. Eigentlich war der Winter vorbei, aber es war kalt genug, um Appetit auf Rotkohl zu haben.

Er atmete den süßlich nelkigen Duft tief ein und schloss die Augen. Eine Erinnerung blitzte auf.

Er sah einen alten Küchentisch bedeckt mit einer abwaschbaren, beigefarbenen Plastikdecke, die viele Schnittspuren aufwies, vor sich. Darauf standen ein Teller mit Frikadellen, Kartoffeln und eine große Schüssel dampfender Rotkohl. Erna Holtkötter hatte gekocht und den jungen Gerhard zum Bleiben eingeladen, was dieser der Form nach nicht annehmen wollte, ihn aber ungemein freute. Erna Holtkötter hatte auf dem Bauernhof zwar eine Menge zu tun, aber Gäste wurden ihr nie zu viel. Maria, Ernas Tochter und Gerhards Freundin, hatte still gelächelt und sich ebenfalls gefreut, dass er zum Essen bleiben durfte. So guten Rotkohl wie bei Erna Holtkötter hatte Gerhard von Hoff nie wieder gegessen.

»Maria!«, stieß er in den Wind hinaus. »Ich werde Maria anrufen!«

Freitagabend – Gut »Drei Eichen«, Münsterland

»Du bist schon zurück?« Maria Große-Lindhorst saß in der großen Diele vor dem Herdfeuer und legte ihre Zeitung nieder. Die Diele war erfüllt von einem rauchigen Duft, und Pauline überkam eine behagliche Wärme, die ihr nach der Fahrt durch den feuchten Abend gut tat. Das trockene Holz im offenen Kamin knisterte und knallte, kleine Funken sprühten. Der Schein des Feuers fiel schummrig und flackernd auf zwei handbemalte Bauernschränke, die ein paar Meter entfernt, gegenüber vom Kamin, standen.

»Mmh«, murmelte Pauline, wickelte ihren Schal vom Hals und kam näher.

»Setz' dich zu mir, Schätzchen.« Paulines Mutter klopfte auf das Kissen, das auf der geflochtenen Sitzfläche des Stuhls neben ihr lag.

»Wie geht es Carolina? Ich habe seit Tagen nicht mit ihr gesprochen. Wann kommen sie und Manfred mal wieder vorbei?«

»Ich glaube, sie wollen Sonntag kommen, aber ruf sie besser nochmal an. Wir konnten nicht lange reden. Sie hatte nicht viel Zeit, da sie und Manfred heute Abend eingeladen sind«, antwortete Pauline und sah abwesend in die tanzenden Flammen.

»Was ist denn?«, fragte Maria neugierig. Sie kannte ihre jüngste Tochter viel zu gut, als dass sie nicht bemerkt hätte, wie weit weg sie in Gedanken war.

Pauline, die ebenso wusste, ihrer scharf beobachtenden Mutter entging nichts, sagte: »Ich habe jemanden kennengelernt, Mama!« Pauline lächelte versonnen.

Maria setzte sich kerzengerade auf: »Wann habt ihr

euch getroffen? Und wo? Wie ist er?« Marias Zeitung rutschte vom Schoß. Paulines Mutter wollte alles wissen, denn sie sah in das Gesicht ihrer Tochter und wusste, dass es mehr war, als ein Flirt. Maria und Pauline hatten eine sehr enge Beziehung. Schon als kleines Kind wollte sich Pauline lieber von der Mutter als vom Vater ins Bett bringen lassen. Oder später, als Teenager, ließ sie sich nur von Maria trösten, wenn sie keine guten Ergebnisse im Hochsprung erzielt hatte. Leichtathletik war ihre Leidenschaft gewesen. Carolina dagegen war immer zu ihrem Vater gerannt oder machte so etwas mit sich aus. Und so war es noch heute. Carolina und Bernd hatten eine enge Verbindung, ebenso wie Maria und Pauline. Vermutlich standen sich in familiären Beziehungen immer die zwei Menschen besonders nahe, die sich charakterlich am meisten ähnelten.

»Also«, begann Pauline und stützte sich mit den Unterarmen auf der Rückenlehne des Stuhls neben ihrer Mutter ab, »ich habe ihn gestern in Hamburg getroffen. Im Fahrstuhl. Es hat mich einfach erwischt. Er hat eine wahnsinnige Ausstrahlung, Mama. Das kannst du dir gar nicht vorstellen! Und er ist zuvorkommend, witzig und überaus charmant ...«

Ring! Ring!

Das Telefon!

Pauline zuckte zusammen. Jan? Doch sie entspannte sich sogleich wieder, da sie wusste, dass sie Jan die Nummer von »Drei Eichen« nicht gegeben hatte. *Wenn er nun im Telefonbuch unter »Feinkost Große-Lindhorst« nachgesehen hatte, weil ich ihm von unserem Unternehmen erzählt habe?*, dachte sie und wurde unruhig. Schließlich hatte Pauline ihm gegenüber von ihrer Familie berichtet. Weniger um anzugeben, sondern vielmehr um die Bedeutung ihrer Familie für sie selbst herauszustellen. Aber selbstverständlich hatte sie auch von dem Gut, den Veranstaltungsräumen und dem Feinkostgeschäft erzählt.

Die Telefonleitung vom Büro wurde abends immer auf eine private Leitung, die nicht im Telefonbuch verzeichnet war, umgestellt. Also konnte es tatsächlich Jan sein. Nervös wippte Pauline mit den Füßen auf und ab.

»Geh du, Mama! Es soll nicht aussehen, als habe ich auf seinen Anruf gewartet«, sagte Pauline flüsternd, als könne der klingelnde Telefonteilnehmer hören, wer sich noch im Raum befand.

»Findest du das nicht ein bisschen lächerlich?«, fragte ihre Mutter amüsiert, »Wenn er es nicht ist, musst du mir später aber alles genau erzählen, mein Schatz.« Sie erhob sich, tätschelte die Hand ihrer erwachsenen Tochter und ging zum Telefon. Pauline wartete gespannt auf eine Reaktion. Marias Gesicht verzog sich zu einem Erstaunen, das weder freudig noch unangenehm wirkte. An Pauline gewandt winkte sie ab. Es war nicht Jan. Maria konzentrierte sich wieder auf den Anruf und Pauline verließ langsam die Diele.

Plötzlich war Pauline doch enttäuscht, dass es nicht Jan gewesen war. Pauline schlich in ihr Wohnzimmer, welches sie im ersten Stockwerk bewohnte. Sie schaltete das Licht nicht ein, da die Laternen des Parkes hell genug durch die Fenster schienen. Entgegen dem guten Gefühl, welches sie zuvor verspürt hatte, überkam sie erstmals eine zähe Traurigkeit. Sie ging zum Fenster, das zur Parkseite wies, verschränkte die Arme vor dem Bauch, als ob sie fror und sah in die trübe Dunkelheit. Noch heute früh hatte sie sich so leicht und glücklich gefühlt. Sie hatte jeden Augenblick des Abends mit Jan in Gedanken zurückgeholt. Sie hatte sich so verliebt gefühlt. Gefühlt, dass es richtig war. Und sie hatte selbstverständlich gehofft, dass sich Jan bei ihr melden würde. Warum tat er es nicht? Was war passiert? Pauline fühlte sich wie ein Teenager mit Liebeskummer. Es kam ihr einerseits albern vor, derartig zu reagieren. Denn das gehörte sich für ihr Alter nicht, wie sie fand. Zudem entsprach es nicht ihrem Charakter, so aus der Fassung zu geraten. Sie, die stets ihre wahren Gefühle beherrschen konnte und nie unüberlegt handelte. Sie, die schon einen oder zwei Verehrer zum Verzweifeln gebracht hatte, sie fühlte sich nun elend, schrecklich abhängig und verwirrt. Andererseits konnte sie in diesem Moment nicht anders. Immer wieder musste sie an Jan und das Geschehene denken, und sie musste sich fragen, was falsch gelaufen war, dass er sich nicht meldete. Oder hatte sie ihre Erwartungen zu hoch gesetzt? Warum hatte er keine Zeit gefunden, sich zu melden? Musste er ausgerechnet heute in seiner Agentur so lange arbeiten? Was hinderte ihn? Zwischen ihnen beiden war etwas geschehen. Das fühlte Pauline ganz genau. Sie konnte und wollte nicht glauben, dass er über den gestrigen Abend einfach so hinweggehen konnte. Gleichzeitig machten sie diese ständigen Spekulationen mürbe. Sie wollte Gewissheit haben, die ihr aber im Moment keiner geben konnte. Dieses Hin und Her hielt sie kaum aus. Einmal fühlte sie sich leicht und verliebt, dann kamen die Fragen und Zweifel. Nun, da sie allein in ihrem Zimmer zur Ruhe kommen konnte, stürzte alles auf sie ein.

Pauline wollte einfach traurig sein.

Freitagabend – Restaurant »Kramer's«, Aasee

Gerhard von Hoff war in das Restaurant gegangen, in dem er gut bekannt war, und hatte nach einem Telefonbuch gefragt.

»Ein Telefonbuch haben wir nicht, aber ich kann im Computer nachsehen, Herr von Hoff«, schmunzelte der junge Kellner.

»Dann geben Sie bitte »Große-Lindhorst, Münster« ein«, sagte von Hoff knapp.

»Gern«, entgegnete der Kellner freundlich.

»Auf den Namen finde ich nur ein Feinkostgeschäft, ist das richtig?«, fragte er.

»Ja, dann muss ich es dort versuchen«, murmelte Gerhard von Hoff, zweifelnd, ob es Sinn machte, jetzt noch im Geschäft anzurufen. Er notierte sich die Nummer, bedankte sich und ging hinaus.

Während er dem Freizeichen seines Handys lauschte, ging Gerhard von Hoff nervös auf der Terrasse hin und her. Er hatte lange nicht mehr mit Maria gesprochen, bestimmt ein Jahr oder länger, und eine Handynummer von ihr hatte er in seinem Handy nicht abspeichern wollen, da er Eifersuchtsanfälle von Lea fürchtete, die hinter jedem weiblichen Namen gleich das Schlimmste befürchtete. Außerdem war Lea bekannt, dass Maria Holtkötter Gerhards Jugendliebe gewesen war. Gerhard von Hoff war in diesem Moment schleierhaft, warum er mit seiner Verbindung zu Maria jemals Rücksicht auf Lea genommen hatte. Lea war es gewohnt, sich zu nehmen, was sie wollte, aber anderen gestand sie dieses Recht nicht zu.

»Maria?«, fragte er atemlos, als das Klingeln doch beantwortet wurde. »Ah, gut, dass du dran bist. Hier ist Gerhard. Maria, hör' zu. Ich habe Probleme und ich brauche deinen Rat. Lea und Erik planen, den Verlag zu übernehmen, zu verkaufen oder was weiß ich. Es ist richtig, dass wir mit ein paar Magazinen Schwierigkeiten haben und dringend etwas getan werden muss. Aber deshalb lasse ich mich nicht gleich abservieren. Wer könnte mir helfen, Leas und Eriks Pläne zu verhindern und gleichzeitig neue Ideen für den Verlag zu entwickeln?« Gerhard sprach eilig und ohne Pause. Er musste alles loswerden, was ihm durch den Kopf ging und er wusste, dass Maria ebenso eine verschwiegene Zuhörerin wie kluge Ratgeberin war. Ihre Liebe war lange vorbei, aber Gerhard hatte sie all die Jahre, die seit ihrer Jugend vergangen waren, für ihre Aufrichtigkeit und ihren Familiensinn bewundert. Zwei

Eigenschaften, die Lea nie besessen hatte.

»Gerhard, langsam. Was ist passiert?«, fragte Maria ruhig und unterbrach Gerhards konfusen Ausbruch. Gerhard von Hoff berichtete, nun wieder ganz der Geschäftsmann: »Also von vorn. Seit einiger Zeit verlieren alle unsere Zeitschriften an Auflage. Es gibt immer weniger Abonnenten und auch die gedruckten Werbeanzeigen gehen zurück. Der Abwärtstrend ist zwar nicht neu, aber es wird dramatischer. Nur »Land und Stil« ist eine Ausnahme. Dieses Magazin verkauft sich wahnsinnig gut. Ich fürchte, wir haben uns etwas zu lange auf dem Erfolg ausgeruht, aber zukünftig reicht das nicht. Ich muss dringend etwas unternehmen. Heute gab es eine Mitarbeiterversammlung, in der ich Veränderungen angekündigt habe.«

»Welche Veränderungen?«, hakte Maria irritiert ein.

»Wir werden Redaktionen schließen oder zusammenlegen müssen. Es gibt Hefte, die so viel Verlust machen, dass wir die bisherige Situation nicht werden aufrechterhalten können.«

»Ihr werdet Mitarbeiter entlassen, richtig? Wisst ihr schon, wer es sein wird?«, fragte Maria, die sofort an Pauline dachte.

»Nein, nein, soweit sind wir noch nicht. Mein Geschäftsführer will Berater engagieren, die sich die Strukturen ansehen und Lösungen präsentieren sollen«, erklärte Gerhard. »Aber ich will das nicht. Außerdem würde das zu lange dauern, denn ich konnte vorhin ein Telefonat zwischen Lea und Erik belauschen. Erik soll meine Nachfolge früher antreten. Und wahrscheinlich will er den Verlag verkaufen, wenn ich es richtig mitbekommen habe. Ich habe leider keine Ahnung, wie sie das anstellen wollen, aber ich muss nun schneller handeln als sie, verstehst du?« Gerhards Stimme klang nun ein wenig hilflos und eindringlich zugleich.

All diese Informationen schwirrten in Marias Kopf.

Wieso rief Gerhard sie an? Was war im Verlag los? Was, wenn es Pauline träfe, obwohl ihr Magazin funktionierte? Wirtschaftlich betrachtet machte sich Maria keine Sorgen. Übergangsweise könnte Pauline auf dem Gut arbeiten und sie würde sicher schnell eine neue Stelle finden, aber Pauline gefiel ihre Arbeit als Autorin bei »Land und Stil« so gut. Ihre Tochter fühlte sich in der Redaktion rundum wohl, anders als in London. Konnte diese zufriedene Zeit etwa vorbei sein?

»Hallo? Maria, bist du noch dran?«

»Ja, ja, ich muss überlegen. Das waren jetzt wirklich viele Informationen auf einmal.« Marias Antwort kam zögerlich. Eigentlich wäre es ja nicht ihre Aufgabe gewesen, Gerhard behilflich zu sein, aber andererseits ging es auch um den Job ihrer Tochter. Zudem schien es Gerhard ernsthaft mitzunehmen, was Lea und Erik planten. Den Egoismus ihrer Nachfolgerin hatte Maria schon immer verachtet. Sie hatte niemals etwas gegen Lea von Hoff gesagt. Das wäre ihr nie über die Lippen gekommen. Aber Leas selbstherrliches Getue, ihre Gier nach Geld und Anerkennung waren Maria von je her zuwider gewesen.

»Und? Was denkst du?« Gerhard von Hoff war ungeduldig, zudem wurde ihm kalt auf der Terrasse.

»Ich denke«, begann Maria langsam, sie hatte sich ihren Vorschlag gut überlegt, »du solltest dich an deinen Sohn wenden.«

»Ich soll mit Erik reden?« Gerhards Stimme kippte und war plötzlich ungewöhnlich hoch, er war hörbar überrascht. »Ausgeschlossen! Du hast ja keine Ahnung, wie sehr er an seiner Mutter hängt, er würde alles machen, was sie sagt. In seinen Augen zähle ich nicht«, sagte Gerhard erregt und fügte hinzu: »Überhaupt ist Erik wie Lea. Er denkt auch nur an seinen Vorteil und an Geld. Erik werde ich gewiss nicht umstimmen können«, brummelte Gerhard überzeugt. »Nein, Maria, das funktioniert nicht. Da werde ich mir wohl etwas anderes einfallen lassen müssen.«

»Nein«, erwiderte Maria sanft, »ich meinte«, sie machte eine vorsichtige Pause, da sie nicht wusste, wie Gerhard nun reagieren würde, »deinen anderen Sohn.«

Stille.

»Wieso kommst du gerade auf ihn?«, fragte Gerhard konsterniert. Damit hatte er nicht gerechnet und er sah keinerlei Verbindung zwischen seinem jüngeren Sohn und seinem Verlagsproblem.

»Nun, es scheint mir angebracht, dir etwas zu berichten«, sagte Maria sanft. »Von Eva weiß ich, dass er ein sehr talentierter, verantwortungsbewusster Mann geworden ist.«

»Eva?«, unterbrach diesmal Gerhard. Er war verwirrt. »Was weiß Eva denn? Und warum? Es ist doch ewig her, dass deine Schwester bei uns als Kindermädchen gearbeitet hat. Wir brauchten Eva nicht mehr, als Lea Jan mit elf Jahren auf ein Internat schickte.« Und bevor Maria diesen Umstand kommentieren konnte, was er befürchtete, ergänzte Gerhard von Hoff: »Maria, du weißt, dass ich diese Entscheidung damals für falsch hielt, aber was sollte ich machen? Ich war beschäftigt.«

»Ja, du warst damit beschäftigt, junge Künstler zu fördern«, sagte Maria ruhig, aber bestimmt. Sie konnte diese Anspielung nicht unterdrücken.

»Ich gebe zu, ich war auch mit der Kunst beschäftigt, aber nicht nur, wie ihr immer alle glaubt«, sagte er patzig. »Doch natürlich hatte ich am meisten im Verlag und mit meinen Repräsentationsverpflichtungen zu tun.« Gerhard von Hoff war beleidigt und hatte das Gefühl, sich rechtfertigen zu müssen. Er hatte Maria angerufen, um ihren Rat zu hören und nicht in alten Zeiten zu graben.

»Außerdem«, ergänzte er überzeugt, »war es denn meine Aufgabe, mich um die Erziehung und den Alltag der Jungs zu kümmern? Ich habe das Geld verdient. Musste ich mich denn um alles kümmern? Lea war zuhause, schließlich habe ich dafür auch alles bezahlt: Kleider, Schuhe, Kosmetik, Auto. Für das Haus gab es genug Angestellte und Lea sollte sich doch nur ein bisschen um die Jungs kümmern. Ist denn das zuviel verlangt? Und für Jan habe ich weiß Gott genug getan. Das weißt du doch am besten.«

»Immerhin hattest du erkannt, dass Lea den kleinen Jan vernachlässigte, das ist richtig«, bestätigte Maria. »Es war mein Vorschlag, Eva als euer Kindermädchen zu engagieren, damit sich wenigstens einer ordentlich um Jan kümmerte. Den Rat hast du zu Jans Glück befolgt und dafür bin ich dir dankbar. Doch warum hast du später nicht auf meine Schwester gehört? Eva hat dir dringend von einem Internat für Jan abgeraten. Wenn du es falsch fandest, wie du sagst, warum hast du nicht abermals interveniert?", konfrontierte ihn Maria mit der Vergangenheit.

»Was ist so schlimm an einem Internat? Die Kinder lernen dort viel konzentrierter, das ist meine Meinung. Und Erik war auch auf einem Internat«, sagte Gerhard barsch. Er wollte gegenüber Maria, die mit ihren Töchtern alles richtig gemacht hatte, nicht eingestehen, dass es ein Fehler war, sich nicht mehr für Jan eingesetzt zu haben und seinen Sohn nicht weiter von Eva Holtkötter umsorgen zu lassen.

»Das mag alles stimmen. Aber Jan hatte nur Eva. Lea interessierte sich nur für Erik, und du warst ständig unterwegs. Meinst du nicht, es hat ihn tief getroffen, als ihr ihm auch noch die einzige Bezugsperson genommen habt, um ihn in dieses anonyme Internat zu schicken? Er hatte dort niemanden mehr.« Maria machte eine Pause, aber Gerhard antwortete nicht. Offensichtlich hatte ihm das bisher niemand in dieser Deutlichkeit gesagt, überlegte Maria. Vielleicht denkt er darüber nach. Sie wollte nicht weiter drängen, daher kam sie auf das eigentliche Thema zurück.

»Wie dem auch sei«, sagte Maria, »ich rate dir, nimm

Kontakt zu Jan auf und bitte ihn, für den Verlag tätig zu werden. Er arbeitet bei einer Werbeagentur in leitender Stellung. Ganz sicher hat er kreative Ideen, vielleicht auch für den Verlag. So etwas kann ich schlecht einschätzen, da ich von Werbung und Verlagen nichts verstehe, aber es lässt sich schließlich schnell herausfinden, ob es mit Jan funktioniert. Versuch es doch einfach! Es wäre auch eine Gelegenheit, dass ihr zwei euch wieder annähert«, erklärte Maria sanft. »Eva hat seine Kontaktdaten, da sie immer mal wieder telefonieren. Soll ich die besorgen?«

»Nach all der Zeit hat sie noch Kontakt zu Jan?« Gerhard war erstaunt, dass sein Sohn offenbar eine Verbindung nach Münster gehalten hatte. Dann murmelte er: »Ich weiß selbst, dass er bei einer Werbeagentur arbeitet; das habe ich einmal in einem Branchenmagazin gelesen. Insofern brauchst du dich nicht um die Adresse bemühen.« Er machte eine Pause, und Maria wartete. »Gut, ich werde mich an Jan wenden. Vermutlich wirst du auch dieses Mal richtig liegen«, sagte Gerhard dann.

»Wir hatten seit Jahren keinen Kontakt.« Gerhard seufzte. »Wahrscheinlich ignoriert er meinen Brief. Schlimmstenfalls bekomme ich Beschimpfungen zurück. Aber Jan ist auch mein Sohn und genauso erbberechtigt wie Erik. Insofern ist es einen Versuch wert. Ansonsten muss ich nach einem anderen Weg suchen.«

Vier

Freitagabend – Jans Apartment, Hamburg

Wie in einem Hotel sperrte er mit einer Plastikkarte die Wohnungstür zu seinem Apartment auf. Es war dunkel geworden, der Abend brach herein, aber gearbeitet hatte er nicht mehr.

Jan war nach dem Mittagessen mit seinem Freund Daniel nicht mehr ins Büro zurückgekehrt. Er hatte seine zwei Smartphones ausgeschaltet und war wieder in das »Gezeiten« an der Langen Reihe gegangen. Stundenlang hatte er dort gesessen, einen Kaffee nach dem anderen getrunken und nachgedacht. Jan hatte auf genau den Stuhl gestarrt, auf welchem Pauline noch einen Tag zuvor Platz genommen hatte. Er hatte sie sich zurückgewünscht. Er hatte gewünscht, Pauline wäre bei ihm und er könne alles um sich herum vergessen, genau wie am Abend zuvor.

Alles war Jan vorgekommen, als sei es eine Ewigkeit her gewesen, dabei war nur ein einziger Tag vergangen. Er wollte ihr Lächeln sehen und den Duft ihrer blonden Haare einatmen, wenn sie ihren Kopf an seine Schulter anlehnte. Er wollte ihre Hand halten und zärtlich mit dem Daumen über ihren Handrücken fahren.

Aber dann hatte er plötzlich an seinen Vater denken müssen. Jan hatte geglaubt, sein Vater sei ihm gleichgültig geworden. Doch jetzt, da Pauline in der Nähe seines Vaters war, ja sogar für ihn arbeitete, wurde das Geschehene unvermittelt in Jans Gegenwart katapultiert.

Als Kind hatte Jan keine enge Beziehung zu seinen Eltern gehabt. Lea hatte ihn abgelehnt, sich nie um Jan gekümmert und den älteren Bruder Erik bevorzugt. Als Jan bereits zehn oder elf Jahre alt gewesen war, hatte er abends zufällig einen Streit seiner Eltern mit angehört.

»Du brauchtest einen Sohn als Nachfolger. Das war Erik!«, hatte Lea Gerhard angeschrien. »Ich brauchte kein zweites Kind! Du und deine katholischen Eltern wollten es behalten!«

»Ja!«, hatte Gerhard gebrüllt. »Jan ist mein Sohn und er hat ein Recht zu leben, egal, unter welchen Umständen. Du hattest mit ihm doch nichts zu schaffen, also beschwere dich nicht!«

»Nein, das hatte ich nicht«, hatte Lea geätzt. »Dafür hast du gesorgt und dir eine Holtkötter als Kindermädchen ins Haus geholt. Wie passend!« Lea hatte blechern aufgelacht.

»Lass Eva aus dem Spiel. Sie kümmert sich rührend und Jan liebt sie!«

»Klar, weil alle Holtkötters so dumm sind und sie jeden Mist für die Kinder veranstalten«, hatte Lea verächtlich geantwortet.

»Richtig, Lea. So dumm bist du nicht. Du kümmerst dich um dein Peeling und deine Gärtner«, hatte Gerhard von Hoff entgegnet.

»Geh' doch zu deiner Maria«, hatte Lea geschrien, »und schaff' mir endlich dieses Kind aus den Augen. Ich ertrage ihn nicht länger!«

Jan war mit einem Schlag klargeworden, dass sein Leben weder geplant noch erwünscht gewesen war. Jetzt wusste er, warum seine Lea ihn ablehnte. Eigenartigerweise war Jan damals gar nicht schockiert gewesen. Es war, als habe er es tief in seinem Inneren immer geahnt und nun die Bestätigung erhalten.

Nach dem Streit seiner Eltern hatte Gerhard beschlossen, Jan aus Leas Umgebung wegzubringen. Gerhard von Hoff hatte nicht riskieren wollen, dass Jan Schlimmeres widerfuhr als Leas Gleichgültigkeit. Daher hatte er ihn auf das nahe Münster gelegene Internat

Lechburg geschickt. Jan hatte im Internat sehr gelitten. Er hatte sein Kindermädchen Eva Holtkötter vermisst und er hätte Leas Launen für wenige Minuten mit seinem Vater ertragen. Denn für Jan war Lea irgendwie nur eine Frau gewesen, die zufällig im gleichen Haus wohnte. Die kühle Ignoranz, mit der Lea ihrem jüngeren Sohn entgegentrat, hatte Jan schon als Kind veranlasst, sich ihr gegenüber zu verschließen. Es gab keine Bindung. Jans Vater Gerhard war ständig unterwegs gewesen, nur gelegentlich hatte er mit Jan gespielt. Aber diese Zeit war für Jan sehr kostbar gewesen.

Nachdem Jan lange über seine Familie nachgedacht hatte, während er die kitschige Dekoration des »Gezeiten« beiläufig betrachtet hatte, war ihm aufgefallen, dass ihm Lea und Erik egal waren. Er fühlte nichts. Keinen Hass, nicht einmal Abscheu. Da war nichts. Es war Jan schlicht egal, was sie taten oder was aus ihnen würde. Aber die Gedanken an seinen Vater hatten ihn aufgewühlt. Immerhin wurde Jan wieder bewusst, dass sich Gerhard von Hoff damals für sein Kindermädchen Eva eingesetzt hatte.

Gerhard war Leas Ablehnung mir gegenüber nicht gleichgültig gewesen, sonst hätte er Eva nicht eingestellt, hatte Jan gedacht. Ein merkwürdiges Kribbeln war durch seinen Körper gefahren. Er hatte eine Gänsehaut bekommen, gleichzeitig hatte sein Herz schneller geschlagen. Hatte sein Vater ihn geliebt?

Kleine Metallautos flitzten nacheinander durch torartig gespreizte Kinderbeine.

»Noch mal! Papa, noch mal!«, rief ein kleiner Junge begeistert und klatschte unbeholfen in die winzigen Händchen. Seine bemerkenswert blauen Augen funkelten vor Vergnügen und Aufregung. Ein kastenartiger blauer Volvo kam weit hinter dem Jungen zum Stehen.

In Jans Erinnerung waren seltene Bilder von Spielen mit Gerhard aufgetaucht. Zu lang hatte Jan sie kontrolliert vergraben gehabt. Jan war gleichzeitig übel und wehmütig zumute geworden.

Warum hat er nicht mehr Zeit für mich gehabt? Warum hat er sich nicht mehr um mich gekümmert?, hatte Jan gedacht und eine lang vergessene Traurigkeit, die er manchmal dumpf in seiner Kindheit verspürt hatte, war in ihm aufgestiegen.

Jan hatte sich geschüttelt. Er hatte diese Traurigkeit nicht zulassen wollen. Er hatte wieder an Pauline gedacht und ihm war warm geworden. Sie hatte begeistert aus ihrem Leben erzählt. Einem völlig anderen, unschuldigen, fröhlichen Leben. Ihre braunen Augen hatten schwärmerisch ins Weite geblickt, als sie Jan von ihrer Rückkehr aus London auf das heimatliche Gut im Münsterland berichtet hatte. Sie hatte ihre Familie sehr vermisst, selbst die kleinen Neckereien ihrer Schwester Carolina.

»Weißt du«, hatte Pauline zu Jan gesagt, »auf »Drei Eichen« ist es für mich, wie auf einer Insel, auf der einen nichts Schlechtes erreichen kann. Immer wenn ich frustriert oder traurig war, war jemand für mich da. Das ist ein unheimlich gutes Gefühl, das ich in London oft vermisst hatte. Und bei einem Spaziergang durch unseren Park, wenn der Wind durch die Blätter der hohen Pappeln weht und es sich wie Meeresrauschen anhört, dann kann ich alles Alltägliche vergessen.« Verträumt hatte sich Pauline zurückgelehnt und gar nicht bemerkt, dass Jan still geworden war. So eine Nähe und innige Bindung hatte Jan zu seiner Familie nie verspürt. Nur bei Eva hatte er sich sicher gefühlt. Sicher vor der Gleichgültigkeit und dem Egoismus von Lea.

Nun stand Jan auf den kalten Fliesen seines dunklen Apartments. Lustlos warf er seine Jacke auf einen Stuhl im Eingangsbereich. Jan schaltete das Licht nicht ein, sondern ging zu einem der großen Panoramafenster des Wohnzimmers. Er blickte auf Wasser und einen mit Straßenlaternen beleuchteten wie gemalten Fußweg, der akkurat zwischen dem Grün und den ordentlich geschnittenen Büschen der Apartmentanlage verlief.

Im Moment war kein Mensch zu sehen. Die Hände in den Hosentaschen vergraben, lehnte Jan seine Stirn gegen die kalte Fensterscheibe, die sofort von seinem Atem beschlug. Er richtete sich wieder auf. Erst jetzt bemerkte er, dass seine Wohnung noch immer nach Pias aufdringlichem Parfüm roch, obwohl sie seit zwei Tagen nicht hier gewesen war. Gemocht hatte er ihren süßlichen Duft eigentlich nie.

Pia. Jan seufzte. Er musste sich auch mit Pia beschäftigen. Es war erstaunlich, wie wenig er in den vergangenen vierundzwanzig Stunden an Pia gedacht hatte. Für eine feste Beziehung beunruhigend wenig.

Wahrscheinlich ist Pia nicht die passende Frau für mich!, ging es Jan durch den Kopf. Er überlegte weiter: *Es stimmt, Pia hat mir oft nach dem Mund geredet und mich umschmeichelt. Am ausgelassensten war sie immer, wenn wir zusammen auf Partys waren. Hat sie mich je gefragt, was in meinem Job los ist? Wie es mir geht? Nein, gefragt hat sie nie,* beantwortete Jan seine Frage in Gedanken sofort selbst. *Stattdessen rief sie an, um zu erfahren, wie lange es noch dauern würde, bis ich das Büro verlassen würde,* dachte Jan bitter. Ihm fielen erstmals noch eine Reihe anderer Unterschiede zwischen ihnen auf: Pia ging nie mit Jan spazieren oder joggen. Sie las kaum Bücher und mochte Jans Musikgeschmack überhaupt nicht.

Wenn er es genau betrachtete, hatte sich Jan von Pias Art zu leben bisher nicht besonders stören lassen. Wie oft war er spät am Abend heimgekommen, sie lag bereits auf einem von ihr ausgesuchten und ihm bezahlten Ledersofa. Meist schaute sie einen Film, futterte Schokolade oder lackierte sich nebenbei die Fingernägel. Wenn sie nicht mehr ausgingen, hatte sich Jan oft mit seinem Laptop dazu gesetzt und gearbeitet. Waren sie verabredet oder Jan hatte eine Einladung zu einer Veranstaltung, putzte sich Pia heraus. Jan musste zugeben, dass er diese Augenblicke genossen hatte, denn Pia wusste genau, wie sie die Blicke aller auf sich zog. Sie war zweifelsohne auf Partys attraktiv und wusste, andere Männer um den Finger zu wickeln. Mit ihrem dunklen Kurzhaar-Bob und der zierlichen Figur wirkte sie anziehend kühl und unnahbar. Ihre naive Art, Fragen zu stellen, ließ sie verletzlich, aber geschickterweise nicht dumm erscheinen. Jan mochte es, dass er oft genug um sie beneidet wurde. Kamen sie heim, fiel Pia regelmäßig über ihn her. Was er geschehen ließ.

Am nächsten Morgen hatte wieder jeder seinen eigenen Rhythmus. Jan stand früh auf, um vor der Arbeit joggen zu gehen, während sich Pia häufig völlig verkatert im Bett wälzte. Kein gemeinsames Frühstück, kein gemeinsames Verlassen der Wohnung. Und wann sie sich wiedersahen, war häufig unklar. Meist vergingen zwei bis drei Tage.

Vor der Beziehung mit Pia hatte Jan lediglich hier und dort ein kurzes Verhältnis gehabt. Er war mit Studium, Nebenjobs und beruflichem Aufstieg zu sehr beschäftigt gewesen. Er musste sich finanziell unabhängig von seiner Familie machen, die ihm keinen mehr Unterhalt gezahlt hatte, nachdem er Münster direkt nach dem Abitur verlassen hatte. Die Beziehung mit Pia war nun so, wie sie war und Jan hielt sie für normal. Er kannte nichts anderes. Da ihm genug Freiraum blieb, hatte er nie einen Grund gesehen, etwas zu ändern.

Durch das Kennenlernen von Pauline wurde Jan mit einem Mal klar, was ihn an Pia alles störte. Mit Pauline würde vieles anders sein. Jan malte sich aus, wie er montags morgens sanft Paulines nackte Schultern küssen würde, wenn sie noch neben ihm schlummerte. Wie er den lieblichen Duft ihrer weichen Haut einatmen würde. Er stellte sich vor, wie sie lächelnd erwachen und sich räkelnd zu ihm drehen würde, wie sie noch einmal Sex haben würden. Dann würden sie duschen gehen. Gemeinsam einen Kaffee in der Küche trinken. Sie würde auf dem roten Barhocker sitzen und ihren Kaffee genießen, während er sich nicht würde zurückhalten können, ihren Nacken zu küssen, sie von hinten zu umarmen, bevor er sie zum Bahnhof würde bringen müssen. Und er könnte noch auf dem Weg ins Büro ihre Wiederkehr am Freitag kaum erwarten. Mit einem Lächeln an die vergangene Nacht denkend.

Er seufzte, aber dieses Mal war es ein sehnsüchtiges Seufzen. Jan schlurfte in die kleine Küche. Sie war funktional, nicht gemütlich und eigentlich wurde sie selten benutzt. Jan konnte nicht kochen und Pias Versuche waren kläglich gewesen, sodass er lieber einen Pizzaservice anrief.

Jan hoffte auf ein Bier oder wenigstens eine Cola im Kühlschrank. Fehlanzeige. Er entdeckte nur eine Flasche Sekt und Orangensaft. Ob Paulines Kühlschrank auch so mager aussah?

Sicherlich kann Pauline kochen, dachte Jan grimmig, als er die Saftflasche herausnahm. Sein Blick fiel auf geschätzte fünfzehn Fläschchen mit Nagellack, die in der Kühlschranktür, wo andere ihren Senf lagerten, farblich sortiert standen. *Ja, dafür hast du einen Sinn, gekühlten Nagellack,* dachte Jan und er stellte fest, dass ihm Pia zunehmend auf die Nerven fiel.

Ein klackendes Geräusch, die Wohnungstür schwang auf, im Flur ging das Licht an.

»Schatz, bist du schon da?« Es war Pia.

Jan erstarrte vor dem Kühlschrank. Was sollte er nun machen? Dass sie ausgerechnet jetzt kam, passte ihm ganz und gar nicht. Er sagte nichts.

Pias Stiefeletten flogen geräuschvoll auf die Fliesen.

»Jan?«, wiederholte sie. »Jaaan?«

Wieder nichts.

»Hier bist du! Warum sagst du denn nichts?« Pia war dem Schein des Lichtes in die Küche gefolgt. Noch immer stand Jan vor dem geöffneten Kühlschrank und er wollte sich nicht umdrehen.

»Was machst du denn da?«, wollte Pia wissen und kam langsam näher.

»Wolltest du die Sektflasche öffnen?«, fragte Pia erstaunt, die nicht vergessen hatte, dass ansonsten nichts Nennenswertes im Kühlfach lag.

»Du trinkst doch sonst keinen Sekt«, stellte sie erstaunt fest. »Hast du denn einen Grund zu feiern? Wirst du Partner in der Agentur? Das wäre ja toll!« Und bevor sich Jan dazu äußern konnte, überschlugen sich Pias Annahmen. »Das wurde auch mal Zeit, so viel, wie du immer arbeitest. Endlich erkennen sie, was sie an dir haben!«

»Nein, ich werde kein Partner«, quetschte Jan durch die Zähne, um ihre Fantasien zu bremsen.

»Ach, wie blöd«, zeigte sich Pia enttäuscht, aber das war sie nicht lange. »Naja, macht nichts. Das wird bald kommen, da bin ich mir sicher. Die können gar nicht anders, als dich zu befördern. Oder du wechselst die Agentur. Dann stoßen wir eben auf etwas anderes an. Wenn du schon kein Partner wirst, dann kannst du eigentlich Urlaub machen. Dieser Regen, da wird man ja depressiv. Lass uns irgendwo hinfliegen, wo es warm ist, ja?« Pias Enthusiasmus konzentrierte sich schlagartig auf neue Ideen.

»Und an was hattest du so gedacht?«, fragte Jan möglichst normal klingend und drehte sich endlich um. Er war genervt, aber wollte alles unter Kontrolle haben.

»Ich weiß nicht genau«, Pia zuckte mit den Achseln. »Vielleicht die Malediven oder Kuba oder Florida.« Pia schob Jan beiseite und holte die Sektflasche aus dem Kühlschrank.

»Das ist alles ziemlich weit und sicherlich nicht ganz

billig«, merkte Jan kritisch an.

»Wieso? Seit wann stört dich das? Du verdienst doch sehr gut. Es muss ja nicht lange sein, zehn Tage vielleicht.« Pia hatte nichts verstanden. Sie hantierte mit der Flasche und ließ sie den Sektkorken knallen.

»Ups«, machte Pia und sprang zurück, als der Sekt sprudelte.

Jan merkte die Anspannung in seinem Körper. Ihr ganzes Getue nervte ihn. Dass Pia seine Zeit, sein Geld so mir nichts dir nichts verplante, ohne ihn überhaupt miteinzubeziehen, erboste Jan. War es mit ihrer Reise nach Südfrankreich nicht ganz genauso gelaufen? Auch damals hatte er kein Mitspracherecht gehabt. Warum war ihm das nicht aufgefallen? Und dann das ständige Sekt-Geplansche ...

»Für mich ist das sicherlich kein Problem, aber wie viel Geld hast du denn auf deinem Konto?« Jan wurde deutlicher.

»Jan, was soll das.« Pia lachte, ging zum Schrank und holte zwei Sektgläser. »Wieso soll ich das plötzlich bezahlen, das war doch nie so. Hör' auf, mich zu veralbern.« Sie schenkte ein und gab Jan das zweite Glas, stieß an und sagte: »Auf unseren Urlaub!«

Jan stellte das Glas sofort auf den Tresen der kleinen Küchenbar und sah Pia durchdringend an, die ihr Glas nach dem ersten Nippen sinken ließ.

»Verstehst du es nicht? Ich will nicht verreisen, ich will nicht wieder für dich bezahlen! Wie kommst du überhaupt auf die Idee?«, fauchte Jan, der nun seine Beherrschung verlor. Er wurde nicht laut, seine Stimme aber klang kalt und bedrohlich. Pia hatte Jan noch nie so erlebt.

»Hey, was ist denn los mit dir?« Pia war irritiert. »Gut, dann verreisen wir jetzt nicht. Im Januar soll es in Thailand schön sein«, sagte Pia ruhig, um Jan ein wenig zu besänftigen. Sie nahm an, dass er einen schlechten Tag im Büro gehabt hatte. Er hatte sicher viel arbeiten müssen, denn sie hatte ihn den ganzen Nachmittag nicht erreichen können. Alle Telefone waren ausgestellt und seine Assistentin Ella Nientiedt hatte Pia mitgeteilt, dass Jan viele Termine habe. Ja, das musste die Erklärung sein, befand Pia. Jan hatte im Büro offenbar mehr Stress als üblich gehabt.

»Trink' den Sekt, dann geht es dir besser. Wir gehen nachher hübsch essen, dann in einen Club und dann ...« Pia ging auf Jan zu, biss ihm zärtlich ins Ohr und fuhr mit ihren knallroten, künstlichen Fingernägeln über sein weißes Hemd. Pia wusste, wie sie Jan auf andere Gedanken bringen konnte.

»Lass' das!« Jan schob ihre Hand barsch weg. »Wir gehen nicht aus. Du kannst machen, was du willst. Ich werde joggen gehen!«, sagte Jan wütend. Er war zornig auf Pia, die nichts verstand. Auf sich, weil er nicht wusste, was er mit Pia und mit Pauline machen sollte. Auf seinen Vater. Alles brodelte in ihm und er brauchte Abkühlung.

Pia schaute ihn verdattert an und wich einen Schritt zurück. Dass Jan nicht auf ihre Avancen ansprang, war neu. Dass er derart aufgebracht war, kannte sie ebenfalls nicht. Jan war eigentlich ein sehr geduldiger, langmütiger Mensch. So hitzig kannte Pia ihn nicht. Und es ärgerte sie nun, wie er sie behandelte. Was fiel ihm eigentlich ein?

»Gut!«, sagte Pia schnippisch. »Dann gehe ich eben mit meiner Freundin Kiyomi aus. Ich werde auch ohne dich Spaß haben!« Sie ging wieder zum Kühlschrank und griff sich ein Fläschchen mit pinkfarbenen Nagellack.

»Nur zu, da habe ich keine Bedenken«, sagte Jan bissig. Er kämpfte. Am liebsten hätte er Pia alles Mögliche an den Kopf geknallt, denn alles, was sie tat und sagte, reizte ihn. Andererseits wollte er die Kontrolle nicht verlieren. Noch immer hatte er keine Lösung, wie er als Nächstes handeln sollte.

Pia knallte die Kühlschranktür zu und drehte sich mit angriffslustig blitzenden Augen um.

»Was soll das heißen? Unterstellst du mir, dass ich fremdgehe?«, zischte sie.

Jan hatte keine Lust, darauf zu antworten. Die Wahrheit, dass er eine andere kennengelernt hatte, konnte, wollte er nicht sagen. Noch nicht. Jan drehte sich um und verließ die Küche.

Kreischend stürzte Pia hinter ihm her.

»Bleib hier, Jan! Du kannst mich nicht so stehen lassen. Antworte! Was soll das alles, was ist los mit dir?«

Pia hatte Jan an der Glastür zum Wohnzimmer eingeholt und ihn am Arm festgehalten.

Sie sah zu ihm auf. Jan war 20 Zentimeter größer als sie, wenn sie keine Highheels trug. Pias schwarz-braune Augen verrieten Zorn und Unverständnis.

»Sag mir, was los ist!«, forderte Pia. »Wieso bist du so abweisend zu mir? Ich habe gar nichts getan. Urlaub – wolltest du nicht! Ausgehen – wolltest du nicht! Sex – wolltest du nicht! Sag mir endlich, was los ist!« Ihre aufbrausende Stimme kippte und wurde zittrig. Sie zog an seinem Arm.

»Ist im Job etwas schief gelaufen?« Pia wurde unsicher, denn sie konnte sich nicht erklären, was gerade ablief.

Jan nahm erneut ihre Hand und schob sie langsam von seinem Arm. Ruhig sagte er: »Lass es gut sein. Es ist nichts im Job, aber mehr will ich dazu nicht sagen.«

Pause.

Pia schluckte. Diese plötzliche Ruhe, diese Egalität und Verschlossenheit, die von Jan ausging, machte sie nervös. Pia wusste nicht, wie sie Jans Worte deuten sollte. Wenn es nicht der Beruf war, was war es dann? Ihr dämmerte, dass es sich um etwas Ernstes handeln musste. Es war nicht seine schlechte Laune, die er kurzzeitig herausließ, wenn etwas in der Agentur schief gelaufen war. Das, was sich heute abspielte, war etwas völlig anderes. Sie erkannte Jan nicht wieder.

Pia hatte sich gesammelt und fragte so ruhig wie

möglich, denn sie wollte Jan nicht noch einmal aufbringen: »Dann erkläre es mir doch. Sag mir, was los ist!« Pia flehte ihn an.

»Ich will es nicht, versteh' das bitte«, sagte Jan ruhig. Er sah sie nicht an und starrte nur geradeaus.

»Warum nicht? Was auch immer es ist, wir werden es gemeinsam schaffen. Ich bin bei dir!«

»Nein«, sagte Jan knapp, aber bestimmt und ging am Wohnzimmer vorbei in Richtung Schlafzimmer.

»Jan, was ist es dann? Meinst du nicht, ich habe ein Recht, das zu erfahren? Ich bin deine Freundin und ich will dir helfen«, sagte Pia bemüht und schlich mit etwas Abstand hinter ihm her. Sie hatte ein dumpfes Bauchgefühl.

»Du kannst mir nicht helfen und du sollst mir nicht helfen! Lass' mich endlich in Ruhe!« mit diesen ungewöhnlich scharfen Worten verschwand Jan im Schlafzimmer. Er war über seinen Ton selbst überrascht. Er wollte eigentlich nur raus. Aus der Wohnung, aus der Situation.

Abserviert zu werden wie ein dummes Ding passte Pia keineswegs. Sie hatte zur alten Streitlust zurückgefunden und stapfte nun wütend hinter Jan her. Es reichte ihr.

»So ist das also: Der Herr redet nicht mehr mit mir. Der Herr will seine Ruhe haben!«, kreischte Pia in der Schlafzimmertür stehend, die Hände in die schmalen Hüften gestemmt.

»Das kannst du mit mir nicht machen. Ich will auf der Stelle eine Erklärung! Was habe ich dir denn getan, dass du mich so anfährst? Ich bin nicht dein Fußabtreter oder glaubst du, du bist etwas Besseres, Jan von Hoff?« Die letzten drei Worte sprach Pia betont gedehnt und mit Pausen dazwischen aus, um ihn zu provozieren.

Jan blieb wie versteinert vor seinem Kleiderschrank stehen. Dann fuhr er herum.

»Woher ... woher kennst du meinen vollen Namen?«,

fragte er argwöhnisch und sah Pia durchdringend an. »Hast du in meinen Ordnern geschnüffelt?«

»Fremdgehen, Schnüffeln! Was kommt als Nächstes? Du traust mir ja eine Menge zu!« Pia war empört und gekränkt. Es verletzte sie, dass er ihr Derartiges vorwarf! Sie machte eine Pause um Luft zu holen, dann schrie sie: »Ich schnüffle' nicht! Pah, wenn du es genau wissen willst, hat es Imke von deinem tollen Daniel neulich auf einer Party ausgeplaudert. Es stimmt doch, oder? Du hast einen Adelstitel! Womöglich steht noch irgendwo ein Schloss, von dem ich nichts weiß! Du siehst, du bist der Schwindler in unserer Beziehung!« Pia fühlte sich erstarkt. Befriedigt wartete sie auf seine Reaktion.

Jan wurde es zu viel. Er konnte und wollte Pia jetzt nichts erklären.

»Ach, denk' doch, was du willst! Ich gehe jetzt joggen.« Jan donnerte die Schranktür zu, wechselte in seine Sporthose und ging aus dem Raum.

»Dann hau' doch ab! Immer machst du alles mit dir allein aus! Nie lässt du mich an dich heran!«, rief Pia ihm erbost nach. Ein bisschen hoffte sie, ihre Worte könnten Jan doch noch zum Einlenken bewegen. Sie wollte, dass er umkehrte und sie endlich teilhaben ließ.

Doch Jan reagierte nicht mehr und schnürte sich in aller Ruhe im Flur seine Joggingschuhe zu. Diese Ignoranz ließ Pia explodieren.

»Steck' dir deinen blöden Adelstitel und deine schlechte Laune an den Hut! Mir ist egal, was mit dir ist. Ich gehe feiern!«

Wütend rauschte Pia ins Badezimmer, nicht ohne die Tür hinter sich scheppernd zuzuknallen.

Rumms. Die Wohnungstür fiel ins Schloss. Jan war weg. Pia rutschte mit dem Rücken gegen die Badezimmerfliesen gelehnt auf den Boden. Sie weinte.

Samstagmorgen – Gut »Drei Eichen«, Münster

Pauline starrte an die weiß vertäfelte Decke, die in der trüben Morgendämmerung nur ganz allmählich sichtbar wurde. Sie konnte nicht mehr schlafen, wenngleich sie sich wie gerädert fühlte. Dann tastete sie auf ihrem Nachtisch aus Apfelsinenkisten nach ihrem Smartphone. Keine Nachrichten. Enttäuscht ließ sie den Arm sinken. Wieder einmal.

Pauline hatte kaum ein Auge zugetan. In der vergangenen Nacht war sie mehrfach aufgeschreckt und hatte jedes Mal ihr Telefon gegriffen, auf das Display gestarrt, SMS und E-Mails überprüft. Jan hatte sich nicht gemeldet. Traurig war sie jedes Mal zurück ins Bett gesunken, um erneut in einen unruhigen Schlaf zu fallen.

»Was soll's«, murmelte Pauline und warf die übergroße Bettdecke beiseite, in die sie sich sonst gern so lange wie möglich kuschelte. Sie musste den Tag irgendwie überstehen. Immer nur Trübsal blasen, das war für Pauline eigentlich nichts. Und warum hätte er sich ausgerechnet nachts melden sollen? Weil er in einer Bar saß, an sie dachte und seinen trunkenen Gefühlen freien Lauf ließ? Ehrlicherweise musste sie zugeben, auf Derartiges gehofft zu haben. Realistisch war es nicht.

Vielleicht ruft er heute Nachmittag an, überlegte Pauline und zog sich einen Poncho über den blau-karierten Pyjama. *Dann hat er mich lange genug zappeln lassen,* fand Pauline und ging die Treppen hinunter in die große Küche.

Maria saß an einem riesigen Küchentisch aus Kiefernholz. Neben ihr standen eine Tasse Tee und eine bauchige alte Teekanne. Eine große Hängelampe mit weißem Porzellanschirm warf helles Licht in die Küche, was der diesige, junge Tag noch nicht vermochte. Maria studierte die Belegungsbücher des Veranstaltungszentrums und nestelte an ihrer kurzen Perlenkette, die sie über einem grauen Rollkragenpulli trug. Als Pauline eintrat, blickte sie verwundert auf: »Guten Morgen, Schätzchen. Was machst du so früh hier unten? Es ist doch Samstag oder hast du einen Termin?«

»Morgen, Mama. Nein, keinen Termin. Ich brauche einen Kaffee«, antwortete Pauline und schlurfte zur Kaffeemaschine, die kurz darauf einen Höllenlärm machte, als die Bohnen frisch gemahlen wurden.

Mit ihrem riesigen Becher Kaffee – schwarz – setzte sich Pauline zu ihrer Mutter an den Tisch.

»Du siehst sehr müde aus, mein Kleines«, sagte Maria mitleidsvoll und strich der Tochter zärtlich über die Wange. Maria fragte sich besorgt, ob die Umstrukturierungen im Verlag Pauline zu schaffen machten, da ihre Tochter für gewöhnlich einen sehr guten Schlaf hatte und samstags nie vor zehn Uhr auftauchte.

»Ach ...«, machte Pauline und fuhr sich mit der Hand durch die offenen, langen Haare. Dann starrte sie gedankenverloren in ihren Kaffee, den Kopf in die Hand gestützt, sodass die Haare über die Schulter fielen und einen Teil ihres Gesichtes verdeckten.

Es würde ein toller Tag werden und später würde sich Jan gewiss melden, redete sich Pauline ein. Grundsätzlich hatte sie Männer, die ihr wie ein Hund hinterher liefen, ständig anriefen und keine Minute mit ihren Liebesschwüren Ruhe gaben, sowieso nie anziehend gefunden. Steve, im vergangenen Jahr in London, war so ein Typ gewesen. Er hatte Pauline vergöttert und dies auch offen gezeigt. Sehr offen. Pauline hatte ihn ganz sympathisch gefunden. Aber er wurde ihr zu anstrengend. Ständig hatte Steve angerufen, E-Mails, Blumen, Pralinen, alles Mögliche geschickt. Er wollte ihr jeden Wunsch erfüllen, aber Pauline ließ sich so nicht beeindrucken. Eher im Gegenteil. Da machte sich Jan tatsächlich interessanter.

»Was ist denn los? War etwas im Büro?«, forschte Maria vorsichtig nach und schob die Bücher beiseite. Dass sie bereits durch Gerhard von Hoff Bescheid wusste, konnte sie der Tochter nicht offenbaren. Schließlich hatte Pauline keine Ahnung, dass Maria ihren Verleger kannte – und dabei sollte es auch bleiben.

»Im Büro?« Pauline sah irritiert auf, da sie an den Verlag gar nicht mehr gedacht hatte.

»Äh ja, da auch«, antwortete sie zerstreut. »Sie werden im Verlag einiges ändern und wohl auch Mitarbeiter entlassen. Mal sehen, was als Nächstes passiert«, erklärte Pauline beiläufig und nahm einen kräftigen Schluck Kaffee, um das matschige, schlafdefizitäre Gefühl im Kopf zu vertreiben.

Maria fand, dass ihre jüngste Tochter für diese schwerwiegenden Ankündigungen überaus gelassen reagierte. Zu gelassen.

Dann fiel es ihr plötzlich auf: »Was meinst du mit »da auch«? Meinst du deine Bekanntschaft?«, fragte Maria neugierig.

»Ja, aber das will ich dir in Ruhe erzählen. Gestern kam ja der Anruf dazwischen. Lass uns später darüber reden.« Pauline war zu sehr mit dem Munterwerden beschäftigt.

Maria kannte ihre Tochter gut genug, um zu wissen, dass Pauline jetzt nicht nach Reden zumute war, sondern dass sie erst einmal in den Tag starten musste. Also schlug Maria vor: »Wenn du deinen Kaffee ausgetrunken hast, gehst du in Ruhe duschen und dann fahren wir zu Herta. Quasi zum Frühstück. Ich habe auch noch nichts gegessen.«

Ein Frühstück in Hertas altem Bauerncafé mit frischgebackenem Brot und großartiger Marmelade, das hörte sich verlockend an.

»Mmhh«, machte Pauline zustimmend. Pauline fuhr gern zu Herta.

Auf dem Weg in ihr Zimmer, um Jeans und Wollpullover herauszusuchen, bohrten wieder Fragen: Ob sie ihn nicht doch auf dem Handy anrufen sollte? Warum denn eigentlich nicht? Lief sie ihm dann hinterher? Sollte sie warten, wie es Carolina vorgeschlagen hatte? Pauline war unschlüssig. Vielleicht hatte ihre Mutter Maria eine gute Idee.

Fünf

Samstagvormittag – von Hoffs Villa am Aasee, Münster

Überaus gut gelaunt betrat Gerhard von Hoff in seinem Hausmantel das Esszimmer. Der Frühstückstisch war vom Hausmädchen wie üblich bereits üppig gedeckt worden. Neben von Hoffs Teller lag ordentlich gefaltet die Tageszeitung. Befriedigt ließ er sich auf seinem grün gepolsterten Stuhl – alle anderen hatten einen glatten schwarzen Lederbezug, was Gerhard nicht ausstehen konnte und so hatte er »seinen« Stuhl immerhin für sich durchgesetzt – nieder. Er war allein. Lea schlief sicher noch. Getrennte Schlafzimmer hatten Gerhard und seine Frau schon kurz nach der Hochzeit eingerichtet gehabt. Lea schaute zum Einschlafen gern fern, während es Gerhard besonders ruhig bevorzugte. Zudem hatte Gerhard Termine und musste früh aufstehen, während Lea lang schlief. Es war einfach praktischer gewesen. Über die Jahre hatte sich dann keine Gelegenheit mehr ergeben, warum diese Situation hätte geändert werden müssen. Und nun war Gerhard erleichtert, dass er Leas Schnarchen nicht ertragen musste. Jeder hatte seine Eigenheiten und seine ritualisierten Abläufe. Mit getrennten Schlafzimmern kamen sie sich nicht in die Quere. Gerhard hatte Lea noch nie geliebt und mit der Zeit fand er ihre Verhaltensweisen zunehmend abstoßend. Seit jeher verteilte Lea ihre Anziehsachen inklusive gebrauchter Unterwäsche im ganzen Zimmer, während Gerhard seine Sachen ordentlich und gefaltet auf seinem stillen Butler platzierte. Dass sie immer im Schlafzimmer ihre Füße mit muffig riechender Fußcreme einreiben musste, hatte Gerhard schon zu Beginn ihrer Ehe gestört. Alles in Bezug auf Pediküre gehörte seiner Ansicht nach ins Badezimmer, ohne unfreiwillige Zuschauer. Gerhard glaubte, bei echter Liebe könne man auch nach vielen Ehejahren über merkwürdige Angewohnheiten hinwegsehen. Doch bei Lea wollte er nicht hinwegsehen, er wollte gar nicht erst hinsehen müssen.

»Wie möchten Sie Ihre Eier, Herr von Hoff?«, fragte das Hausmädchen, das soeben den Raum betreten hatte.

»Heute keine Eier mit Speck. Bringen Sie mir bitte einen Naturjoghurt mit frischen Früchten, Simone«, antwortete Gerhard von Hoff und blätterte die Zeitung auf. Er brauchte Kraft und Energie. Die Hindernisse, mit denen er zu tun bekäme, würden äußerst schwierig sein. Viele Veränderungen würden auf ihn zukommen, auch wenn Gerhard von Hoff noch nicht klar war, welche.

»Morgen«, muffelte Lea. Sie schlappte in ihrem rosafarbenen Jogginganzug zum Esstisch, die hellblond gefärbten Haare zerzaust, Wimperntusche verschmiert. Lea schaffte es selten, sich abends abzuschminken.

»Morgen«, antwortete Gerhard knapp, ohne von seiner Zeitung aufzublicken. Bei Leas Anblick und den Gedanken an ihren perfiden Plan, hätte Gerhard explodieren können, aber er zwang sich, sich nichts anmerken zu lassen. Seine Hände hielten die Seiten krampfhaft fest, ein Knistern war zu hören. Lea bemerkte es nicht. Sollten sich Erik und Lea in Sicherheit wiegen und glauben, Gerhard sei völlig ahnungslos.

»Seit wann isst du Obst zum Frühstück?«, fragte Lea erstaunt, die Apfelsinen-Schalen auf Gerhards Teller entdeckt hatte. »Versuchst du, auf deine schlanke Linie zu achten? Für wen?«, fragte Lea bissig. Trotz inniger Ferne, die das Ehepaar von Hoff verband, konnte Lea ihre Sticheleien nicht lassen. Sie verspürte Genugtuung, wenn sie bei Gerhard wunde Punkte treffen konnte.

»Seit wann interessiert dich, was ich esse! Kümmere du

dich lieber um deine zotteligen Haare«, raunzte Gerhard sie an. Es war wie beim Ping-Pong.

»Ach, lass mich doch in Ruhe!«, nölte Lea. Sie ließ sich plump auf einen Stuhl gegenüber, und somit weg genug entfernt von Gerhard, fallen.

Gerhard von Hoff legte die Zeitung beiseite, schob seinen Stuhl zurück und stand auf.

»Ich gehe ins Büro, keine Ahnung, wann ich wieder komme«, warf Gerhard Lea hin und steuerte auf die Tür zu. *Warum sage ich ihr das überhaupt noch?*, wunderte sich Gerhard, als er die Türklinke umschloss.

»Ins Büro? Am Samstag? Sonst bist du doch auf dem Golfplatz oder mit deinen sogenannten Künstlern unterwegs«, sagte Lea abfällig, aber eine gewisse Verblüffung war nicht zu überhören.

»Ja, sonst ...«, flötete Gerhard im Rausgehen. Er genoss ihre Verwunderung.

Nun, sollte er ins Büro gehen. Das war Lea auch recht. Wie sie ihre Ruhe vor ihm hatte, war eigentlich egal. So würde er ihren Tagesablauf nicht stören: Ausgiebig frühstücken, duschen, zum Friseur gehen und nachmittags würde sie mit Erik telefonieren. Leider würde ihr Sohn erst am Dienstag von aus New York nach Deutschland fliegen können, da er noch ein wichtiges Projekt in seiner Firma begleiten musste. Aber auf die paar Tage kam es auch nicht an. Lea freute sich diebisch, Gerhards dummes Gesicht zu sehen, wenn Erik plötzlich auftauchte.

Samstagvormittag – Hertas Café, Münsterland

Sie waren die einzigen Gäste, als Maria und Pauline die beheizte Stube von Hertas Bauernhofcafé betraten. Sie setzten sich an einen kleinen Tisch am Fenster und blickten auf den Kamin in der Mitte des kleinen Raumes. Hinter dem Kamin lag – etwas erhöht und mit wenigen Stufen zu erreichen – die typisch westfälische Upkammer. Früher diente der kleine Raum mit niedriger Decke als Schlafzimmer, der die Restwärme des Kamins ausnutzte. Herta hatte sie umgebaut und drei kleine Tische hineingestellt, sodass die frühere Upkammer zur Gaststube hinzuzählte. Wenn es im Sommer regnete, saß Pauline gern dort. Etwas erhöht blickte sie dann aus kleinen Fenstern in die Baumkronen.

»Herrje, was macht ihr zwei denn so früh hier? Das gab es ja noch nie!«, Herta kam verwundert aus der Küche und wischte sich die Hände an einer geblümten Kittelschürze ab, die Pauline sehr an die den Kittel ihrer verstorbenen Großmutter erinnerte. Sie hatte den ganzen Tag eine Kittelschürze getragen, um Pullover und Rock nicht am rußigen Herd und bei der Gartenarbeit schmutzig zu machen. Pauline konnte sich an ihre Großmutter nur mit Kittel erinnern.

»Wir möchten bei dir frühstücken«, sagte Maria ohne Umschweife, die mittlerweile sehr hungrig und dadurch ein wenig ungeduldig war.

»Gibt es auf »Drei Eichen« nichts mehr zu essen?«, ulkte Herta und stemmte die Hände in breite, weiche Hüften. »Also schön, was möchtet ihr haben?« Herta wusste, dass Maria mit leerem Magen rasch unleidlich werden konnte.

Nachdem sie die Bestellung aufgenommen und wieder in ihrer Küche verschwunden war, wandte sich Maria Pauline zu: »So, was ist denn nun los, Schätzchen. Erzähl' mal.«

»Ach, Mama. Ich glaube, ich habe mich verliebt!«

»Das ist doch wunderbar!« Maria lehnte sich erleichtert zurück. Zum einen kreisten Paulines Gedanken offenbar nicht ständig um den Verlag und ihre mögliche Arbeitslosigkeit, zum anderen wurde es für ihre auch

Tochter Zeit, dass sie jemanden gefunden hatte. Schließlich war sie über dreißig Jahre alt und ewig sollte sie nicht auf dem Gut wohnen. Nicht, dass Maria und Bernd ihre Kinder hinauswerfen würden, aber es wurde Zeit für Pauline, sich eine eigene Wohnung zu suchen. Immerhin war sie bereits eine Weile aus London zurückgekehrt.

»Es ist doch schön, verliebt zu sein«, unterstrich Maria, die mehr Enthusiasmus von ihrer Tochter erwartet hätte.

»Ja, eigentlich schon. Aber er meldet sich einfach nicht«, sagte Pauline betrübt.

»Du sprichst von dem Mann, den du im Fahrstuhl in Hamburg getroffen hast, richtig? Wer ist er? Was ist passiert und seit wann meldet er sich nicht mehr?« Maria wollte alles der Reihe nach hören.

»Wir trafen uns am Donnerstag zufällig in Hamburg, deshalb bin ich abends auch nicht nach Hause gekommen. Ich war mit ihm unterwegs.«

»Wie war es denn? Was habt ihr gemacht?«, fragte ihre Mutter.

»Nicht das, was du denkst. Wir sind im Restaurant gewesen und dann einfach durch die Nacht spaziert. Es war herrlich!« Versonnen blickte Pauline in das Kaminfeuer. Die Gedanken an Jan ließen sie in eine Traumwelt gleiten.

»Bei dem Regenwetter?«, fragte Maria ungläubig.

»Nein, ich habe nicht sofort mit ihm geschlafen, Mama, auch wenn du das annimmst.« Pauline fand, dass ihre Mutter auch direkter fragen könnte, was sie wissen wollte. Geheimnisse hatten sie noch nie gehabt.

»Das meinte ich gar nicht, Schätzchen!« Maria lächelte. »Das geht mich nichts an. Ich frage mich nur, warum ihr nicht entweder in einer Bar geblieben seid oder warum er dich nicht mit seine Wohnung genommen hat. Jeder Ort wäre doch zum Reden oder Kuscheln oder was auch immer wärmer gewesen oder etwa nicht?«

Ihre Mutter hatte recht. Warum hatte Jan sie nicht mit in seine Wohnung genommen? In den Morgenstunden waren sie zwar noch in einer finsteren Kneipe gewesen, aber vorher waren sie eine Weile spaziert, hatten sich geküsst, Händchen gehalten, wieder spaziert, wieder geküsst. Pauline war die Ungemütlichkeit gar nicht aufgefallen. Sie war einfach nur berauscht gewesen. Vielleicht war es Jan ebenfalls nicht aufgefallen oder gab es doch einen Grund, warum sie nicht in seine Wohnung durfte? Pauline fühlte sich zunehmend schlechter. Nicht nur, dass er sich nicht meldete, sondern nun brachte ihre Mutter auch noch die Frage ins Spiel, warum er Pauline seine Wohnung nicht zeigen wollte. Das behagte Pauline gar nicht. Hatte er etwas zu verbergen? In der Tat war einiges merkwürdig und so anders als üblich. Jan hatte sie unbedingt wiedersehen wollen, aber in einer Schwulenkneipe, damit ihn niemand erkannte. Jan war humorvoll, achtsam und romantisch gewesen, aber er hatte sie nicht verführt. Jan hatte sie großzügig eingeladen, aber nicht in seine Wohnung. Er hatte ihr versichert, noch nie eine Frau wie sie getroffen zu haben, aber nun meldete er sich nicht. Was, um alles in der Welt, sollte das bedeuten?

»Ist ja auch nicht so wichtig, wo ihr wart«, wollte Maria nach einer Pause das Thema herunterspielen, da sie bemerkt hatte, wie betrübt und grüblerisch Pauline aussah.

»Verliebte sind immer unlogisch. Für euch war der Spaziergang schön. Er wird sich nichts dabei gedacht haben. Männer denken oft nicht so weit. Wie ist er denn noch?«, fragte Maria, um Pauline auf andere Gedanken zu bringen. Und es funktionierte.

Mit einem Mal strahlte Pauline wieder: »Er hat umwerfend blaue Augen! Er hat einen schrägen Humor und ist sehr charmant, aber überhaupt nicht aufdringlich wie Steve damals in London. Er ist auf eine anziehende Art vornehm und zurückhaltend. Ach, er ist einfach perfekt! Fast zu perfekt, um wahr zu sein.«

Dann berichtete Pauline von dem Donnerstag in allen Details. Als sie geendet hatte, machte Pauline eine Pause und fragte dann vorsichtig: »Was meinst du, warum er sich nicht meldet? Hat er mich schon vergessen? War ich nur ein banaler Flirt?«

Pauline lag viel an dem Rat der Mutter. Sie bewunderte ihre Mutter für ihre Aufrichtigkeit. Dass sie nichts beschönigte, um den Kindern möglicherweise Schmerzen zu ersparen, dass sie aber auch immer aufmunterte und den positiven Ansatz fand. Gleichzeitig hatte ihre Mutter eine abstraktere, analytischere Betrachtungsweise.

»So, hier ist euer Frühstück, lasst es euch schmecken, meine Lieben«, dröhnte Herta fröhlich und stellte die Teller geräuschvoll auf den Tisch. Die Kittelschürze hatte sie abgelegt.

Pauline stürzte sich auf ihr Bauernomelett. Gestern Abend hatte sie vergessen zu essen. Das kam bei ihr öfter vor. Nun hatte sie einen riesigen Hunger. Anders als bei vielen Frauen schlug Pauline Liebesverwirrung nicht auf den Magen. Essen konnte sie immer – wenn sie daran dachte.

»Hatte er nicht betont, dass er noch nie Nachrichten für ein Treffen hinterlassen hat, wie die auf seiner Visitenkarte?« Maria suchte die positiven Aspekte und bestrich eines von Hertas selbst gebackenen Brötchen dick mit Erdbeermarmelade. Maria Große-Lindhorst war zierlich und drahtig. Dass sie manchmal Unmengen essen konnte, würde kaum jemand vermuten. Aber sie hatte auch die Disziplin, nicht ständig süß oder fettig zu essen.

»Mh, doch hat er«, Pauline schlang ihre Bratkartoffeln hinunter.

»Na also. Hattest du das Gefühl, er hat dies nur gesagt, um dich rumzukriegen?«

»Mama, nein! Und noch einmal: Wir hatten keinen Sex. Er hat es nicht versucht«, sagte ihre Tochter bestimmt. »Wobei ich sofort mitgegangen wäre«, fügte Pauline in ihr Wasserglas nuschelnd hinzu.

»So«, setzte Maria mit fester Stimme zur Zusammenfassung an, »ein Mann, der dich wiedersehen möchte, der einen romantischen Abend mit dir verbringt, ohne auf Sex aus zu sein, der betrachtet dich sicher nicht als williges Partymäuschen. Er scheint wirklich an dir interessiert zu sein.«

»Mama, könntest du dich etwas anders ausdrücken?« Pauline fühlte sich immer peinlich berührt, wenn ihre Mutter so direkt in Beziehungssachen wurde. Andererseits nahm Maria auch kein Blatt vor den Mund.

»Ja, Jan ist wirklich kein Draufgänger oder Macho. Umso weniger verstehe ich es, dass er sich nicht wieder bei mir gemeldet hat.« Pauline stopfte noch etwas Rührei in sich hinein und lehnte sich zurück. »Ich kann nicht mehr.«

Maria saß nun kerzengerade. Jan? Hatte ihre Tochter Jan gesagt? Die Stichworte flogen durch Marias Kopf wie Schwalben unterm Dach. Hamburg? Agentur? Art Director? Jan? Konnte es denn sein?

»Pauline, jetzt hast du mir detailliert von eurer Begegnung erzählt, aber ich weiß gar nicht, wie er heißt ...« Maria nahm sich zusammen und wollte möglichst normal klingen.

»Ach so. Jan Hoff. Ein schön kurzer Name, nicht wie Große-Lindhorst.« Pauline mochte es, über Namen nachzudenken und sie fand längst, dass Pauline Hoff auch gut passen würde. Aber derart weit gehende Gedanken wischte sie vernünftigerweise lieber beiseite.

»Mmh«, machte Maria zurückhaltend und nippte an ihrem Tee. Sie musste die Haltung wahren.

»Ich müsste schnell auf die Toilette. Behalte mein Telefon im Blick. Falls eine Hamburger Nummer anruft, musst du unbedingt annehmen. Ich will ihn um nichts in der Welt verpassen!« Pauline hatte nach der Analyse mit ihrer Mutter wieder Hoffnung geschöpft. Sie sprang auf, ging um die alten Möbel herum, die an längst vergangene Zeiten erinnerten, warf beschwingt einen Blick auf die

Regale mit den alten Fotos, auf denen Ochsen, Pflug und Erntehelfer abgebildet waren. Sie fühlte sich wieder wohl und öffnete die Holztür zur Diele. Bei Herta zu sein, erschien Pauline immer, wie in einer anderen Welt zu sein. Die Bedächtigkeit, mit der Herta das Café führte, die ländliche Weite, die das alte Bauernhaus umgab, all das ließ stets den Alltag verblassen. Obwohl Pauline auf einem Gut am Rande von Münster aufgewachsen war, so war Hertas Idylle doch noch anders. Bereits in Kindertagen hatte sie die Ausflüge hierher geliebt. Niemand konnte so guten Apfelkuchen backen wie Herta. Nirgends hatte Pauline so schön schaukeln können, wie an Hertas Kirschbaum, wenn die Blätter vom lauen Wind angestupst raschelten und sie abwechselnd mit Carolina versuchte, die unteren Äste mit den kleinen Füßen zu erreichen.

Pauline verschwand in der Diele, die zu den Toiletten führte.

Jan Hoff! Das durfte nicht wahr sein. Es musste Gerhards Sohn sein. Es passt alles. Hamburg, Art Director, Mitte dreißig. Es kann keinen Zweiten geben, das ist zu unwahrscheinlich! Aber dass er sein »von« abgelegt hatte, hatte Eva ihr gar nicht erzählt. Maria wunderte sich.

Marias Gedanken rasten. Was sollte sie nun tun? Ihre Tochter und Gerhards Sohn? Das durfte nicht sein. Dann würde alles herauskommen. Das musste sie verhindern.

Samstagmittag – Jans Apartment, Hamburg

Ding-dong. Ganz langsam hob Jan seinen dröhnenden Kopf vom dunkelblauen Kopfkissen. Er lag mit nacktem Oberkörper auf dem Bauch, die Arme unter dem Kissen vergraben. Ins Licht blinzelnd, denn er hatte in der Nacht aus Trunkenheit vergessen, die Jalousien zu schließen, fischte er nach seinem Smartphone auf dem schwarzlackierten Nachttisch. Es war schon kurz nach eins. Dingdong, ding-dong. Das Klingeln an der Tür wurde energischer. Jan setzte sich auf, rieb sich durchs Gesicht, sah sich um. Pia lag nicht neben ihm. *Zum Glück*, schoss es Jan durch den Kopf. Wer klingelte ihn so penetrant aus dem Bett?

Mühsam, sich durch die Haare raufend, schob sich Jan durch die auf dem Boden verteilten Joggingklamotten. Er griff ein T-Shirt, zog es verkehrt herum über den Kopf und ging zur Tür.

»Wow! Du siehst ja schlimm aus«, frotzelte Daniel nach Musterung des verknautschten Gesichts, um gleich an Jan vorbei ins Wohnzimmer zu gehen. Beim Anblick der leeren Whiskey-Flasche auf dem Glastisch fing Daniel an zu lachen: »Alles allein getrunken? Das erklärt deinen zerstörten Auftritt. Dir muss es ja mies gehen! Ich mache dir mal einen Kaffee.« Und schon verschwand Daniel in der Küche.

Jan ging das alles etwas zu schnell. Daniel, Whiskey, Kopfschmerz. Er begann, den gestrigen Abend zu rekonstruieren. Streit mit Pia, Gedanken an Pauline, Gedanken an seinen Vater, Joggen, Dusche, Whiskey. Für einen detaillierteren Ablauf schmerzte sein Hirn einfach zu sehr. Jan wusste weder wann noch wie er ins Bett gekommen war. Er schleppte sich zu Daniel in die Küche, der ihm am Tresen einen großen Becher mit schwarzem Kaffee servierte.

»Was hat dich veranlasst, Whiskey literweise in dich hineinzuschütten?« Daniel sah ihn belustigt und auffordernd zugleich an.

»Ach«, sagte Jan mit rauer Stimme, »das ist alles kompliziert.« Langsam, als hätte er starke Rückenschmerzen, schob er sich auf einen Barhocker und trank einen Schluck.

»Was ist denn so kompliziert? Du hast eine super Frau getroffen. Hast du Pauline denn angerufen? Wann seht ihr euch wieder?« Daniel war neugierig.

»Pauline? Angerufen?« Jan versuchte, Gedanken und Antworten zu sortieren. »Nein, habe ich nicht. Kann ich auch nicht. Mein Vater ... ich weiß auch nicht.« Jan ließ den Kopf hängen. Der nächste Schluck Kaffee.

Daniel wollte nicht locker lassen. »Ach komm', lass doch deinen alten Herrn. Den sollst du doch nicht heiraten. Es geht um Pauline. Du magst sie, du magst sie sogar sehr. Und nun weißt du nicht, wie du Pia am besten los wirst. Das ist dein Dilemma. Sonst hättest du dich gestern nicht so volllaufen lassen. Du betrinkst dich doch nie«, stellte Daniel fest und fügte hinzu: »Mal abgesehen vom ersten Semester, als du dich von deinen Eltern im Stich gelassen gefühlt hast.«

Daniel machte eine kleine Pause und fuhr dann fort: »Lass' dir die Chance nicht entgehen. Ruf Pauline an! Um so länger du wartest, um so schwieriger wird es. Meinst du nicht, sie erwartet einen Anruf? Frauen haben doch Erwartungen nach so einem Abend.«

»Vielleicht ...«, murmelte Jan.

Er setzte sich aufrecht hin: »Ja, der Abend war schön und unsere Begegnung war für mich etwas ganz Besonderes.«

»Na siehst du!«, unterstützte ihn Daniel.

»Aber so wie Pauline aussieht, so wie sie wirkt, da hat sie bestimmt enorm viele Verehrer«, sagte Jan und wunderte sich über sich selbst über seine negative Einstellung.

»Sicher, das ist bei attraktiven Frauen so«, konstatierte Daniel nüchtern. »Aber wer sagt, dass Pauline eure Begegnung nicht auch als einmalig empfunden hat? Wenn du sie nicht anrufst, wirst du es nie erfahren!«

»Mmh«, machte Jan nur und wirkte abwesend.

»Was ist?«, fragte Daniel vorsichtig und sah ihn

forschend an. Jan bedrückte noch etwas anderes.

»Wenn ich an Pauline denke, muss ich auch an ihren Job denken und daran, dass sie für meinen Vater arbeitet. Und plötzlich tauchen Ereignisse von früher auf, die ich all die Jahre verdrängt hatte.« Daniel sagte nichts, da er ahnte, dass sein Freund noch etwas sagen wollte. »Außerdem habe ich mich gestern mit Pia gestritten.«

Pause.

»Du hast mit Pia gestritten?«, fragte Daniel verwirrt. »Ihr streitet doch nie! Aber ich finde das gut. Nimm den Streit und steig aus der Beziehung aus. Hast du Pia etwa von Pauline erzählt?« Daniel schaute gespannt und aufmerksam auf Jan, wie ein geduckter Kater auf ein Mauseloch.

»Um Himmels willen, nein!« Jan setzte seine mittlerweile geleerte Kaffeetasse ab, rieb sich wieder durchs Gesicht und starrte an die weiße Decke.

»Von Pauline habe ich nichts erzählt. Aber Pia ging mir gestern einfach nur auf die Nerven. Alles, was sie tat und sagte, einfach alles reizte mich. So kenne ich mich gar nicht. Womöglich hattest du recht. Sie spekulierte auf meine Partnerschaft bei Becker und Becker. Sie wollte in den Urlaub fliegen und natürlich sollte ich alles finanzieren.«

»Dass Pia nervt, verstehe ich nur zu gut.« Daniel konnte seine hämischen Bemerkungen einfach nicht lassen. Doch Jan warf ihm einen scharfen Blick von der Seite zu. »Daniel ...«

Daniel verstand die Warnung. Er wusste, dass es nun reichte.

»Übrigens hat ein Teil des Streits auch mit dir zu tun«, deutete Jan an, ohne auch nur im mindesten vorwurfsvoll zu klingen. Diese Art bewunderte Daniel seit jeher an Jan. Jan war nie aus der Ruhe zu bringen, er verurteilte nicht vorschnell und er hielt sich mit hektischen Vorwürfen zurück. Jan argumentierte nie emotional, handelte stets überlegt. Zuweilen brachte ihm diese Überlegenheit den Ruf von Arroganz ein, aber das kümmerte Jan nicht. Daniel hingegen war oft vorlaut, konnte Sticheleien nicht lassen. Er handelte spontan, nicht kalkuliert und Kritik behagte ihm nicht.

»Wieso denn mit mir?« Daniel war verblüfft.

»Pia weiß, dass mein vollständiger Name von Hoff lautet. Sie vermutet Geheimnisse, Geld und Vorteile dahinter, die ich ihr bewusst verschwiegen hätte«, erklärte Jan.

»Woher ...«, Daniel hielt inne, denn in derselben Sekunde wurde es ihm klar: Imke! So ein Mist.

»Jan, es tut mir wirklich leid. Ich hatte deinen Namen einmal aus Versehen vor Imke erwähnt. Aber ich hatte ihr eingeschärft, dass sie es niemals irgendjemandem sagen dürfe! Offenbar hat sie sich nicht daran gehalten. Na, der werde ich meine Meinung sagen!« Daniel war wütend auf Imke – und auch auf sich.

»Lass mal gut sein. Jetzt weiß sie es eben. Na und? Mehr wird sie nicht erfahren«, sagte Jan fast läppisch. »Oder kennt Imke die ganze Geschichte meiner Kindheit?«, hakte er argwöhnisch nach. Daniel beeilte sich, dies vehement zu verneinen.

»Wenn ich gewollt hätte, dass Pia über meine Kindheit Bescheid weiß, dann hätte ich ihr davon erzählt«, sagte Jan und Daniel begriff, dass diese Erklärung ihm auch als deutliche Ansage galt. Niemand sollte Jan von Hoffs Geschichte kennen. Niemand außer ihm, Daniel, und seinem ehemaligen Kindermädchen Eva.

Zwischen den Freunden herrschte erneut Schweigen, die Jan nutzte, um sich vom Barhocker zu schieben und ein paar Dehnübungen für seinen Rücken zu absolvieren. Doch Daniel kam ins Grübeln.

»Aber wenn du Pia nie von deiner Kindheit erzählt hast und es auch nicht vorhast«, überlegte Daniel laut, »ist das nicht merkwürdig für eine Beziehung?«

»Stimmt«, sagte Jan ruhig, den Rücken weiterhin Daniel zugewandt. Jan starrte auf ein weißes Wandregal, auf welchem akkurat, aber mit einer Staubschicht versehen, vier kleine schwarze Espresso-Tassen aufgereiht standen. Espresso trank hier keiner. Aber Pia fand es stilvoll.

Diese Tassen gehören nicht zu mir, dachte Jan. *Der lederne Barhocker gehört nicht zu mir, diese kalte Wohnung gehört nicht zu mir. Pia gehört nicht zu mir ...*

Mit einem Ruck fuhr Jan herum: »Ich werde mich von Pia trennen.«

»Wie bitte?« Daniel glaubte, sich verhört zu haben. »Du hast vielleicht noch zu viel Whiskey im Blut. Bist du sicher, was du da sagst?« Diese Ankündigung kam für Daniel doch irgendwie plötzlich. Nicht, dass er nicht bereits ewig darauf gewartet hätte ...

»Es ist nicht der Alkohol.« Jan war erstaunt, dass sein Freund keine Freudentänze aufführte. »Gerade durch die Begegnung mit Pauline ist mir klar geworden, dass Pia nicht die richtige Frau ist. Wir haben einfach keine Gemeinsamkeiten und im Grunde habe ich doch gelebt, wie ich wollte. Ich habe sie nie wirklich einbezogen. Das kann keine Basis sein. Zugegeben, Pia ist sehr attraktiv. Und sie hat mir nie Vorschriften für mein Leben gemacht. Das war natürlich sehr angenehm für mich. Aber einfach sein Leben führen kann man auch allein. Es kommt doch darauf an, es teilen zu wollen.«

Jan beendete seine Überlegungen und dachte an Pauline. Ihre Art, gleichzeitig herausfordernd wie schutzbedürftig zu sein, zog ihn an. Ihre Unbeschwertheit und ihre Fröhlichkeit waren umwerfend. Pia dagegen konnte oft so lustlos und antriebslos sein. Pauline war ganz anders. Konnte sie die richtige Frau für ihn sein? Aber warum musste sie ausgerechnet für seinen Vater arbeiten? Sollte dies etwa ein Hinweis sein? Rasch wischte er diesen Gedanken beiseite.

Jan folgte allem, was klar, logisch und gut zu

analysieren war.

Worte wie Schicksal waren ihm fremd.

Sechs

Sonntagmittag – »Drei Eichen«, Münsterland

Die Esszimmertür schwang auf. Carolina und Maria Große-Lindhorst trugen dampfende Schüsseln herein. Es wurden Rouladen mit Soße, Rotkohl und Kartoffeln aufgetischt. Vermutlich zum letzten Mal, denn der Frühling stand vor der Tür und bald war wieder Spargelzeit.

Während Bernd Große-Lindhorst und sein Schwiegersohn Manfred Kugler gleich zugriffen, starrte Pauline auf ihren leeren Teller. Da die große Goldrand-Schüssel mit Rotkohl direkt vor ihr stand, stieg Pauline der unvergleichliche Duft in die Nase. Das Rezept stammte von Paulines Oma Erna und Maria schaffte es, dass der zubereitete Rotkohl genauso schmeckte wie zu Omas Zeiten.

Früher, wenn es in der Schule oder mit Freundinnen Ärger gab, da servierte Paulines Oma gern die Leibspeisen ihrer Enkelin. Bei Rotkohl oder Schokoladenpudding war vieles schnell vergessen.

»Nun iss mal fein, mine Lütte. Dann erzählst du mir, was los war«, pflegte ihre Oma mit plattdeutschem Einschlag zu sagen. Dann tätschelte sie liebevoll Paulines Kopf. Ihre Fürsorge und ihr Verständnis taten der 13-Jährigen gut. Doch Kindertage waren lange, lange vorbei und nicht alles ließ sich mit gutem Essen richten. Pauline seufzte.

»Schätzchen, iss doch eine Kleinigkeit«, sagte Maria sorgenvoll und schob ihrer Tochter die Schale mit Kartoffeln über die gestärkte Tischdecke. Die ehrliche Anteilnahme hatte ihre Mutter bestimmt von Oma Erna übernommen, überlegte Pauline. Maria war in vielem ihrer bereits verstorbenen Mutter sehr ähnlich. Pauline hatte sich schon immer sehr zu den Frauen der Familie hingezogen gefühlt, zur Oma, zur Mutter.

Jan hatte sich nicht bei Pauline gemeldet. Das ahnte Maria. Ihr tat es weh, ihre Jüngste so bedrückt zu sehen. Doch gleichzeitig war sie auch ein wenig erleichtert. Maria hatte Gerhard gestern nicht mehr telefonisch erreicht. Sein Handy hatte er abgeschaltet und in der Villa rief Maria niemals an. Die Wahrscheinlichkeit, dass Lea an das Telefon gehen würde, war zu groß. Maria war nicht scharf auf ihre Anfeindungen.

Gerhard hatte Maria einmal erzählt, dass Lea sehr eifersüchtig war. Denn Lea hatte einst herausgefunden, dass Maria Gerhards große Liebe gewesen war. Maria und Gerhard hatten für Leas Eifersucht keinerlei Erklärung, da die Eheschließung von Lea und Gerhard ausschließlich aus taktischen Gründen erfolgt war. Liebe gab es nicht. Lea von Twistingen sollte standesgemäß verheiratet werden, darauf hatte ihre sehr strenge Mutter Wert gelegt. Gerhards Eltern, Georg und Isolde von Hoff, wiederum waren gegen eine Verbindung von ihm und Maria gewesen, da Maria auf einem einfachen Bauernhof aufgewachsen war. Ein von Hoff heiratet keine Bäuerin, waren sich Gerhards Eltern einig gewesen. Lea und Gerhard – das war eine arrangierte Ehe wie schon vor Jahrhunderten in Adelskreisen üblich. Gerhard hatte Leas Eifersucht mit ihrem allgemeinen Besitzanspruch erklärt.

»Was Lea besitzt, gehört ihr«, hatte Gerhard einmal gesagt, »dazu zähle auch ich.«

Das hatte Maria Große-Lindhorst ein Mal deutlich zu spüren bekommen. »Wie kannst du es wagen, dich in unsere Familie einzumischen!«, hatte Lea durchs Telefon gekeift. »Uns deine Schwester als Aufpasserin für Erik und Jan zu schicken, ist eine Frechheit. Was denkst du dir dabei? Ich dulde keine Holtkötters in meiner Umgebung!« Leas Stimme überschlug sich. »Finde dich damit ab, dass

Gerhard mich und nicht dich geheiratet hat. Sicher soll Eva spionieren und dir sagen, wann du dich Gerhard wieder an den Hals werfen kannst! Aber da wird nichts draus, meine Liebe. Da wird nichts draus! Das werde ich zu verhindern wissen!« Lea von Hoff wollte theatralisch klingen, tönte aber schrill vor Erregung durch den Telefonhörer.

Maria war es heiß geworden, ihre Handflächen schwitzten, doch mit erzwungener Ruhe sagte sie nur: »Liebe Lea, glaub' doch, was du willst, aber anschreien lasse ich mich von dir nicht.« Dann hatte Maria einfach aufgelegt. Mehr Anfeindungen wollte sie nicht hören. Ihr Herz hatte schneller geschlagen. Konnte Lea etwas wissen?

»Mama! Pauline! Was ist denn mit euch los?«, fragte Carolina erstaunt. Ihr war aufgefallen – und Carolina bemerkte sonst nicht schnell, wenn andere etwas bewegte –, dass beide abwesend auf den Tisch starrten, anstatt wie üblich zu plaudern. Das Gespräch zwischen Bernd und Manfred erstarb. Sie schauten sich irritiert um, hatten nichts mitbekommen.

»Es ist nichts«, quetschte Maria hastig mit belegter Stimme heraus. Sie spießte ein großes Stück Fleisch mit der Gabel auf, um mit vollem Mund sich nicht weiter erklären zu müssen.

»Und du?«, forschte Carolina bei ihrer Schwester nach. Eigentlich war Pauline das Plappermaul der Familie, das über jede Kleinigkeit fröhlich berichtete. So still war sie selten.

»Dein Typ hat sich nicht gemeldet, stimmt's?«, kommentierte Carolina trocken. »Bis morgen hat er noch Zeit und dann würde ich ihn abschreiben. Der hat dich bestimmt schon vergessen. Du warst wohl nur eine Eintagsfliege.« Carolina griff zum Weinglas und stürzte den Inhalt hinunter.

»Was ist denn plötzlich los mit dir?«, ging Pauline ihre Schwester scharf an. »Am Freitag machst du mir Mut und jetzt soll ich ihn abschreiben? Warum musst du alles schlecht machen? Du hast doch keine Ahnung, wie es mir geht. Also halte dich zurück!«

Pauline war wütend und enttäuscht ob des plötzlichen Sinneswandels ihrer älteren Schwester. Sie verstand nicht, was in Carolina gefahren war. Frühere Affären von Pauline hatte Carolina immer nur halbherzig wahrgenommen. Warum echauffierte sie sich nun so?

Alle am Tisch starrten Pauline erschrocken an, Carolina setzte langsam das Weinglas ab.

»Pauline! Was soll das?«, fragte Bernd überrascht und ließ sein Besteck sinken. Er verstand nicht, warum seine sonst so ausgeglichene Tochter derart giftig reagierte.

»Ist doch wahr!«, moserte Pauline. »Carolina soll sich ihre blöden Kommentare sparen. Für sie gab es doch nur Studium und Karriere. Dann hat sie sich Manfred geangelt. Was weiß sie schon von Liebeskummer«, brummelte Pauline.

»Pauline, jetzt reiß' dich zusammen. Wir sind beim Sonntagsessen«, sagte Bernd ruhig, aber bestimmt. Bernd Große-Lindhorst hasste Streit bei Tisch. Zudem konnte er die ganze Aufregung nicht nachvollziehen. Er würde froh sein, wenn alle mit dem Nachtisch fertig sein würden und er sich zum Lesen ins Wohnzimmer zurückziehen konnte. Bernd nahm das Besteck wieder auf.

»Papa, du verstehst noch weniger, was los ist. Dich interessiert Jan nicht einmal!«, schoss es aus Pauline heraus. Sie fühlte sich zu unrecht gemaßregelt. »Ich will nicht, dass Carolina so abfällig über Jan spricht. Er ist nicht irgendein Typ und ich werde ihn auch nicht abschreiben!« Pauline warf das Besteck mit lautem Klirren auf den Teller.

»Kinder«, Maria beugte sich mahnend und mit sanfter Stimme vor. »Das ist doch alles kein Drama.«

»Kein Drama?«, kiekste Carolina plötzlich. »Kein Drama? Das war ja klar, dass du Partei für Pauline ergreifst. Sie wirft mir vor, dass ich unverschämt bin, schreit mich an, aber das übergehst du. Es ist ja dein Pauline-Schätzchen!« Das letzte Wort klang bewusst herablassend.

»Ich habe nie unverschämt gesagt!«, rief Pauline.

»Aber du hast es so gemeint! Du kannst die Realität nicht ertragen und flippst einfach aus. Dein Jan interessiert sich nicht für dich, sonst hätte er sich längst gemeldet. Das ist doch logisch. Finde dich damit ab, dass du nur ein Flirt warst. Und höre endlich auf, in Selbstmitleid zu versinken und dich ständig bei Mutter auszuweinen! Das hält man ja nicht aus!« Carolina verschränkte wütend die Arme vor dem schlanken Bauch. Das Getue ihrer Schwester ging ihr auf die Nerven.

»Aber das stimmt doch alles gar nicht!«, rief Pauline. Diese plötzliche Aufzählung von Anwürfen irritierte Pauline dermaßen, dass sie nicht präzise parieren konnte.

»Und wie war das mit London?«, fragte Carolina spitz, ihre hellblauen Augen funkelten angriffslustig. »Kaum wurde dir die Stadt zu viel, warst du wieder bei Mutti. Du wohnst ja immer noch hier! Du bist über dreißig, Schwesterchen. Organisiere dein Leben endlich selbst!« Carolina war ein Vulkan. Unkontrolliert und unaufhaltsam sprudelte alles aus ihr heraus, was ihr missfiel.

Pauline fühlte sich überrumpelt. Dass Carolina rüde sein konnte, das wusste sie. Aber meist sagte Carolina ohne Umschweife, was sie ablehnte. Emotionale Rundumschläge passten nicht zu ihr.

»Du bist so unfair!«, hielt Pauline dagegen und ihre braunen Augen blitzten vor Zorn. »Ich habe allein in Hamburg und in London gelebt. Ich hatte Typen, mit denen ich ausging. Aber ich brauche keinen Mann, um mich perfekt zu fühlen! Ich war immer selbständig. Du bist es, die alles kalkuliert. Du wirst nervös, wenn es nicht läuft wie geplant. Du brauchst deinen konstruierten Schutzwall: Du brauchst deinen Job, deinen Mann, dein Haus, dein Pferd, sonst fühlst du dich nicht komplett! Wer ist also unselbständig? Hör' auf, mir Vorhaltungen zu machen!« Pauline hatte sich gesammelt und führte den Gegenangriff überlegen aus. Sie hielt ihrer Schwester den Spiegel vor.

»Mir reicht es jetzt«, sagte Bernd Große-Lindhorst betont leise und schob den Stuhl zurück. Er legte die weiße Stoffserviette auf den Tisch. Manfred schaute unsicher zwischen seiner Frau und seinem Schwiegervater hin und her. Manfred machte den Eindruck, er wolle seinem Schwiegervater folgen, aber unterließ es, um möglicherweise seiner Frau in dem Gefecht beistehen zu können.

»Ich kontrolliere gar nicht alles!«, schrie Carolina. Sie war nun vollkommen aus der Fassung. »Ich wünschte, ich könnte es! Aber ich kann nicht alles kontrollieren, vor allem kein Baby!« Carolina brach weinend auf ihrem Stuhl zusammen.

Abrupt drehte sich Bernd, der noch nicht das Zimmer verlassen hatte, um. Manfred zog die Augenbrauen hoch. Er verstand gar nichts mehr. Pauline und Maria starrten Carolina mit offenen Mündern an.

Sonntagnachmittag – Benediktinerabtei Gerleve, Münsterland

Die Frühlingssonne ließ ihre schwachen Strahlen über Felder und blumenreiche Wiesen gleiten. Die Blätter an den Bäumen strahlten in sattem Grün. Gerhard von Hoff blieb stehen und genoss lange den freien Blick über das Ackerland, welches sich in kleinen Hügeln vor ihm erstreckte. Dann wandte sich von Hoff den wuchtigen, grauen, nicht erdrückenden Türmen der Benediktinerabtei Gerleve zu. Der neuromanische Bau, errichtet ab 1901, thronte über den Feldern und Wiesen.

Die Abtei wirkt wie eine freundliche Festung, dachte Gerhard. *Imposant und beschützend, aber einladend.*

Gerhard von Hoff konnte sich nicht genau erinnern, wann er das letzte Mal das Kloster im westlichen Münsterland besucht hatte. Aber als Kind war er mit seinen Eltern oft hierher gekommen. Seine Eltern hatten Spaziergänge im und um das nahegelegene Örtchen Nottuln geliebt. Anschließend waren sie zur sonntäglichen Vesper nach Gerleve gefahren. Als Kind hatte Gerhard von Hoff der einstimmige, gregorianische Chorgesang fasziniert, als Jugendlicher die unspektakuläre Monotonie der Mönche gelangweilt. Vor allem, weil sie auf Lateinisch sangen und er lieber nicht an die für den nächsten Lateinunterricht zu lernenden Vokabeln erinnert werden wollte.

Erst als Erwachsener hatte Gerhard von Hoff die beruhigende Wirkung, die Möglichkeit zur Meditation und des In-sich-gehens wahrgenommen. Die gregorianischen Gesänge hatten von Hoff in eine andere Welt entführt. Er fand, dass eine sonderbare Mystik und Ruhe von dem Gesang ausging, die er nicht näher erklären konnte.

Allerdings war er nach der Übernahme der Geschäftsleitung nicht mehr nach Gerleve gefahren. Es gab Wichtigeres – angeblich.

Rückblickend erschien es ihm, als habe er mit dem Start als Chef seine Kindheit und seine Jugendliebe Maria, die sich von Gerleve angezogen gefühlt hatte, endgültig hinter sich gelassen. In der neuen Geschäftswelt war kein Platz für alte Gewohnheiten geblieben. Kein Platz für alberne und zeitraubende Kirchgänge.

Doch nun, da er vor großen Herausforderungen stand, da er sich allein fühlte und da er auch Angst vor der Reaktion seines Sohnes auf den Brief verspürte, da besann er sich. Er fühlte, dass Gerleve an diesem Sonntag der beste Ort war, an welchen er hätte fahren können.

Mit einem schlechten Gewissen betrat Gerhard von

Hoff das Kirchenschiff. Lange hatte er sich nicht um Gott gekümmert und nun kam er wieder angelaufen. Er fühlte sich unwohl. Beinahe wie ein Neffe, der sich nur bei der alten Erbtante meldete, wenn er Geld brauchte.

Der verwirbelte Geruch aus verblassendem Weihrauch, Kerzenwachs und altem Gemäuer stieg in von Hoffs Nase und er erinnerte sich, wie ihn seine Mutter früher an der Hand bis zur dritten Bank vorne links führte. Sie hatten immer in der dritten Bank vorne links gesessen.

»Wir sitzen immer links«, hatte ihm seine Mutter einmal erklärt, »weil es die Seite des Herzens ist und weil wir Jesus Christus in unserem Herzen tragen.« Gerhard hielt das für Quatsch. Aber er glaubte schon, dass alle regelmäßigen Kirchgänger eine Seite bevorzugten: links oder rechts. Als Gerhard jung gewesen war, hatten seine Eltern sehr wenig Zeit für ihn gehabt. Aber die Ausflüge nach Nottuln und Gerleve hatten nur der Familie gehört. Auf den langen Spaziergängen vor der Vesper hatte Gerhards Vaters stets versucht, seinem Sohn seine Überzeugungen zu vermitteln: »Benutze deine herausgehobene Stellung, um Gutes zu bewirken. Du bist adelig, du wirst Geld erben und du wirst einen Verlag leiten. Du bist privilegiert und du hast die Verpflichtung, etwas weiterzugeben.« Richtig verstanden hatte Gerhard dies als zehnjähriger Junge nicht. Er wusste, dass sein Vater Geld spendete, aber er verdiente auch genug. Was sollte folglich sein Gehabe?

Aber als Georg von Hoff seinem Sohn die Liebesbeziehung kaputtmachen wollte, hatte Gerhard begonnen, an den hehren Zielen seines Vaters zu zweifeln. Wenn Georg von Hoff so großzügig dachte, warum durfte ein Mädchen vom Bauernhof nicht seine Frau werden? Von da an hatte Gerhard die vorgeblich großherzigen Überzeugungen seines Vaters als Schwindel verachtet.

Gerhard von Hoff hatte sich anfangs auf den Profit des Verlags konzentriert, dann hatte er die Kunst für sich entdeckt und sich selbst ein schönes Leben gemacht, in dem er möglichst wenig Zeit mit seiner Ehefrau verbringen musste. Dabei war ihm dann der Verlag entglitten.

Langsam, beinahe auf Zehenspitzen ging von Hoff zur dritten Bank vor. Unwillkürlich kniete er nieder, ein anerzogener Reflex aus Kindertagen. Er verharrte im Gebet.

Es ist merkwürdig, dachte Gerhard von Hoff, dass man in schwierigen Situationen auf Gott zurückgreift.

Ihm behagte nicht, dass er sich ausgerechnet jetzt in Gerleve blicken ließ. Doch dann begannen sich von Hoffs Gedanken um Lea zu drehen, die ihn so hinterhältig ausboten wollte. Noch immer konnte er Leas Absichten kaum fassen. Lea interessierte sich nur für Lea. Lea ging immer den Weg des geringsten Widerstandes. Sie war als Einzelkind auf Burg Twistingen großgeworden. Ihre Mutter, Annette von Twistingen, hatte drei Fehlgeburten erlitten, die Hoffnung auf weitere Kinder aufgegeben und sich somit voll und ganz auf ihre einzige Prinzessin konzentriert.

Lea hatte nie gelernt, sich für irgendetwas anstrengen zu müssen, sie hatte nie auf etwas verzichten müssen, erinnerte sich Gerhard. Solange genug Geld da war, war Lea eigentlich alles andere gleichgültig gewesen. *Was hatte sich geändert, dass sie mir den Verlag wegnehmen will?*, fragte sich Gerhard. Egal, wischte er die Fragen nach dem Warum beiseite. Jetzt galt es nur noch, das Familienerbe zu retten, den Traditionsverlag neu aufzubauen.

Doch Gerhard von Hoff kam nicht umhin, auch an Erik zu denken. Ein Gefühl bitterer Enttäuschung machte sich breit. Er fröstelte. Von Hoff schloss die Augen und stützte seine Stirn auf die verschränkten Hände. Leise seufzend atmete er aus. Was hatte er seinem Sohn getan, dass Erik zu Leas Verbündetem wurde? Hatte er, Gerhard, nicht seine Privatschule und sein Studium finanziert? Hatte Erik nicht die volle Unterstützung erfahren, als er in die

USA ziehen wollte? Hatte er nicht die Leidenschaft Eriks für schnelle Autos finanziell unterstützt? Ist das der Dank? Gerhard von Hoff schüttelte beinahe unmerklich den Kopf.

»Dankbarkeit ist von Kindern kaum zu erwarten«, murmelte er resigniert.

Gerhard von Hoff ließ seine gefalteten Hände sinken und blickte auf zum Altarraum. Er betrachtete die lebensgroßen Figuren des Christus am Kreuz, unter ihm die der Gottesmutter Maria und des Johannes, des Lieblingsjüngers Jesu. Maria neigt sich kurvenartig zur Seite, ihrem sterbenden Sohn zugewandt. Ihr Kopf ist gesenkt. Sie faltet die Hände.

Maria, dachte Gerhard angerührt, *eine liebende Mutter, die um ihren toten Sohn trauert. Wie entsetzlich muss es für sie gewesen sein, ihren Sohn leiden und sterben zu sehen. Welche Mutter, die ihr Kind wirklich liebt, hält das aus?*

»Maria«, flüsterte Gerhard. Dieses Mal dachte er an seine Maria. *Hätte ich doch für unsere Liebe gekämpft,* dachte er. *Hätte ich mich doch dem Willen meiner Eltern widersetzt. Maria wäre eine fabelhafte Mutter für unsere Kinder geworden.*

Gerhard von Hoff bereute die Entscheidungen, die er vor Jahren getroffen hatte, zutiefst.

Von Hoffs Vater hatte ihn damals unter Druck gesetzt. Georg von Hoff hatte seinem Sohn gedroht: »Wenn du dich nicht von dieser Bauerntochter trennst, wirst du den Verlag niemals leiten! Entscheide dich!« Von Hoff Senior hatte dem auf einem riesigen roten Samtsofa hockenden Gerhard den Rücken gekehrt und entschlossen aus dem Fenster geblickt. Die Knie zusammengedrückt, die Hände zwischen die Oberschenkel gequetscht wie ein kleiner Junge hatte der 21-jährige Gerhard den Vortrag seines Vaters über sich ergehen lassen. Gerhard hatte gewusst, dass es seinem Vater, der eigentlich gütig und verständnisvoll war, Ernst mit dessen Drohung war. Gerhard hatte es nicht übers Herz gebracht, Maria von dem Ultimatum zu erzählen und ebenso eingestehen zu müssen, dass ihm der

Verlag wichtiger war. Er hatte gezögert, seine Entscheidung für den Verlag umzusetzen und sich von Maria Holtkötter zu trennen.

Maria war ihm zuvor gekommen.

»Deine Eltern werden mich niemals akzeptieren«, hatte Maria ihm ruhig gesagt. Sie hatte seine Hand gehalten, sie zärtlich gedrückt und ihm offen und ohne Groll in die Augen gesehen. Gerhard hatte den Blick abgewendet, seine Hände waren schwitzig gewesen. Er war beschämt, dass Maria handelte. Er liebte Maria, aber noch mehr wollte er seinem erfolgreichen Vater beweisen, dass er den Verlag auch führen konnte. Nun, da Maria die Ablehnung seiner Eltern ohnehin wahrgenommen hatte, brauchte Gerhard ihr nicht auch noch von der Drohung seines Vaters berichten.

Marias Hand haltend hatte Gerhard geschwiegen.

»Ich werde gehen«, hatte Maria gesagt, langsam seine Hand losgelassen und war verschwunden. Damals hatte Gerhard geglaubt, es ließe sich eine neue Liebe finden. Ein Trugschluss, wie von Hoff heute wusste. Niemals waren seine Gefühle für Maria erloschen. Und niemals hatte er seine Entscheidungen so sehr bereut wie zu diesem Zeitpunkt in dieser Kirchenbank. Alles wäre anders gekommen ...

Gerhard von Hoff musste an Jan denken.

Ich war schwach bei meinen Eltern, ich war schwach bei Lea. Sie hat sich immer durchgesetzt und ich habe meine Kinder verloren – aus Schwäche und Egoismus, gestand sich Gerhard unumwunden ein.

Es war, als würde der Kirchenraum totale Freiheit für ehrliche Gedanken schaffen. Hier brauchte Gerhard nichts zu beschönigen. Hier musste er niemandem etwas vormachen, auch sich selbst nicht. Seine klaren und ernüchternden Gedanken wirkten wie eine innere Befreiung. Gleichzeitig fühlte er sich wie in einem Kokon.

Nur er und seine Gedanken, seine Bitten, umhüllt von Weihrauch und abgegrenzt von dicken Klostermauern. Noch konnte ihn die handelnde Realität nicht erreichen, noch war er mit sich und seiner Geschichte allein.

Die Mönche des Benediktinerklosters betraten den Altarraum und teilten sich rechts und links vom Altar auf das Chorgestühl auf. Gerhard von Hoff erhob sich von der Kniebank und setzte sich.

Sieben

Sonntag, später Nachmittag – »Drei Eichen«, Münsterland

Pauline rutschte an der Innenseite ihrer Zimmertür hinunter. Sie blieb mit geschlossenen Augen auf dem Dielenboden sitzen. Ihr Smartphone ließ sie einfach fallen. Sie pustete gegen ihren Pony. Pauline war verwirrt und erschöpft. Ihr Körper fühlte sich schwer an, ihr Kopf dröhnte. Den ganzen Nachmittag war sie durch die Wiesen rund um das Gut herum gelaufen. Unzählige Male hatte sie dabei auf ihr Telefon gestarrt. Nichts. Warum meldete sich Jan nicht mehr? Konnte sie sich so in ihm getäuscht haben? Und der Streit mit Carolina machte ihr zu schaffen. Pauline konnte sich nicht erinnern, wann Carolina ihr gegenüber so verletzend gewesen war. Doch nun war der wahre Grund für Carolinas Angriffslust bekannt. Carolina hatte immer behauptet, dass sie niemals Kinder haben wolle und dass ihre Karriere das Wichtigste sei. Da jeder Carolinas Ehrgeiz und ihre direkte Art kannte, hatte niemand diese Einstellung je in Frage gestellt. Auch Manfred nicht.

»Ich werde Ärztin!«, hatte die kleine Carolina bereits mit neun Jahren gewusst. Sie wurde Ärztin.

»Ich werde ein eigenes Pferd haben!«, sagte Carolina mit sechzehn Jahren. Sie hatte ein Pferd.

»Ich werde mich niemals mit einem Macho einlassen!«, hatte Carolina mit zweiundzwanzig verkündet. Sie hatte Manfred geheiratet.

Carolina erreichte ihre Ziele und setzte sich fortlaufend neue. Offenkundig hatte sie heimlich ihre Meinung über eine Mutterschaft geändert und ein weiteres Ziel hieß Baby. Sie hatte sich und der Familie eingestehen müssen, dass dieses Ziel nicht planmäßig zu erreichen war.

»Meine Kollegen aus der Klinik haben es mir heute gesagt«, hatte Carolina nach ihrem Zusammenbruch gestanden. »Ich hatte zwei Fehlgeburten und kann keine Kinder bekommen. Das ist medizinisch unmöglich.«

Pauline öffnete die Augen und blickte in das schummrige Dämmerlicht ihres Zimmers. Es war halb sechs und Frühlingswind rauschte um das Gemäuer des Gutes. Natürlich hatten Carolinas Angriffe nach dem Geständnis ihres eigentlichen Problems an Heftigkeit verloren. Dennoch schmerzten ihre Worte. »Organisiere dein Leben endlich selbst!«, hallte Carolinas Anwurf nach. Gemeint hatte sie damit, dass Pauline häufig die Mutter um Rat fragte. Pauline wusste nicht, was daran falsch sein sollte, aber Carolina hatte sie schon früher aufgezogen: »Du bist vielleicht eine Heulsuse! Alles musst du lang und breit mit Mama diskutieren.« Doch diese Sätze hatte Pauline verdrängt – bis heute.

Wie eine aggressive Wespe stach auch der Angriff auf Paulines Zeit in London. Zu Beginn hatte Pauline es wahnsinnig spannend gefunden, Korrespondentin für eine deutsche Wochenzeitung in London zu sein. Sie durfte über Reise und Kultur, Lifestyle und Society berichten. Doch schnell wurden die immer gleichen Partys mit den immer gleichen, affektierten Leuten langweilig. Gerade in der sogenannten Society gab es viele Hüllen und Masken, kaum wahre Gesichter. Es ging immer nur ums Ansehen, aber nie ums Hinsehen, um die Menschen selbst. Dieser Berufspartys war Pauline schnell überdrüssig geworden. Privat erlebte sie mit ihrer Freundin Nicky ihr eigenes London. Mit ihr hatte sie eine Vertraute gefunden, mit der sie bis morgens um drei Uhr über alles reden und lachen konnte. Mit Nicky erlebte sie unbeschwerte Phasen, ging feiern und amüsierte sich. Pauline genoss es, von Männern umschwärmt zu werden. Auch von Steven. Aber nach einer Weile, wenn sie ohne Nicky in ihrem Londoner Zimmer saß, fühlte sie sich schrecklich allein. Zwischen all den Brownies sehnte sie sich nach Hertas Apfelkuchen. Zwischen all dem Lärm der Großstadt sehnte sie sich nach der Ruhe des Münsterlandes. Sie hatte Heimweh.

Plötzlich erhielt Pauline einen Anruf von »Land und Stil«. Ob sie sich vorstellen könne, wieder in Deutschland, in Münster, zu arbeiten. Selbstverständlich konnte sie.

Pauline war liebend gern auf das heimatliche Gut zurückgekehrt. Na und? Deshalb war sie nicht automatisch unselbstständig. Noch immer fand Pauline Carolinas Vorwürfe nicht fair. Und Pauline hatte ohnehin nicht geplant, ewig bei ihren Eltern zu wohnen.

Doch Carolinas Vorwurf wurmte sie und er schien auch ein wenig Wahrheit zu enthalten. Pauline fühlte sich plötzlich gedrängt, irgendetwas tun zu müssen. Diese Grübeleien, über Jan, über Carolina und ihren Streit, all dies hielt sie im Augenblick nicht aus.

»Vielleicht hat Carolina recht und ich muss endlich ausziehen!«, sagte Pauline energisch, stützte sich vom Boden ab und stand auf. Sie schaltete das Licht ein und ging zu einem großen, weiß lackierten Schrank, der an der rechten Wand ihres Zimmers stand. Ihr Blick fiel auf den Bücherstapel im obersten Fach. Entschlossen griff sie zu. Altes musste raus. Ihre Bücher aus ihrer Studienzeit hatten nun weiß Gott ausgedient.

Die braune Feuerschutztür quietschte und schnarrte, als Pauline sie mit einem Stapel Bücher auf dem Arm öffnete. Ein kalter Windzug stieß ihr entgegen. Es roch muffig nach Staub und Holz. Lange war sie nicht mehr auf dem Dachboden von »Drei Eichen« gewesen. Sie machte Licht und sah sich um. Ihr alter Rodelschlitten, Carolinas erstes Fahrrad, der Schaukelstuhl von Oma – alles war noch da. Pauline schmunzelte. So diszipliniert ihre Mutter mit der Führung des Gutes und den Veranstaltungen umging, so ordentlich und aufgeräumt sämtliche bewohnten Zimmer waren, so wenig konnte sich ihre Mutter von Erinnerungsstücken trennen. Maria kaufte nur wenige Dekorationsstücke und setzte auf langlebige, klassische Möbel, um eine Überfrachtung der Räumlichkeiten zu vermeiden. Aber sie warf niemals etwas weg. Für aussortierte Gegenstände gab es schließlich den riesigen Dachboden.

Pauline überlegte, wo sie ihre Bücher am besten aufbewahren konnte. Da entdeckte sie Omas frühere Frisier-Kommode. In einem der Schrankfächer unter dem Spiegel wäre gewiss noch Platz und dann würden die Bücher nicht übermäßig einstauben. Mit einer Stiefelette stupste Pauline einen kleinen Leiterwagen beiseite und bahnte sich, die Bücher vor der Brust, den Weg.

Sie öffnete die linke Tür der Kommode und tatsächlich lag im untersten Fach nur ein Buch, darüber war Platz genug ihre eigenen Bücher zu verstauen. Pauline warf einen Blick auf das vereinsamte rote Buch im untersten Fach. Um welches Buch in der Frisier-Kommode mochte es sich wohl handeln? Sie nahm es heraus. Es war nur ein Wort, das im Beschriftungsfeld stand. Maria.

Pauline wunderte sich. Noch nie hatte sie ein derartiges Buch, das offensichtlich ihrer Mutter gehörte, gesehen. Zu den Veranstaltungsunterlagen gehörte es nicht. Sie wurden alle im Büro aufbewahrt und waren auch nicht mit »Maria« überschrieben. Als handschriftlich verfasste Bücher besaß Maria nur Rezeptbücher und die standen aufgereiht im Küchenregal.

Vielleicht ist es ein altes Schulbuch?, fragte sich Pauline. Sie wurde neugierig.

»Mal sehen, wie fleißig Mama früher in der Schule war«, murmelte Pauline amüsiert. Sie schlug das Buch auf. Die Seiten waren liniert und von oben bis unten in ganz kleiner Schrift beschrieben. Es war Marias Handschrift. Pauline begann zu lesen:

Ich bin so verzweifelt! Was habe ich bloß getan? Was habe ich mir dabei gedacht? Was soll nun werden? Ich habe alle in eine schreckliche Situation gebracht! Es ist kaum auszuhalten.

Pauline blickte erstaunt auf. Es war ein Tagebuch, kein Schulbuch. Das Tagebuch ihrer Mutter. Maria hatte niemals erwähnt, dass sie Tagebuch geschrieben hatte. Dabei hatte Pauline angenommen, wirklich jede Belanglosigkeit aus dem Leben der Mutter zu kennen. Und ein Tagebuch war wahrhaftig nichts Belangloses. Nicht alle Menschen nehmen sich Zeit für Aufzeichnungen aus ihrem Leben. Das hätte Maria doch erwähnen können.

Pauline fühlte sich komisch, wie jemand, der zum ersten Mal stahl und wusste, dass es falsch war. Pauline stahl die Gedanken und Gefühle ihrer Mutter, die eindeutig geheim bleiben sollten. Aber warum sollten sie geheim bleiben? Sie waren eine glückliche Familie. Gerade sie beide, Pauline und ihre Mutter, sprachen über alles. Oder nach diesen verzweifelten Zeilen zu urteilen doch nicht?

Pauline wippte auf den Füßen stehend unruhig vor und zurück. Sie wusste, dass es falsch war, in diesem Buch weiterzulesen. Das gehörte sich nicht. Andererseits wollte Pauline wissen, um welche schreckliche Situation es sich handelte. Sie konnte sich an nichts Schreckliches in der Familie erinnern.

Und wenn es übliche Teenager-Sorgen waren? War ihre Mutter zu spät von einer Party heimgekommen? War sie verliebt gewesen und hatte sich albern vor ihrem Angebeteten verhalten? Diese Anekdoten aus Marias Jugend zu erfahren, konnte nicht schlimm sein. Pauline lächelte. Auch Mütter waren verwirrte Jugendliche. Maria hatte das Tagebuch sicher nie erwähnt, da ihr die jugendlichen Eskapaden im Nachhinein peinlich gewesen waren. Ja, das musste die Erklärung sein. Weniger bekümmert, eher belustig las Pauline weiter.

Aber ich darf jetzt nicht den Kopf verlieren. Ich muss in Ruhe überlegen, was zu tun ist. Schließlich möchte ich niemanden verletzen. Ob das überhaupt möglich sein wird? Ach, warum habe ich mich hinreißen lassen? Ich verstehe es nicht. Ich verstehe es nicht. Es gab doch gar keinen Grund. Alles lief wunderbar. Warum nur?
Der arme Bernd. Ich liebe ihn doch. Es tut mir alles so schrecklich leid. Eigentlich darf er niemals etwas erfahren. Es würde ihm das Herz brechen und das kann ich nicht zulassen.

Pauline durchzuckte es, als habe ein Blitz eingeschlagen. Es war gar nicht die Jugendzeit. Es ging um ihre Eltern! Die Worte ihrer Mutter überwältigten sie. Wollte sie, die Tochter, wirklich lesen, was sich zwischen den Eltern ereignet hatte? Was durfte ihr Vater nicht wissen? Ob er es noch immer nicht wusste? Vielleicht war es manchmal besser, nicht alles zu erfahren und Geheimnisse ruhen zu lassen. Pauline bemerkte plötzlich, wie sie zitterte. Auf dem Dachboden war es kalt und sie stand im T-Shirt da. Pauline klappte das Buch zu. Sie musste den Dachboden verlassen, bevor sie durchgefroren war. Sie musste über die verwirrenden Sätze nachdenken. Würde sie wiederkommen?

Montagvormittag – Agentur, Jans Büro, Hamburg

»Guten Morgen, Jan«, flötete Ella Nientiedt, als Jan sein Vorzimmer betrat.

»Morgen.« Jan war unkonzentriert. Er sah Ella nicht an. Er dachte an Pia und an Pauline.

»Ist alles in Ordnung?«, fragte Ella vorsichtig und nestelte an einem Kugelschreiber in ihrer Hand.

»Was soll denn nicht in Ordnung sein?«, fuhr Jan sie

an. Seine blauen Augen blitzten. Bedrängend stützte er die Hände auf Ella Nientiedts Schreibtisch, ein bohrender Blick auf Augenhöhe: »Wieso meinen alle, sich um mich kümmern zu müssen?«

Erschrocken wich Ella mit ihrem fahrbaren Bürostuhl zurück.

Jan richtete sich auf.

»Ich meine, ich meine, weil du am Freitag nicht zu erreichen warst«, wagte Ella aus sicherer Entfernung eine Antwort.

»Und«, fuhr sie fort, »weil du heute, nun ja, spät kommst.«

Ella versuchte, ihren Eindruck, mit Jan stimme etwas nicht, zu verteidigen. Sie wollte ihm nur eine Hilfe sein.

Jan realisierte, dass er zu weit gegangen war. Ella meinte es nur gut mit ihm. Er atmete durch und wandte sich ihr zu.

»Ella, entschuldige. Ich habe es nicht so gemeint. Bei mir ist im Augenblick eine Menge los. Es wäre schön, wenn du mir überflüssigen Kram aus der Firma vom Hals halten könntest«, er lächelte sie an und Ella nickte.

»Schon vergessen.«

»Vielen Dank.«

Jan steuerte auf seine Bürotür zu.

»Halt«, rief Ella und sprang vom Stuhl auf, »hier ist die Post. Obenauf liegt ein an dich persönlich adressierter Brief. Ich dachte, du willst ihn vielleicht zuerst lesen?«

Jan drehte sich um und nahm den Stapel entgegen.

Er sah Ella an. Still, nur mit ihren hübschen Augen ließ sie ihn wissen, dass er sich auf sie verlassen konnte.

Jan betrachtete den Briefumschlag. Kein Absender. Die Handschrift kam ihm dunkel bekannt vor, aber er konnte sie nicht zuordnen. In Zeiten von E-Mail, SMS und Adressaufklebern waren Handschriften generell nicht mehr eindeutig zuzuordnen – man las sie zu selten. Denn wer schrieb selbst, wo es Maschinen schneller konnten?

Schade eigentlich, dachte Jan. Allein aus beruflichen Gründen fand er Schriftbilder interessant, hatte er doch als Grafikdesigner ständig mit Schrift-Typen zu tun.

Jan sah sich den Stempel auf der Briefmarke genauer an. Eine Vier war zu Beginn der Postleitzahl zu erkennen, der Rest war zu schwach aufgedruckt worden.

Post aus dem Düsseldorfer Raum? Vielleicht eine Abwerbung einer anderen Agentur? Unwahrscheinlich. Die meldeten sich nicht auf dem Postweg.

Wie auch immer. Mit seinem Brieföffner machte er sich ans Werk. Die Seiten, die zum Vorschein kamen, waren auf dem Computer getippt und ausgedruckt worden. Da Jan noch immer keinen blassen Schimmer hatte, wer ihm schrieb, suchte er rasch das Ende des Briefes, um sofort die Seiten in seiner Hand sinken zu lassen.

Jetzt kannte er den Absender.

Seine Gedanken rasten.

Was wollte er?

Sollte er, Jan, den Brief tatsächlich lesen?

Jans Magen begann, sich zu krampfen. Schweiß trat ihm auf die Stirn. Ausgerechnet jetzt? Was hatte das zu bedeuten? Ohne seinen Inhalt zu kennen, erwischte ihn der Brief wie ein Wolkenbruch. Er konnte sich nicht schützen, er war allem ausgeliefert. Unmengen an Gedanken, Gefühlen und Erinnerungen prasselten auf ihn ein.

Jan erzwang die Vernunft zurück, setzte sich aufrecht in seinen Stuhl und begann, das Papier auf Abstand haltend als wolle er nur das Nötigste mit ihm zu tun haben, zu lesen.

Nachdem er zu Ende gelesen hatte, saß Jan wie versteinert da und starrte geradeaus auf sein Bücherregal, den Brief hielt er steif in der rechten Hand. Er fixierte einen gelben Punkt auf einem Buchrücken, unfähig, sich zu bewegen.

Es klopfte, Ella trat ein.

»Ach so, ich hatte ganz vergessen zu sagen, dass ...«, Ella brach ab, denn sie bemerkte Jans schockierten Gesichtsausdruck. Ihr Blick wechselte auf den Brief in seiner Hand. Eine gefühlte Ewigkeit sagte niemand etwas.

»Mein Vater!«, brachte Jan tonlos hervor, den Blick unverändert.

Blitzschnell schloss Ella die Tür hinter sich und setzte sich auf einen Besucherstuhl. Sie spürte, dass Jan nicht ihr diskretes Verschwinden wie üblich, sondern ihre Anwesenheit, sozusagen ihren Beistand erwartete.

Ella sah ihn offen, aber abwartend, an, die Hände an den Knien gefaltet.

»Mein Vater will, dass ich in seinen Verlag einsteige und eines Tages Erbe werde«, platzte es aus Jan heraus. Er war derart überwältigt von all den Informationen, Worten, Beschwörungen, die der Brief enthielt, dass er es loswerden musste. Und Ella war irgendwie, gewissermaßen seine Vertraute.

»Er hat sich für alles entschuldigt. Er hat mich um Verzeihung gebeten.« Jan stützte die Ellenbogen auf, umschloss Nase und Mund mit beiden Händen und sog hörbar Atemluft durch die Finger ein. Er schloss die Augen.

Ella sagte nichts. Jan war ihr unterbewusst dankbar dafür. Er war zu sehr mit all den Begriffen und Erklärungen beschäftigt war, die durch seinen Kopf tobten.

Montagvormittag – von Hoffs Villa, Münster

Endlich! Lea war wieder allein. Gerhard hatte an diesem Morgen früher als gewöhnlich die Villa verlassen. Er wirkte geschäftig und gut gelaunt, was Lea erstaunte. Der Verlag hatte Probleme, aber der Chef war gut drauf?

Doch Lea dachte nicht weiter darüber nach. Möglicherweise hatte Gerhard neue Künstler entdeckt, das konnte ein Grund für seine fröhliche Stimmung sein.

Lea sauste vor Aufregung wie ein hektisches Eichhörnchen, das einen Baum rasch hoch und hinunterkletterte, von einem Zimmer zum nächsten.

Bald, ganz bald wäre Gerhard am Ende, und sie und Erik würden das ganze Geld genießen können. Zudem hätte Lea einen öffentlich nachvollziehbaren Grund, nicht länger bei dem Versager bleiben zu müssen. Ja, aus ihrer Sicht war ein Versager, der sich vorzugshalber in die Kunst geflüchtet hatte, als den Verlag im Griff zu behalten. Behandelt, wie es einer Lea von Twistingen zugestanden hätte, hatte er sie auch nicht. Von den meisten Einladungen hatte er sie ausgeschlossen. Er wollte sich nur, wenn es nicht anders ging, mit ihr in der Öffentlichkeit zeigen. Dafür sollte er büßen. Außerdem war er ein lächerlicher Vater: kein Kontakt zu dem einen Sohn, die Beziehung zum anderen verloren. Aber Erik würde das schon machen. Sie vertraute den Fähigkeiten ihres Sohnes. Sie, Lea, wäre dann endlich frei. Mit sehr viel mehr Geld.

Diese Überlegungen euphorisierten sie. Lea wollte duschen, nein, im begehbaren Kleiderschrank ihr Outfit heraussuchen, nein, erst eine Maniküre. Neue Farbe auf den Nägeln konnte nicht schaden. Trällernd und beschwingt begab sie sich in ihr Badezimmer. Die Ankunft ihres Sohnes Erik morgen konnte sie kaum erwarten.

Montagnachmittag – »Becker und Becker«, Hamburg

»Danke, Harald, dass du kurz Zeit hast«, sagte Jan Hoff und setzte sich auf einen von Harald Beckers Stühle-

Kuriosum.

»Deine Stimme klang am Telefon sehr eindringlich. Was ist denn passiert?«, fragte der Geschäftsführer stirnrunzelnd, der Pannen von seinem Art Director nicht gewöhnt war.

»Keine Sorge«, winkte Jan ab, »es ist nichts Berufliches. Die Kampagnen laufen und mit den Kunden gibt es derzeit keine Probleme.« Jan machte eine Pause, senkte den Blick und schob seinen Zeigefinger auf der braunen Armlehne seines Sessels vor und zurück. Er wusste nicht, wie er beginnen sollte. Er, Jan von Hoff, hatte Harald Becker noch niemals um einen Gefallen gebeten. Jan wollte niemals von anderen abhängig sein. Sein Verhalten sollte niemals Anlass zu Vorhaltungen geben. Jan war nie krank, arbeitete präzise und viel. Jan brauchte keine Ausnahmen, er war eine Konstante in der Agentur. Doch jetzt war er auf das Wohlwollen seines Chefs angewiesen. Das behagte Jan nicht.

»Nun?«, fragte Harald Becker ermunternd und beugte sich vor. »Was kann ich tun?«

»Ich bräuchte ein paar Tage Urlaub«, sagte Jan direkt, um es hinter sich zu bringen.

»Also, wenn es weiter nichts ist«, entspannt lachend lehnte sich Harald Becker zurück, die Arme ausladend über die Sessellehne baumelnd.

»Darum machst du so ein Drama? Kurzurlaub zum 1. Mai, richtig? Das ist doch kein Thema.«

»Nein. Kein Kurzurlaub. Ich brauche ab sofort Urlaub. Ab heute. Und wie lange, das kann ich dir noch nicht sagen.«

»Mhh, das ist in der Tat etwas überraschend«, sagte Becker und fuhr mit dem Zeigefinger an den Mund.

»Was ist denn los? Ach, das geht mich ja nichts an.«

»Ich bin im Moment in einer schwierigen Situation. Privat. Mehr kann ich dir leider nicht sagen. Ich würde dich nicht um sofortigen Urlaub bitten, wenn es nicht wirklich wichtig wäre«, erklärte Jan.

»Ja, Jan. Das weiß ich«, sagte Harald Becker. Wie ein Vater tätschelte er Jans Hand, die noch immer auf der Lehne lag.

»Nun gut. Nimm deinen Urlaub. Ich konnte mich jederzeit auf dich verlassen und du wirst deine Urlaubsvertretung sicher gut organisieren. Da habe ich keine Zweifel.«

»Aber sicher. Ich werde alles regeln und ich werde auch erreichbar sein.«

»Sobald du absehen kannst, wann du wiederkommst, gib mir bitte Bescheid. Du bist unser kreatives Aushängeschild. Was würden wir nur ohne dich machen?« Harald Becker zwinkerte ihm zu. Jan fühlte sich bei den letzten Sätzen nicht wohl in seiner Haut. Schließlich hatte ihm sein Vater einen Job angeboten. Andererseits war Jan misstrauisch und wusste nicht, ob er Gerhards Beteuerungen, was seine Entschuldigung anbelangte, glauben durfte.

Unsicher sagte Jan daher nur: »Ich gebe dir Bescheid. Danke für den Urlaub.«

»Ella, du musst alle Termine für«, Jan brach ab und überlegte kurz, »sagen wir mal, die kommenden zwei Wochen absagen. Oliver soll sie wahrnehmen. Ich werde gleich mit ihm sprechen. Er übernimmt für eine gewisse Zeit meine Aufgaben. Bei Anfragen antwortest du, ich sei im Urlaub. Mehr nicht.«

»Natürlich, Jan. Ich werde alles sofort erledigen«, antwortete Ella erwartungsgemäß. Dann wagte sie eine Frage: »Es hat mit dem Brief deines Vaters zu tun, richtig? Oder mit der Journalistin, die Donnerstag da war und noch einmal angerufen hat?« Ella beobachtete Jan. Eine von beiden Vermutungen würde stimmen, das wusste sie. Wenn nicht beide.

Jan sah Ella erstaunt an.

»Wie, sie hat angerufen? Pauline Große-Lindhorst? Meinst du sie?«

Ella nickte.

»Wann hat sie angerufen?«

»Am Freitag.«

»Warum sagst du das erst jetzt?« In Jans Stimme schwang ein leiser Vorwurf mit.

Ella parierte wie ein dressierter Hund: »Freitag wolltest du von niemandem gestört werden. Frau Große-Lindhorst sagte, es sei nicht eilig, also informierte ich dich nicht per E-Mail. Außerdem hat sie deine Visitenkarte und somit deine Handynummer. Es hätte ja sein können, dass sie es auch mobil versucht, obwohl ich ihr das ausgeredet hatte. Heute wollte ich es dir sagen, als der Brief deines Vaters dazwischen kam.« Sie beendete ihre Aufzählung.

»Ja, das kam er wohl. Dazwischen ...«, wiederholte Jan nachdenklich und sah über Ella hinweg zum Fenster hinaus.

Dann hakte er nach: »Wann genau hat Pauline, ich meine Frau Große-Lindhorst, angerufen? Was wollte sie? Was hat sie gesagt?«

Ein unauffälliges, wissendes Lächeln umspielte Ellas lippenstiftroten Mund. Hatten sie ihre Sinne also doch nicht getäuscht. Zwischen Jan und dieser Journalistin lief etwas ab. Allerdings hatte Ella ihrem Chef bedingungslos gehorcht und ihn am Freitag nicht mehr gestört. Sie hatte geglaubt, eine Nachricht über den Anruf sei am Montag früh genug. Zudem gab es noch Pia Schüller.

Acht

Montagnachmittag – Münster

Pauline fuhr mit dem Kleinwagen ihrer Mutter durch die Stadt nach Hause. Es war erst später Nachmittag, aber Pauline hatte keine Veranlassung mehr gehabt, in der Redaktion zu bleiben. Sie war unmotiviert gewesen. Hatte das erledigt, was zwingend erledigt werden musste, für mehr hatte es nicht gereicht. Bei jedem Klingeln ihres Telefons, bei jedem »Ping« ihres E-Mail-Postfaches hatte sie auf Jan gehofft. Vergeblich.

Der Regen strömte. Die Lichter des Hauptbahnhofes, oder was von ihm während der Bauphase noch übrig war, nahm sie nur verschwommen wahr. Noch wenige Tage zuvor hatte sie den Bahnhof mit einem beschwingten und verliebten Gefühl verlassen. Sie hatte sich federleicht gefühlt, als könnten ihr alle Sorgen der Welt nichts anhaben.

Nun drückte der Anblick des Bahnhofs sie nieder. Es schmerzte, an die träumerische Zugfahrt aus Hamburg zu denken. Es schmerzte, an Jans zärtliche Küsse zu denken, die sie wohl nie wieder würde spüren dürfen. Sie sehnte sich nach seinen Küssen, seinen Berührungen. Immer wieder kreisten ihre Gedanken um das Gleiche. Sie hatte so viel Nähe gespürt! Noch im Zug am Tag danach war sie sich sicher gewesen, er würde sich bei ihr melden. Sie würden oft und viel telefonieren, sich kleine Nachrichten schreiben, ein nächstes Treffen planen. Sie war sich sicher gewesen, alles würde seinen verliebten Gang nehmen. Aber all diese freudigen Gedanken waren dumpfem Verblassen und traurigem Loslassen gewichen.

Pauline fuhr weiter zum Servatii-Platz. Jan hatte sich nicht gemeldet. Dabei hätte seine Assistentin Paulines Anruf vom Freitag spätestens heute ausrichten müssen. Die akkurat, perfekte, hübsche Ella Nientiedt hatte auf Pauline nicht den Eindruck gemacht, als arbeite sie schlampig.

Hatte Ella womöglich absichtlich nichts gesagt? Warum sollte sie das tun? Kamen da etwa Gedanken an Eifersucht auf? Pauline schob diese Gedanken als Blödsinn beiseite. Gewiss, Ella war jung, attraktiv und ein wenig unterwürfig. Welchem Mann gefiele das nicht? Und dann die vielen Stunden gemeinsam im Büro? So gesehen hätte Ella längst Jans Freundin sein können.

Pauline umklammerte das Lenkrad. Sie wollte nicht mehr über Jan nachdenken müssen. Es tat ihr weh.

Pauline fuhr die Fürstenbergstraße neben der Promenade entlang. Der Regen klatschte laut gegen ihre Windschutzscheibe und die Wischer quietschten abgehetzt hin und her.

Aprilwetter: Regen, nass und kalt. Typisch für Münster.

Grundsätzlich konnte Pauline auch Spaziergängen bei Regen etwas abgewinnen. Kalte, feuchte Luft roch herrlich frisch. Tiefeingeatmet wirkte sie wie bei einer Inhalation: klärend und befreiend. Pauline musste mindestens einmal am Tag raus – egal bei welchem Wetter. Die stickigen Konferenzräume, das ewige Hocken vor dem Rechner – ohne frische Luft konnte Pauline nicht denken. Aber manchmal nervte der Regen auch.

Der Regen wurde stärker, auch wenn das kaum möglich schien. Pauline liebte ihre Heimatstadt bei Sonne wie Regen. Aber heute schien es, als habe sich das Münsteraner Wetter vorgenommen, sich absichtlich sehr, sehr schlecht zu benehmen, um Paulines Stimmung weiter in den Keller zu schieben.

Pauline schaltete das Radio ein, um sich abzulenken.

Sie hörte die ersten Töne des Keyboards von »From a distance«, interpretiert von Bette Midler. Ein typischer Ende-1980er-Anfang-1990er-Sound. Melodisch, eingängig, Keyboard-lastig.

Mein Gott, wie lange hatte Pauline dieses Lied nicht mehr gehört.

»From a distance the world looks blue and green ...«

Sie drehte auf.

Pauline ließ sich von dem Song mitnehmen. Ihr Herz schlug kräftiger.

»From a distance there is harmony ...«

Sanfte Steigerung.

Stich in die Wangen. Sie bekam Gänsehaut auf den Unterarmen. Gleichzeitige Explosionen durchzucken den Körper. Innere Wärme, äußere Kälte. Sie spürte die Hitze, in Wallungen gebracht durch den schnelleren Herzschlag, in sich aufsteigen. Gleichzeitig umgab sie eine Hülle von Kälte, als würde sie frieren.

Pauline fuhr rechts an den Straßenrand, stellte den Motor ab, schloss die Augen.

»From a distance we all have enough ...«

Geigen setzten ein.

»From a distance we are instruments ...«

Crescendo.

Pauline rannen Tränen die Wangen hinunter - wie der Regen auf der Windschutzscheibe.

»Playing songs of hope...playing songs of peace...«

Decrescendo. Bette Midlers Stimme wurde behutsamer.

Begleitet von einem hauchenden Hintergrundchor.
Dann hob Midlers Stimme zu einem Höhepunkt an. Anrührend, aber durchdringend.

»God is watching us, god is watching us, god is watching us – from a distance.«

Alle Dämme brachen und Pauline schluchzte laut auf.

Gefangen von einer alten, kitschigen, aber emotional funktionierenden Melodie, die genau auf das Einfangen abzielte. Begleitet von Stichworten, die Paulines Herz trafen.

Pauline wollte das kleine Mädchen sein, auf das aufgepasst wurde. Schutzbedürftig. Sah Gott zu? War da jemand, der alles wusste? Der sie sah und über sie wachte?

Sie fühlte sich so allein. Sie fühlte sich mit einem Mal von allen im Stich gelassen. Von Jan, der nur mit ihr gespielt hatte. Von Carolina, die angriff. Von ihrem Chef, der ihr womöglich den Job wegnahm. Von ihrer Mutter, die ihr Geheimnis nie der Lieblingstochter offenbart hatte.

»From a distance you look like my friend ...«

Wenn sich Perspektiven im Leben verändern, verändern sich Freundschaften und Beziehungen.

»It's a hope of hopes... it's the love of loves ...«

Für wenige Augenblicke hatte Pauline träumerisch gehofft, in Jan den Mann fürs Leben gefunden zu haben.

Alles Mumpitz.

»God is watching us.«

Was war mit ihrer Mutter? Was war ihr Geheimnis? Diffus, dunkel, dumpf waren Paulines Gefühle.

Als der Song verklungen war, schaltete Pauline das Radio aus. Unerträglich gut gelaunte Moderatoren, die mit unsensiblen Sprüchen über das Lied hinweg quatschten, wollte Pauline nicht hören.

Sie wischte sich die Tränen mit dem Ärmel ihres Wollpullovers ab. Es kratzte und fluste. Sie fand ihre Reaktion plötzlich übertrieben und lächerlich. Was war über sie gekommen? Ein alter Radiosong. Absurd.

Das dumpfe Gefühl des Alleinseins blieb. Und das war ihr bislang unbekannt gewesen.

Montagabend – Gut »Drei Eichen«, Münster

»Hast du denn nichts von Carolinas Problemen geahnt?« Bernd Große-Lindhorst sah kaum von seiner Zeitung auf. Bernd und Maria Große-Lindhorst saßen im »Grünen Salon«, wie das zweite, kleinere Wohnzimmer genannt wurde. Es war ihr Leseraum, in welchem es weder ein Radio noch einen Fernseher gab. Völlige Stille, absolute Konzentration.

Maria signalisierte diese wie beiläufig gestellte Frage, ihr Mann beschäftigte sich mehr mit dem Thema, als er zugeben wollte.

»Nein«, sagte Maria und schob ihre Lesebrille wenige Millimeter auf dem Nasenrücken nach oben. Sie wälzte einen Katalog für Büromöbel. Der Konferenzraum musste neu ausgestattet werden, fand Maria.

In Wahrheit wollte sie sich ablenken.

Carolina und Manfred hatten nach dem gestrigen Mittagessen »Drei Eichen« fluchtartig verlassen und waren seither telefonisch nicht erreichbar gewesen. Mehr als zweimal hatte es Maria allerdings nicht versucht. Ihre Tochter und ihr Schwiegersohn hatten jetzt einiges zu besprechen und dies sollten sie in Ruhe tun. Carolina würde sich schon melden. Sie war robust.

Pauline hingegen wirkte auf Maria sehr angegriffen. Sie hatte sich vollständig zurückgezogen. Auch jetzt schien sie in ihrem Zimmer zu hocken oder im Park umher zu spazieren. Die Anwürfe von Carolina, das Hoffen auf ein Lebenszeichen von Jan, die Sorge um ihren Job, all das schien ihre Jüngste sehr mitzunehmen. Maria hätte ihr gern geholfen, aber Pauline ließ sie nicht an sich heran. Das war ungewöhnlich. Dass Jan von Hoff sich bei Pauline offensichtlich nicht gemeldet hatte, beruhigte Maria wiederum. So sehr es Maria für ihre Tochter auch leidtat. Aber es war besser so.

»Du bist doch ihre Mutter«, versuchte es Bernd erneut. »Hat sie denn nie angedeutet, dass sie ein Kind haben wollte?«

»Bernd«, sagte Maria und sah ihn über die Ränder ihrer Lesebrille an, »du weißt selbst am besten, dass Carolina nie andeutet. Sie redet Klartext. Außerdem seid ihr euch viel näher. Dann hättest du zuerst bemerken müssen, dass Carolina etwas belastet.«

Wahrscheinlich quält sich Bernd genau mit dieser Frage, dachte Maria. *Deshalb wälzt er es auf mich und meine Rolle als Mutter ab. Es trifft ihn, dass sich sein Mädchen ihm nicht anvertraut hat. Kann ich ihn denn dafür kritisieren? Pauline vertraut sich mir derzeit auch nicht an.*

Maria legte Katalog und Brille neben sich auf das grüne Sofa, ging hinüber zu ihrem Ehemann und setzte sich auf die breite Armlehne des Sessels. Maria ergriff seine rechte Hand, seine linke legte die Zeitung auf den Schoß.

»Schau«, sagte Maria und tätschelte liebevoll Bernds Handrücken, »es passt uns nicht, wenn unsere Schätzchen Geheimnisse vor uns haben, stimmt's? Aber sie sind schon lange keine Kinder mehr.«

»Das weiß ich doch«, brummte Bernd. »Ich muss und will auch gar nicht alles wissen. Es ist mir egal, ob sie sich ein rotes oder ein blaues Auto kaufen. Aber ein Baby? Das ist doch eine ganz andere Entscheidung. Und wenn sie nun Schwierigkeiten hat, eines zu bekommen, warum spricht sie nicht mit uns? Die Belastungen der Fehlgeburten mussten doch schrecklich für sie gewesen sein. Warum hat sie nichts gesagt? Schließlich sind wir ihre Eltern! Auch wenn wir ihr nicht helfen können, könnten wir für sie da sein, oder etwa nicht?«, sagte Bernd und sah mit traurigen, enttäuschten Augen zu Maria auf. Die sonst so auffallenden

Lachfältchen waren verschwunden und tiefe Sorgenfalten machten sich auf seiner Stirn breit.

Dass Carolina bis zu ihrem Ausbruch nichts gesagt hatte, hatte Bernd stärker verletzt, als Maria vermutet hatte. Carolina hatte offenbar nie geplant, sich den Eltern anzuvertrauen, wäre die Preisgabe ihres Problems nicht durch den Streit mit Pauline provoziert worden.

Bernds Hand nun in ihren deutlich kleineren, aber zupackenden Händen haltend, deren Haut immer ein wenig aufgeraut war, sagte Maria sanft: »Kinder sind ein sehr privates Thema und die Entscheidung von zwei Menschen. Bernd, wir beide haben da nichts zu suchen. Wie du gesehen hast, wusste nicht einmal Manfred Bescheid. Bei Carolina soll immer alles perfekt laufen. Es liegt nicht in ihrer Natur, Blöße zu zeigen. Vor niemandem.«

»Aber sie kann doch nicht alles mit sich ausmachen. Sie leidet doch darunter!«

Wenn es um seine Tochter ging, wurde der stoffelige und gleichmütige Bernd sehr emotional, stellte Maria immer aufs Neue fest.

»Und was ist mit dir?« Maria knuffte ihren Mann in den Oberarm. »Du bist nicht gerade als gefühlsduselige Plaudertasche bekannt, du westfälischer Sturkopf.«

»Mach' dich nicht lustig. Ich rede doch jetzt mit dir«, konterte Bernd mürrisch. »Manchmal mit Kalle.« Er schob diesen Satz als Rechtfertigung nach. Es war Bernds Ritual, sich nach Möglichkeit samstags zum Frühschoppen auf ein westfälisches Herrengedeck, also Bier und Schnaps, mit seinem langjährigen Freund Karlheinz zu treffen. Hier konnte Bernd das eine oder andere erzählen, was ihn umtrieb. Aber nicht immer waren die Themen tiefschürfend.

»Ja, Alkohol löst auch bei verschlossenen Brummbären die Zunge. Im Ernst Bernd, du bist eigenbrötlerisch. Außer Kalle und mir weiß niemand, was in dir vorgeht und selbst das müssen wir oft genug erraten. Kannst du Carolina nicht ein bisschen verstehen?«

»Doch«, gab Bernd zu. Er kratzte sich am Hinterkopf.

»Na also«, Maria ließ Bernds Hand wieder los. »Geben wir unseren Mädels Zeit. Carolina soll sich mit Manfred aussprechen und Pauline soll sich sortieren und ihre Bekanntschaft vergessen. Das wird schon, Bernd. Glaube es mir.«

Mit diesen Worten redete sich Maria selbst ein, dass alles schon werde. Innerlich war sie keineswegs so gelassen, wie sie Bernd vorspielte. Warum hatte Gerhard sie nicht zurückgerufen? Hatte er ihre Nachricht erhalten? Hoffentlich hatte er den Brief noch nicht abgeschickt! Gerhard war – wie Maria ihn kannte – niemand, der wichtige Entscheidungen übers Knie brach. Sich nach all den Jahren beim verlorenen Sohn zu melden, war nun wahrhaftig kein leichter Entschluss. Daher hoffte Maria inständig, Gerhard möge über alles nachdenken und sie anrufen. Er durfte Jan nicht schreiben.

Montagabend – Jans Appartment, Hamburg

Jan packte seinen Koffer. Er war unkonzentriert und musste immer wieder nachsehen, was er bereits eingepackt hatte und was noch fehlte.

Erst vor wenigen Minuten hatte Pia die Wohnung verlassen. In Tränen aufgelöst und wütend wie eine Furie war sie aus der Wohnung gestürzt.

Jan hatte die Beziehung beendet. »Wir passen nicht zusammen«, hatte er schlicht erklärt.

»Das ist doch eine Lüge!«, hatte Pia ihn angefahren. »Ich glaube dir kein Wort! Da steckt etwas anderes dahinter. Oder besser gesagt: jemand anderes!« Pias

Stimme hatte sich überschlagen.

Ein anschuldigender, vor Anspannung bebender Zeigefinger war auf Jan gerichtet worden, als wolle Pia eine Betonwand durchbohren: »Wenn Männer eine Beziehung beenden, ist der Grund immer eine andere Frau! Für alles andere seid ihr doch zu bequem, ihr Schlappschwänze! Also, raus damit: Mit wem hast du gevögelt, du Mistkerl?«

»Pia, lass es gut sein. Geh bitte«, hatte Jan ruhig gesagt.

»Lass es gut sein?« Pia hatte gekreischt wie eine von Disneys bösen Hexen. »Lass es gut sein? Du spinnst wohl! Ich will wissen, warum du mich rausschmeißt. Ich habe ein Recht darauf, zu erfahren, was der wahre Grund ist. Als attraktive Begleitung war gut genug, und dass du mich immer vögeln konntest, wann du wolltest, hat dir auch gepasst. Und jetzt kommt eine andere und ich bin raus. Ihr Männer seid alle gleich. Ist sie jünger als ich? Blond? Hat sie mehr Oberweite? Sag schon!«

Jan hatte geschwiegen. Das war ihm alles zu blöd gewesen. Pias Ausbruch hatte ihm abschließend offenbart, wie oberflächlich sie war, wie primitiv. Wie hatte er je mit ihr zusammen sein können?

Jans Schweigen hatte Pia rasend gemacht: »Du sollst es mir sagen!« Wütend war sie auf ihn zugesprungen und hatte mit ihren kleinen Fäusten auf seine Brust getrommelt.

Jan hatte sie an den Handgelenken festgehalten. »Beruhige dich. Pia, es ist vorbei. Das musst du akzeptieren. Bitte geh jetzt.«

In seiner Nähe, seinen frischen und herben Duft einatmend, war sie weinend zusammengebrochen.

»Bitte«, hatte Pia gefleht. »Bitte Jan, verlass mich nicht. Ich brauche dich. Wir können doch über alles reden. Ich würde dir auch einen Seitensprung verzeihen, aber verlass mich nicht. Ich liebe dich!« Mit tränenglasigen Augen hatte sie erwartungsvoll zu ihm hochgeblickt. Jan verspürte kein Mitleid mit ihr. Im Gegenteil. Ihre Anbiederung stieß ihn ab.

»Du liebst nur dich selbst«, hatte Jan kalt entgegnet. »Du weißt gar nicht, was echte Liebe bedeutet.« *Und ich wusste es bisher auch nicht,* hatte Jan seinen Satz zu Ende gedacht.

Diese Worte in Gedanken nachhallend stand Jan nun vor dem Schlafzimmerspiegel, die Hände in den Hosentaschen. Er betrachtete sein Spiegelbild. Erste graue Haare waren bei genauem Hinsehen zwischen den dunklen Locken zu erkennen. Lachfältchen um die Augen und zwei Querfalten auf der Stirn blieben auch ohne Mimik erkennbar.

»Ich bin fünfunddreißig«, flüsterte Jan seinem Spiegelbild zu, »und ich bin beruflich sehr erfolgreich. Ich hatte eine Freundin mit Apartment, aber kein Zuhause. Ich hatte nie eine Familie. Das muss sich ändern.« Er lächelte, die Falten um die Augen wurden deutlich sichtbar. Dann drehte er sich entschlossen um. Mit einem Griff zog er Hemden aus dem Kleiderschrank und packte sie in einen Kleidersack. Hemden würde er brauchen, für seinen Auftritt im Verlag. Wenn er seinem Vater gegenübertrat, wollte er nicht wie ein kreativer Schluffi wirken. Jan von Hoff wusste um seine arrogante Überlegenheit, die er in Hemd und Jackett verbreiten konnte. Seinem Vater gegenüber wollte er keinerlei Blöße zulassen. Und er würde Hemden brauchen, um Pauline anständig auszuführen.

Jan griff zu seinem Smartphone und durchsuchte das Internet nach exklusiven Restaurants in Münster. Für Pauline nur das Beste. Schließlich musste er sich nicht mehr verstecken, wie kürzlich in dem Café hier in Hamburg.

Jan entdeckte ein Restaurant, das wahrscheinlich seinen Ansprüchen genügen dürfte, und schloss zufrieden lächelnd den Browser. In seiner Euphorie, Pauline bald wiedersehen zu können, überlegte er kurz, ob er sich bei ihr melden sollte. Die Uhr seines Smartphones zeigte mittlerweile 23:04 Uhr an. Es war zu spät, um sie anzurufen. Außerdem wusste Jan nicht, was er ihr hätte sagen sollen. Er hatte sich seit der Verabschiedung am Bahnhof nicht gemeldet. Alles war plötzlich so chaotisch gewesen. Er hatte sich erst über Pia klarwerden müssen, er hatte seine Gedanken sortieren müssen, sein Besäufnis, der Brief seines Vaters ... Himmel, in sehr kurzer Zeit war unwahrscheinlich viel passiert.

Jan steckte sein Smartphone in seine Jeanstasche. *Ich werde mich erst bei ihr melden, wenn ich in Münster bin,* dachte Jan. *Ich will mit Pauline zusammen sein, aber ich muss erst die Sache mit meinem Vater klären. Ich möchte sie überraschen,* dachte Jan und malte sich aus, wie sie reagieren würde, wenn er plötzlich in ihrem Büro stünde.

Jans Koffer war gepackt. Er lag offen auf dem Boden zwischen Schrank und Bett. Jan setzte sich auf das Bett und ließ sich zurückfallen. Er starrte auf eine lilafarbene, kugelige Deckenlampe. Hässlich. Pias Werk. Jetzt, da zwei Stunden seit ihrem Verlassen der Wohnung, vergangen waren, tat sie ihm ein wenig leid. Er hatte sie vor ein abruptes, für sie nicht nachvollziehbares Ende gestellt. Ihre Enttäuschung, ihre verständliche Wut, ihre Tränen. Es hinterließ in Jans Magen ein flaues Gefühl. Ja, irgendwie hatte er sie auch betrogen. Wenn er auch nicht mit Pauline geschlafen hatte – leider –, so gab es doch eine andere Frau. Da hatte Pia zugegebenermaßen recht gehabt. Indes waren Pia und die gemeinsame Zeit mittlerweile so weit entfernt wie ein Leuchtturm, den das in See stechende Schiff zurückließ, kaum noch wahrnahm und nicht mehr brauchte.

Jan befand sich auf neuem Kurs. Er kannte weder Route noch, was ihn am Ziel erwartete, aber er brauchte den Aufbruch.

Jan schloss die Augen. Draußen war es finster, kaum

noch Lichter brannten in den umliegenden Wohnungen. Er hörte den Wind, wie er schnell durch die Schluchten des Apartmentkomplexes zischte.

Jan musste sich auf morgen konzentrieren. Dann würde er den Verlag seines Vaters betreten. Dann würde er seinen Vater nach über einem Jahrzehnt Stille wiedersehen. Was würde er sagen?

Montagabend – Von-Hoff-Verlag, Münster

Gerhard von Hoff saß noch in seinem Büro. Den ganzen Tag hatte er sich mit den Zahlen des Verlages beschäftigt. Welche Redaktion warf wie viel ab – oder auch nicht? Wie sahen die Werbeeinnahmen aus? Was waren Kostentreiber? Seit langer Zeit hatte sich Gerhard von Hoff erstmals einen detaillierten Überblick verschafft. Zahlen hatten ihn nie interessiert. Da musste er Lea insgeheim recht geben, was ihn ärgerte.

Es war zum Verzweifeln. Es war deprimierend. Obwohl von Hoff keine Ahnung von Buchhaltung hatte, wurde ihm dennoch das Ausmaß der schlechten wirtschaftlichen Lage des Verlages bewusst. Vor der Mitarbeiterversammlung hatte ihn sein Geschäftsführer nur grob über die Situation in Kenntnis gesetzt. Dass sich etwas ändern musste, das war von Hoff schon seit Tagen klar. Aber die Zahlen sagten ihm nun, dass die Lage noch dramatischer war, als Gerhard angenommen hatte.

Gerhard von Hoff raufte seine gelockten Haare, stieß einen Seufzer aus und lehnte sich in seinem braunen Bürostuhl zurück. Nur die Schreibtischlampe brannte und warf einen kleinen Lichtkegel auf die Unterlagen. Der riesige Raum darum herum versank in schummrigen Konturen.

»Ich bin eben kein Planer, kein Stratege und kein Buchhalter«, murmelte von Hoff deprimiert und ein bisschen trotzig. »Ich kann repräsentieren, ja das kann ich! Aber Budgets und Zahlen sind nicht meine Welt. Ich habe auch ein Gespür für Menschen und ihre Fähigkeiten. Nie habe ich wichtige Positionen im Verlag falsch besetzt – außer dem Geschäftsführer«, monologisierte von Hoff weiter. »Er hätte mich früher informieren müssen! Dann stünden wir nicht so nah am Abgrund!«

Wut stieg in Gerhard von Hoff hoch. Er erhob sich von seinem Bürostuhl und begann, die Arme hinter dem Rücken verschränkt, wie ein Tiger im Käfig vor seiner Bildergalerie auf und ab zu laufen.

»Der Kröger, der wird entlassen!«, brummte von Hoff vor sich hin. »So etwas darf nicht passieren. Er muss viel früher gesehen haben, dass alles in die falsche Richtung läuft!«

Gerhard von Hoff blieb vor einem Bild »seiner« jungen Künstler stehen. Viel rot und viele Zacken und Spitzen. Es erinnerte ein wenig an das 1913, kurz vor dem Ersten Weltkrieg, entstandene Bild »Tierschicksale« des Expressionisten Franz Marc. Von Hoff betrachtete das aggressive Rot und die hetzige Zackigkeit aufmerksam.

Er durfte nichts überstürzen, aber er musste handeln. In allen Bereichen. Von Hoff wich einen Schritt zurück, die Hand am Kinn, und betrachtete das Bild von etwas weiter weg. Nun wirkte es gar nicht mehr so stechend und verletzend, sondern eher als aufwühlende, motivierende Einheit.

In allen Bereichen.

Dass Siegfried Kröger ausgetauscht werden musste, war klar. Doch was war mit einer neuen Strategie? Was war mit kreativen Ideen? Neue Einnahmequellen? Von Hoff verschränkte die Arme vor dem Bauch und setzte sich auf die Kante seines mächtigen Schreibtisches aus dunklem Eichenholz, den er hinter sich wusste.

Er überlegte. Hatte Jan seinen Brief bereits erhalten und gelesen? Was würde er denken? Wie würde Jan reagieren? Gerhard von Hoff umklammerte die Kante des Schreibtisches fest. Sein Herz schlug schneller bei dem Gedanken an Jan und den Brief. Hatte er, Gerhard, hinreichend verdeutlicht, wie sehr ihm alles leidtat?

Gerhard ließ die Schultern sinken, seine Handinnenflächen schwitzten. Den ganzen Tag hatte er sich hinter Zahlen verschanzt. Doch nun tauchten die Gedanken an seinen Sohn wieder auf.

Viel zu lange hatte er, Gerhard, alles verdrängt, hatte sich in die Kunst gestürzt. Er hätte sich damals gegen Lea durchsetzen müssen und den Jungen bei sich behalten sollen. Kein Internat. Als Jan Münster verlassen hatte, hätte er Kontakt zu ihm aufnehmen müssen. Mittlerweile erschien es Gerhard von Hoff unbegreiflich, wie er seinen jüngsten Sohn hatte gehen lassen können. Was hatte ihn all die Jahre nur so verblendet?

Gerhard blickte erneut auf seine Bildergalerie. Ihm dämmerte, dass die Entdeckung der Kunst, die Liebe zu den Künstlern eine Flucht gewesen sein musste. Eine Flucht vor der eigenen Familie. Eine Flucht vor seiner Verantwortung. Eine Flucht vor allem Schmerzlichem.

Er, Gerhard, hatte seinen Sohn verlassen. Nicht umgekehrt. Gerhard von Hoff hatte seinen Sohn allein gelassen! Das wurde ihm schlagartig bewusst.

Es war Jan gewesen, der Münster nach dem Abitur den Rücken gekehrt hatte. Es war Jan gewesen, der den Kontakt abgebrochen hatte. In einem sehr kurzen Brief hatte Jan seinen Eltern damals mitgeteilt, nichts mehr mit ihnen zu tun haben zu wollen. Jan hatte diesen Brief noch vor seiner Schulabschlussfeier abgeschickt. Er hatte umgehend seine Handynummer geändert – Jan gehörte damals zu den wenigen Schülern, die ein Mobiltelefon besaßen. Er war nicht zur Abschlussfeier erschienen, an der seine Eltern hatten teilnehmen wollen, und der Rektor hatte auch keine Ahnung gehabt, wo Jan steckte.

Lea hatte all dies nicht weiter gekümmert. Sie schien froh gewesen zu sein, dass Jan sich endgültig aus ihrem Leben verabschiedet hatte. Es hatte Lea nicht einmal gekümmert, was »die Leute« wohl über das Verschwinden des Verlegersohnes hätten tratschen können. Sie beschäftigte sich schlicht weiter mit ihrem üblichen Leben.

Gerhard hingegen hatte damals ein undefinierbares, mulmiges Gefühl verspürt. Jan einfach weg? Nicht erreichbar? Kontaktabbruch? Warum? Wieso machte er so etwas? Doch auch Wut hatte sich in diese Gefühle und Fragen gemischt. Teure Schulzeit vorbei, Kind auf Nimmerwiedersehen verschwunden. War das der Dank? Das Internat war die beste Schule des Münsterlandes und entsprechend kostspielig gewesen. Waren Eltern also nur gut gewesen, um zu bezahlen, Handys und Autos zu verschenken und eine hübsche Summe Taschengeld hinzublättern? Und nun, da Jan alt genug war, um alles allein zu entscheiden, tat er genau dies – ohne Rücksicht auf die Eltern. Das Auto und das Handy hatte er natürlich mitgenommen!

Damals hatte Gerhard von Hoff der Wut den Vortritt gelassen. Zudem hatte er sich von Lea erfolgreich einreden lassen, dass es schließlich Jan gewesen war, der weggelaufen war. Jan wollte keinen Kontakt. Die Eltern hatten den Abbruch nicht vorgenommen. Es war also seine, Jans Schuld, wenn die Situation so war, wie sie war. Daran konnte man nichts ändern.

Und in dieser vagen Verdrängungshaltung war Gerhard von Hoff all die Jahre steckengeblieben.

Bis jetzt.

Gerhard von Hoff wurde klar, dass Jan keine andere Wahl gehabt hatte, wenn er irgendwie sein Leben hatte leben wollen. Jan von Hoff war kein undankbares, verwöhntes Kind. Es war ein verlassenes Kind gewesen, das stark und selbstbewusst genug gewesen war, einen

Neuanfang zu wagen. Allein. Jans Weggang war keine Flucht oder Trotzreaktion gewesen, keine Demonstration, es allein schaffen zu können. Nein, Jan sah einem neuen Anfang entgegen, einem Leben, wie er es wollte. Einem Leben ohne Zurückweisung und kalter Ignoranz durch Lea. Einem Leben, ohne vom Vater im Stich gelassen zu werden.

»Was für ein tapferer und realistischer Junge«, murmelte Gerhard anerkennend, da er darüber nachdachte. »Er war so jung und er war so viel klüger und weiser als sein dummer Vater.«

Tränen stiegen Gerhard in die Augen, sein Kinn zitterte. Zum ersten Mal seit dem Abtauchen weinte er um den Verlust seines Sohnes. Zum ersten Mal kamen alle verdrängten Gefühle in ihm mit voller Wucht hoch. Gestern, in der Kirche, hatte er noch nachgedacht, reflektiert, sich erinnert. Doch nach den unzähligen Gedanken, die sich wie ein Puzzle zusammenfügten, wurden die Gefühle deutlich.

Gerhard wurde heiß, Tränen flossen. Er ließ sie laufen, einfach laufen. Hier sah ihn niemand.

Tiefe Reue übermannte Gerhard von Hoff. Es waren seine Fehler. Er hatte es vermasselt. Er hatte seinen Sohn verstoßen.

»Oh Gott, was habe ich getan«, flüsterte er heiser und schlug die Hände vor das Gesicht. Würde er je eine Chance bekommen, es wieder gutzumachen?

Gerhard von Hoff musste sich schnäuzen. Er beugte sich, immer noch auf dem Schreibtisch sitzend, seitlich nach hinten, um Taschentücher aus einer Schublade zu ziehen. Dabei raschelte es unter ihm. Offensichtlich hatte er sich auf einen Zettel gesetzt. Nachdem er sich die Nase geputzt hatte, zog er ein verknittertes Din-A-4-Blatt hervor.

Es war eine Telefonliste. Seine Sekretärin, die zuverlässige Gerda Horstmann, hatte sie ihm auf den Tisch gelegt, als sie am Abend gegangen war und war aus dem Büro gehuscht. Gerhard von Hoff hatte sie angewiesen gehabt, niemanden durchzustellen. Er wollte bei Durchsicht der vielen Akten nicht gestört werden.

Die Liste hatte er vollkommen vergessen. Er überflog die erste Seite: zahlreiche Anrufe von der Bank, Kröger, ein Verlagshaus aus Hamburg, die Münsteraner Presse, die nach den Entlassungen und der Zukunft des Verlages fragte ... Von Hoff gab einen abfälligen Laut von sich. Das würden nun unangenehme Zeiten werden. Konflikte und Kritik behagten ihm überhaupt nicht.

Er drehte die doppelt bedruckte Seite um. Ein Name stach ihm ins Auge: Maria Große-Lindhorst. Hinter ihrem Namen hatte Gerda Horstmann vermerkt: »Mehrfach angerufen; Bitte um RR (das sollte Rückruf heißen); Nachricht: »Nicht abschicken« G.H.« Dann stand dort Marias Handynummer.

Gerhard von Hoff ließ die Telefonliste sinken. Jetzt begriff er. Gerda hatte mehrfach versucht, einen dringenden Anruf durchzustellen, aber Gerhard hatte sie schroff abgebürstet, bevor Gerda überhaupt den Namen des Anrufers mitteilen konnte. Gerhard hatte die Banken oder die Presse vermutet, womit er ja nicht ganz daneben gelegen hatte. Auf diese »dringenden« Gespräche hatte er absolut keine Lust gehabt.

Doch Maria? Wieso hatte Maria angerufen? Er konnte sich nicht erinnern, wann Maria ihn das letzte Mal im Verlag angerufen hatte. Sie hatte sich nach der Trennung damals zurückgezogen und nur im Fall der Kinder mit ihrer Schwester Eva ausgeholfen. Aber da war es Gerhard gewesen, der den Kontakt gesucht hatte. Zwischendurch hatten sie nur sporadisch Kontakt gehabt. Am vergangenen Freitag hatte er sie um Rat ersucht, aber nun wollte Maria etwas? Und warum »nicht abschicken«? Damit musste sie den Brief meinen. Aber gerade Maria hatte ihn zur Kontaktaufnahme mit Jan ermutigt. Es war Marias Idee gewesen, wenngleich Gerhard von Hoff mittlerweile davon überzeugt war, dass es in jedem Fall richtig gewesen war, sich mit der Vergangenheit auseinanderzusetzen und den Sohn um Vergebung zu bitten.

Was wollte Maria also jetzt noch?

Gerhard von Hoff griff zum Hörer und gab die Nummer ein, die auf der Telefonliste stand.

»Große-Lindhorst.«

»Maria, ich bin's, Gerhard.«

»Gerhard, du rufst aber spät an. Ich habe seit heute Vormittag versucht, dich zu erreichen.« Gerhard meinte Verwunderung, aber auch einen kleinen Vorwurf aus Marias Stimme herauszuhören.

»Ich war den ganzen Tag mit den Unterlagen beschäftigt!«, blaffte er sie ungehalten an. Gerhards Nerven waren im Moment sehr strapaziert.

»Was gibt es Dringendes?«, fragte Gerhard spitz. »Meine Sekretärin hat mir ausgerichtet, ich solle etwas nicht abschicken. Damit meinst du sicher den Brief an Jan, oder?«

»Ja, es geht um den Brief. Wenn du so sehr beschäftigt warst, hoffe ich, dass du keine Gelegenheit gehabt hast, den Brief zu schreiben.« Marias Stimme klang erleichtert.

»Doch«, entgegnete Gerhard knapp.

»Aber du hast ihn noch nicht abgeschickt, oder?«, fragte Maria nun unsicher.

»Doch.«

»Oh nein!«, rief Maria aus. »Wann? Hat Jan schon reagiert?«

»Maria, was soll das ganze Theater?«, fragte Gerhard unwirsch. »Erst soll ich schreiben, dann wieder nicht. Was soll das?«

»Dann kann ich nur hoffen, dass Jan dein Schreiben ignoriert«, sagte Maria leise mehr zu sich selbst als zu ihrem Gesprächspartner.

»Was?«, rief Gerhard in den Telefonhörer. Er glaubte,

seinen Ohren nicht trauen zu können.

»Noch am Freitag hast ausgerechnet du mir erklärt, warum Jan gut für das Unternehmen sei. Du hast mir erklärt, warum ich nur mit Jan eine Chance gegen Erik und Lea habe. Du fandest, es sei an der Zeit, sich bei Jan zu entschuldigen! Und jetzt wünschst du, dass er nicht reagiert?«

»Ja, Gerhard ...«

»Jetzt hörst du mir mal zu: Du hast mich dazu gebracht, lange und ernsthaft über die Vergangenheit nachzudenken. Du hast mich dazu gebracht, mich mit mir auseinanderzusetzen, mehr als ich es je in meinem Leben bisher getan habe ...«

»Aber Gerhard«, warf Maria ein.

»Lass mich ausreden!« Gerhard war nicht zu stoppen. Es schien, als sei Marias Kehrtwende der Auslöser, allen hoffnungsvollen, wirren, bedrückenden Gedanken Luft zu machen. Wie durch ein sich öffnendes Schleusentor ließ Gerhard von Hoff alle Überlegungen und Erinnerungen, die er in den vergangenen drei Tagen gesammelt hatte, hinausströmen.

»Ich war in Gerleve. Ich habe an meine Kindheit gedacht und an uns. Ja, auch an uns, Maria!« Gerhard machte eine Pause. Dann sagte er leiser: »Ich hätte dich nicht gehen lassen dürfen. Dann wäre alles anders gekommen.« Wieder machte er eine Pause. Maria schwieg. Dieses Geständnis war eine Überraschung für sie und sie wusste nicht, wie sie darauf reagieren sollte.

Dann fuhr Gerhard fort: »Und ich war und bin unsagbar wütend auf Lea! Nach allen Privilegien, die sie genossen hat, fällt sie mir in den Rücken. Ich bin ebenso unsagbar wütend auf mich! Vieles hätte einen anderen Lauf genommen, wenn ich nicht alles falsch gemacht hätte. Ich habe versagt, Maria! Bei dir, bei den Kindern, bei Lea, beim Verlag. Versagt auf ganzer Linie!« Gerhards Stimme bebte. Maria spürte seine Anspannung, die ihn quälenden

Vorwürfe.

»Auch durch dein Zureden, Maria, habe ich mir so viele Gedanken gemacht. Sich eingestehen zu müssen, alles im Leben falsch angefasst zu haben, ist weiß Gott nicht leicht, das kannst du mir glauben. Aber vor allem: Ich habe meinen Sohn verlassen und ich bin gerade dabei alles zu tun, es wiedergutzumachen. Nun hoffst ausgerechnet du, dass er sich nicht meldet? Das kann doch nicht dein Ernst sein!« Gerhard von Hoff war erschöpft und er fühlte sich völlig allein. Nicht einmal mehr Maria war auf seiner Seite.

»Gerhard«, sagte Maria sanft, aber zögerlich. Vielleicht ergoss sich der nächste Redeschwall? Doch Gerhard sagte nichts mehr. Maria hörte lediglich sein schweres Atmen.

Eigentlich wusste Maria, die kompetente Maria, nicht, was sie sagen sollte. Sie wusste, dass Gerhard keinerlei Erklärung gelten lassen würde. Es hatte ohnehin keine Bedeutung mehr, da der Brief bereits abgeschickt worden war.

Schweigen.

»Wie dem auch sei. Ich werde sehen, was passiert«, sagte Gerhard niedergeschlagen. »Was immer dich bewogen hat, deine Meinung zu ändern, ich möchte es nicht wissen. Ich habe einiges nachzuholen. Mach es gut.« Gerhard legte auf.

Für Maria klang sein Abschied endgültig. Sicher war es besser so und hoffentlich meldete Jan sich nicht. Dann wäre alles wie vorher.

Hoffentlich lässt Gerhard seinen Unmut über mich nicht an Pauline aus und schmeißt sie raus, dachte Maria.

Ihre Gedanken kreisten um die aktuellen Geschehnisse. An Gerhards Geständnis, er hätte sie, Maria, nicht gehen lassen dürfen und wie viel Einfluss Maria nach all den Jahren noch immer auf ihn hatte, wollte Maria nicht denken.

Neun

Montag, später Abend – »Drei Eichen«, Münster

Es war still geworden auf dem Gutshof. Pauline schlich sich, ausgerüstet mit Decke und Taschenlampe, aus ihrem Wohnzimmer. Leise betrat sie das Treppenhaus, immer darauf bedacht, dass die alten Dielen unter ihr nicht schnarrten. Paulines Herz schlug schneller. Da alles um sie herum in friedliche Ruhe gesunken war, kam es ihr so vor, als müsse ihr Herzschlag hörbar wie eine Trommel sein.

Pauline war nicht wohl. Immerhin war sie im Begriff, etwas zu lesen, was nicht für ihre Augen bestimmt war.

Gleichzeitig aber war sie neugierig und auch enttäuscht, dass ihre Mutter Geheimnisse hatte. Bislang war Maria für Pauline ein offenes Buch gewesen. Pauline vertraute ihrer Mutter und sie hatte sich immer eng mit ihr verbunden gefühlt. Doch gab es tatsächlich etwas Dunkles in Maria Große-Lindhorsts Vergangenheit?

Vor der Feuerschutztür angekommen hielt Pauline den Atem an, als könne sie damit verhindern, dass die Tür quietschen würde. Mit Bedacht drückte sie die Türklinke hinunter und schloss die Augen. *Hoffentlich hört mich niemand,* flehte sie still.

Sie schob die schwere Tür – die natürlich quietschte – ein wenig auf, schlüpfte hindurch, schob sie vorsichtig wieder zu und atmete aus. Geschafft. Dann lauschte Pauline in das hinter ihr liegende Treppenhaus hinein. Es war nichts zu hören. Zum Glück. Eigentlich war der Aufgang zum Dachboden auch weit genug vom Schlafraum der Eltern entfernt, so dass Maria und Bernd die Tür nicht gehört haben dürften. Dennoch wollte sich Pauline vergewissern, denn ein nächtlicher Besuch mit

Taschenlampe auf dem Speicher wirkte wie eine Straftat.

Vielleicht beging sie ja auch eine.

Spionage.

Pauline schüttelte sich, als wolle sie alle Zweifel loswerden. Nun war sie hier, nun wollte sie das Tagebuch lesen.

Vorsichtig zog sie das Buch aus der alten Kommode, wickelte sich selbst in ihre Decke, ließ sich auf den staubigen Boden sinken und begann zu lesen. Sie überflog den schriftlichen Gefühlsausbruch ihrer Mutter, den sie bereits zuvor gelesen hatte. Worte wie »verzweifelt« und »schrecklich« passten gar nicht zu Maria. Diese Zeilen offenbarten eine Seite an Paulines Mutter, die Pauline nicht kannte. Zwar konnte man nicht behaupten, dass Maria emotionslos war. Sie war sehr empathisch und konnte sich sehr gut in andere hineinversetzen. Aber in erster Linie war Maria Pragmatikerin und sie blickte immer nach vorn. Als Pauline ein einziges Mal während ihrer Schulzeit eine Sechs nach Hause brachte, hatte Maria nur gesagt: »Du weißt selbst, dass es keine gute Leistung war, das muss ich nicht kommentieren. Also setz dich an deinen Schreibtisch, damit du beim nächsten Mal wieder besser bist.« Maria interessierte sich mehr für die Lösung eines Problems als für das Bedauern darüber, dass es ein Problem gab. Insofern fand Pauline, dass ein Gefühlszustand wie Verzweiflung überhaupt nicht zu ihrer Mutter passte.

Was hatte sich ereignet, dass Maria dermaßen die Fassung verlor?

Pauline blätterte um.

Hier begann ein neuer Eintrag, erkennbar an einem ruhigeren Schriftbild als das hektische Gekritzel auf der Seite zuvor.

Münster, den 11. Dezember 1977

Alles von vorn: Gestern musste ich erst einmal meinen Gefühlen Luft machen, aber heute versuche ich, das Geschehene niederzuschreiben – auch, um mich zu sortieren.

Ich glaube, ich habe einen großen Fehler gemacht. Nein, ich weiß, dass ich einen großen Fehler gemacht habe! Ich habe am Freitag mit Gerhard geschlafen! So, nun ist es raus! (Es ist eigenartig: auch wenn es nur ein Tagebuch ist, aber ich fühle mich besser, es losgeworden zu sein. Und gleichzeitig bedeutet es, dass es, einmal niedergeschrieben, unauslöschlich ist. Es ist Realität und ich muss irgendwie damit umgehen.)

Mir wird ganz schlecht, wenn ich an die Nacht denke. Nicht, weil ich es im Nachhinein abstoßend oder gar widerlich finde. Nein, es war ehrlicherweise sogar schön. Das muss ich kleinlaut zugeben. Es war vertraut und erotisch. Wieder seine breiten Schultern zu berühren, über seine sehr glatte, weiche Haut zu streichen, seine wohlgeformten, wenig behaarten, leicht gebräunten Unterarme ...

Während ich dies beschreibe, überkommt mich ein wohliger Schauer. Andere Frauen finden einen knackigen Hintern toll oder Bauchmuskeln erotisch, aber ich finde schöne Unterarme wahnsinnig anziehend. Und Gerhards Unterarme sind leider perfekt. Total sexy.

Schockiert ließ Pauline das Buch sinken. Sie bemühte sich, nicht laut loszuschreien. Aaahhh! So etwas wollte sie nicht lesen, nicht von ihrer Mutter. Ihre Mutter war ihre Mutter und keine Frau, die erotische Fantasien hatte oder sogar – Pauline buchstabierte sogar in Gedanken, um das Wort nicht auszusprechen – S E X. Sie wollte keine Details von ihrer Mutter wissen. Mit welchem Gerhard überhaupt? Warum war es ein Fehler?

Paulines Blick huschte zum Datum über dem Eintrag: 11. Dezember 1977.

Oh mein Gott! Pauline überschlug den Zeitraum im Kopf: Da war ihre Schwester Carolina bereits eineinhalb Jahre alt gewesen und ihre Eltern waren längst verheiratet. Pauline zitterte. Sie zog die Wolldecke wie ein Kopftuch über ihre Ohren. Den übrigen Körper hatte die Decke gut gewärmt und dennoch erschauerte Pauline. Ihre Mutter war fremdgegangen! Pauline musste weiterlesen, auch wenn sich ihr Magen zusammenzog und ihr übel wurde, auch wenn sie mehr Ungehöriges zu lesen bekam. Sie musste es wissen.

Die Nacht mit Gerhard war ein bisschen wie früher, aber eben doch nicht früher. Oh, ich bin ganz durcheinander. Was denke ich da? Ich darf so nicht denken. Was habe ich mir am Freitag gedacht???
Ich bin jetzt mit Bernd verheiratet! Ich liebe ihn! Ich liebe ihn wirklich. Carolina ist so ein süßes Mädchen! Etwas eigensinnig zwar, aber sehr, sehr süß. Wir sind eine kleine, glückliche Familie. Das kann ich nicht zerstören! Wie gern würde ich alles rückgängig machen. Was für ein dummer, dummer Fehler!

Pauline unterbrach sich erneut. Nun war es bestätigt. Ein Seitensprung. Das war also Marias Geheimnis. Ihre Maria, ihre Mama hatte betrogen? Sie hatte ihren Vater betrogen, sie hatte die Familie verraten. Pauline war entsetzt. Das hätte sie ihrer Mutter nicht zugetraut.

Ihre Mutter war der Inbegriff der Fairness und der Offenheit. Als Pauline noch ein Kind war, hatte die Mutter oft gesagt: »Pauline, lüg' mich ja nicht an. Wenn du Mist gemacht hast, dann sag es mir und wir werden das hinbekommen, aber lüge mich niemals an!« Pauline erinnerte sich nun, dass Carolina einmal versucht hatte, die Mutter zu täuschen. Carolina war in der guten Stube eine kostbare Schale heruntergefallen und sie wollte es der Putzfrau in die Schuhe schieben. Als Maria das herausgefunden hatte, wurde sie sehr zornig. »Carolina, du weißt, wie sehr ich Lügen hasse! Und dann lenkst du den

Verdacht auch noch auf eine Unschuldige. Das ist widerlich. Ab auf dein Zimmer!«, hatte sie Carolina angebrüllt, dabei verlor Maria niemals die Haltung. Sie konnte ärgerlich werden und einen strengen Ton anschlagen, aber sie wurde normalerweise nie zur Furie. Carolina bekam eine Woche Hausarrest. So lange hatten die Mädchen noch nie Arrest gehabt. Nachher übrigens auch nicht mehr. Denn Carolina und Pauline hatten gewusst, dass es Maria mit dem Lügen ernst war. Allerdings hatte Pauline geglaubt, es sei aus Überzeugung gewesen, dass man nicht lügen dürfe.

Jetzt musste die Tochter feststellen, dass ihre Mutter zumindest gegenüber Pauline nicht die Wahrheit gesagt hatte. Dabei hatte Pauline angenommen, alles über das Leben ihrer Mutter zu wissen.

Lug. Betrug. Seitensprung. Bernd. Papa. Familie. Bindung. Vertrauen. Verlust. Die Worte und ihre Bedeutungen rasten wie Squash-Bälle durch Paulines Kopf, schlugen irgendwo an und sausten zurück.

In ihren wirbelnden Gedanken entfernte sich Pauline immer weiter von Maria. Ihre Mutter war eine Betrügerin, soviel stand fest. Diese Tatsache zerstörte das Bild, das Pauline bisher von ihrer Mutter gehabt hatte. Stets hatte Maria Pauline den Eindruck vermittelt, die Familie sei das Wichtigste überhaupt, als würde Maria die Familie über alles lieben, als müsse die Familie immer zusammenhalten.

Erinnerungen erschienen Pauline nun in neuem Licht.

Als habe Maria sich der permanenten Einigkeit versichern wollen, wurde jeder Geburtstag zu einem kleinen Event mit der Familie. Früher waren neben Marias Schwester, Tante Eva und Bernds Bruder, Onkel Herbert, auch die Großeltern eingeladen gewesen. Im großen Esszimmer tischte Maria vier Gänge Köstlichkeiten auf. Maria war stolz darauf, dass sie niemals das Gleiche servierte, sondern die Gäste mit immer neuen Rezepten überraschte. Sie legte großen Wert darauf, dass die Familie nicht ausschließlich an Weihnachten zu einer Feier zusammenkam. Dabei wohnten die Familienmitglieder nicht weit voneinander entfernt und jeder besuchte jeden auch ohne Anlass. So gesehen hätte es ständige Geburtstagsfeiern gar nicht gebraucht.

Carolina hatte diese ständige Familienfeierei nie verstanden und nie gemocht.

»Warum machst du das überhaupt, Mama?«, hatte sie einmal gefragt. »Wir sehen uns doch ohnehin alle schon viel zu oft. Wozu die übertriebenen Einladungen?« Carolina kümmerte sich am liebsten ausschließlich um ihre Angelegenheiten und zu viel Familie ging ihr auf die Nerven. Sie nutzte ihre Zeit vorzugsweise für die Schule, das Medizinstudium oder das Reiten.

»Regelmäßige Zusammenkünfte stärken den Zusammenhalt«, intonierte Maria den Satz wie bei einer Predigt. »Übertrieben sind meine Einladungen keineswegs«, fügte Maria hinzu und ihre Stimme kippte ins bedrohlich Kieksende. Normalerweise war Maria ruhig. Doch wenn Angelegenheiten, die ihr wichtig waren, kritisiert wurden, konnte sie zuweilen angespannt reagieren. Pauline hatte sich damals nicht viel dabei gedacht. Es war ein Spleen ihrer Mutter, diese Familien-Einladungen. Doch nun, da sie vor dem niedergeschriebenen Scherbenhaufen der jungen Ehe ihrer Eltern saß, erklärte sich im Nachhinein, warum Maria der Zusammenhalt der Familie so wichtig war.

Im Gegensatz zu ihrer Schwester hatte Pauline diese Treffen, die nun rückblickend einen schalen Beigeschmack bekamen, immer sehr gemocht. Meist trudelten alle samstags vormittags gegen elf Uhr ein, tranken einen Schluck Sekt oder Bier und für die Kinder gab es ausnahmsweise Zitronenlimonade. Pauline sah noch heute die bunt-gefleckten Gläser im Stil der 1970er Jahre vor sich, die sie als Kind mit beiden Händen umschließen musste, weil sie so schwer waren und aus welchen ihr die stark sprudelnde Limonade auf die kleine Nase spritzte. Nachdem alle mit Getränken versorgt worden waren, hatte sich Pauline immer zu Tante Eva auf den Schoß gesetzt. Als Erzieherin konnte Eva wunderbare Geschichten erzählen. Paulines Lieblingsgeschichte war die von der frechen, kleinen Hexe Zora gewesen. Eva Holtkötter hatte sich die Geschichten eigens für ihre Nichte ausgedacht, da sie selbst keine Kinder hatte. Carolina hingegen hatte für Märchen und Fantasiewesen nie etwas übrig gehabt, sie bevorzugte schon als Kleinkind Sachbücher. Zora gehörte also nur Eva und Pauline. Und so sauste die freche Zora auf ihrem grünen Wischmopp Fridolin immer wieder durch die Luft, neckte Erwachsene und half Kindern, wenn sie in der Klemme steckten. Die Geschichte, in der die böse Stiefmutter Leandra, die ihr Kind schlecht behandelte und grundlos einsperrte, zur fiesen Kröte wurde, hatte Pauline immer am besten gefallen.

Doch nun dachte Pauline mit Ernüchterung an all die früheren Familienfeste. Waren diese Geborgenheit und diese Idylle denn große Lügen gewesen? Hatten irgendwann alle Bescheid gewusst? War der Zusammenhalt gespielt gewesen? Oder wollte ihre Mutter mit den Einladungen etwas gutmachen? Liebte ihre Mutter ihren Vater überhaupt genug? Ja, sie waren sehr unterschiedlich. Bernd hielt Meinungen und Gefühle meist zurück, war wortkarg und ein westfälischer Sturkopf, aber wenn es um das Gut ging, war er zielstrebig und durchsetzungsstark. Vor allem konnte man sich auf Bernd verlassen. Sein Wort galt.

Oder stimmte das vielleicht auch nicht mehr? Was war Wahrheit und was Schein? Pauline grübelte und starrte dem Lichtkegel ihrer Taschenlampe, die sie in den Raum hielt, hinterher. Aus den Augenwinkeln nahm sie die verstaubten Gegenstände der Vergangenheit wahr. Entfernte Erinnerungsstücke an eine glückliche, unbeschwerte Kindheit. War ihre Familie eine Lüge? Wem konnte sie was glauben? Mit dem Buch auf dem Dachboden hockend und eintauchend in eine andere Welt fühlte sich Pauline an die Leseszenen von Bastian, einer Hauptfigur aus Michael Endes »Die unendliche Geschichte« erinnert. Pauline hatte das Buch als Kind geliebt. Wurde ihre Kindheit nun zum »Nichts«?

Paulines Gedanken drehten sich wieder um die Mutter. Maria war ganz anders als Bernd. Sie war stets engagiert, herzlich, offen, ein unermüdlicher und gleichzeitig disziplinierter Wirbelwind. Maria agierte nie kopflos. Sie wusste immer genau, was sie tat.

Warum wusste sie das bei dem Seitensprung nicht? War Maria womöglich zwischen zwei Männern hin- und hergerissen gewesen? Was hatte sie mit »früher« gemeint? Hatte sie diesen komischen Gerhard vorher gekannt? Obwohl Pauline ihn nicht kannte, spürte sie eine tiefe Abneigung gegen ihn. Ein Teil von ihr schob ihm die Schuld für den Seitensprung in die Schuhe und damit war er verantwortlich für den Bruch in ihrer geliebten Familie. Wut stieg in Pauline auf. Was fiel diesem Gerhard eigentlich ein? Er hatte doch gewusst, dass Maria verheiratet gewesen war. Warum brachte er sie in diese Lage? Andererseits musste Pauline auch zugeben, dass ihre Mutter selbst es war, die geschrieben hatte, dass sie einen dummen Fehler begangen habe.

Paulines Magen krampfte erneut. Glaube und Vertrauen brachen in ihr zusammen. Wie verkohltes Holz: Wenn man mit Kaminbesteck im Ofen herumstocherte, bröselte alles. Asche.

Ein Frühjahrssturm fegte über die Dachziegeln und rüttelte an einem alten Giebelfenster. Das dünne Glas klapperte, als könne es jede Minute zerbrechen. Pauline nahm das Buch wieder auf und hielt es festumklammert in den Händen. Jetzt gab es kein Zurück. Sie wollte alles wissen.

Aber ich muss der Reihe nach berichten: Gerhard hat mich am Freitag angerufen. Er müsse unbedingt mit mir reden. Da ich wusste, dass Bernd abends mit Kalle und den anderen zum Kartenspiel verabredet sein würde, sagte ich ihm, wir könnten uns in der Stadt treffen. Ich hatte Bernd gesagt, dass Gerhard meine Hilfe benötige. Bernd war nicht besonders glücklich darüber, aber ihm genügte es, dass Gerhard nicht auf »Drei Eichen« auftauchen würde und er nichts mit ihm zu tun haben müsste. Eva würde auf Carolina aufpassen. Ich konnte also gehen.
Gerhard und ich gingen Essen. Er verwöhnte mich. Gerhard hat mich in das schicke »Kramer's« am Aasee eingeladen – genau wie an unserem ersten Jahrestag. Ich war damals unglaublich beeindruckt gewesen, hatte ich doch zuvor noch nie so ein nobles Restaurant besucht. Meine Eltern hatten keinen Sinn fürs Ausgehen gehabt. Als Bauern hatten sie im Blut, dass es gute und schlechte Jahre gab und so hielt meine Mutter immer das Geld zusammen. Gerhards Eltern hatten viel Geld, sehr viel. Alter Adel eben. Und der Sohn bekam natürlich ein ordentliches Taschengeld, sonst hätte er mich als Schüler gar nicht ins »Kramer's« einladen können. Aber lassen wir das. Ich schweife ab. Eigentlich wollte ich nicht vom ersten Abend im »Kramer's« berichten, sondern vom vergangenen.
Gerhard nahm mir an der Garderobe den Mantel ab. Auf dem für uns reservierten Tisch, mit Blick auf den Aasee, standen rote Rosen. Ich war irritiert. Hatten wir ein Rendezvous? Aber Gerhard wollte doch ein Problem mit mir besprechen. Nun ja, das konnte man auch bei einem guten Essen. Ich muss zugeben, dass mich seine Schmeicheleien durchaus berührten. Er schenkte mir ungeteilte Aufmerksamkeit. Das gefiel mir.
Ich hätte mir komisch vorkommen müssen. Ich hätte sein Getue ablehnen müssen. Ich hätte klarmachen müssen, dass wir nur zu einer Besprechung verabredet waren, möglicherweise zu einem freundschaftlichen Gespräch, aber mehr nicht.
Doch ich schob all dies weg und wollte genießen, wie Gerhard mir den Hof machte. Außerdem redete ich mir ein: Ein Essen mit einem Freund, da ist doch nichts dabei. (Mir ist klar, dass ich nur mein

Gewissen beruhigen wollte.)

Denn trotz unserer Vergangenheit war Gerhard das noch immer: ein Freund. Skeptisch beäugt von Bernd, aber für mich ein Freund.

Gerhard und ich hatten nun mal eine gemeinsame Vergangenheit – wie es so schön heißt. Ich sah nicht ein, weshalb man nach dem Ende einer Beziehung nicht befreundet sein könnte. Bernd hatte einmal erklärt, dass er anderer Ansicht sei. Er fand, dass aus einer Liebesbeziehung niemals eine Freundschaft werden könne, ohne dass sich einer mehr erhofft oder ohne, dass es Schwierigkeiten gäbe. Doch Bernd ließ mich gewähren und erwähnte seine Einstellung nie wieder. So ist Bernd, er diskutiert und lamentiert nicht viel. Er sagt einmal, was er denkt (wenn er es überhaupt sagt) und dann ist gut. Mir kam das ehrlicherweise gelegen, denn so konnte ich mit Gerhard befreundet bleiben, was mir auch wichtig war.

Und irgendwie wollte ich Bernd beweisen, dass eine Freundschaft sehr wohl möglich war. Gelegentlich telefonierte ich mit Gerhard, hin und wieder trafen wir uns zum Kaffeetrinken. Bernd brummte zwar manchmal kurz, sagte aber nichts, solange ihm Gerhard nicht zu nah kam.

Am vergangenen Freitag genoss ich es jedenfalls, im Mittelpunkt zu stehen. Das war schon lange nicht mehr der Fall gewesen.

Zugegeben, Bernd ist kein romantischer Typ. Bei unserer ersten Verabredung stand Bernd unbeholfen vor unserer Tür und zupfte verlegen an verwelkten Blumen herum. Er hatte sie aus Nervosität nach dem Kauf zu lange im sommerlich heißen Auto liegen gelassen und dann waren sie hinüber. Doch ich fand seine verlegene Röte im Gesicht süß und habe mich in Bernds Ehrlichkeit und Schnörkellosigkeit verliebt.

Tja, Ehrlichkeit ... Mein aufrichtiger Knuddelbär, was habe ich dir nur angetan. Du darfst es einfach nie erfahren. Ich wollte dich nicht hintergehen! Es tut mir alles so leid! Was ich getan habe, kann ich im Nachhinein vor mir selbst kaum erklären. Ein Strudel der Verwöhnung sog mich ein und ich war machtlos verzaubert. Hört sich ziemlich kitschig an, was ich hier aufschreibe, aber besser kann ich es nicht ausdrücken. Und ich will es irgendwie ausdrücken. Ich will es herauslassen, mir Luft machen, sonst gehe ich noch ein.

Jedenfalls ...
Gerhard schaffte es tatsächlich, dass ich alles geschehen ließ.
Ich dachte an dem Abend, mir hätte in den vergangenen Jahren etwas Romantik gefehlt. Mist, ich habe seine Komplimente so genossen! Gerhard weiß einfach, was Frauen hören wollen. Seine braunen Augen, seine welligen Haare – er sah an dem Abend einfach zu gut aus. Außerdem war unsere Beziehung noch keine Ewigkeit her, sodass er noch immer ganz genau wusste, wie er mit mir umzugehen hatte. Schon als wir noch zusammen waren, hatte ich sein Talent, mich emotional derart zu berühren, dass mir schwindelig wurde, verflucht. Ich verliere nicht gern die Kontrolle. Ich liebe Gefühle, ich liebe Hingabe, aber ich will die Kontrolle behalten. Das war bei Gerhard oft genug nicht möglich und ich hätte wissen müssen, dass es auch nach dem Ende unserer Beziehung nicht möglich war.
Leider, leider kam meine eigene Unzufriedenheit hinzu. Ich hatte schon seit Längerem das Gefühl, ausgelaugt zu sein. Ein Kleinkind und ein Gut zu versorgen, das war eine enorme Umstellung zu meinem früheren Leben als Grundschullehrerin gewesen.
Obwohl Carolina noch nicht zwei Jahre alt ist, merke ich, wie sie schon jetzt hartnäckig ihre Belange durchsetzen will. Was sie nicht essen mag, spuckt sie aus. Wenn sie nicht laufen mag, plumpst sie auf den Boden und bewegt sich nicht vom Fleck. Hat sie auf dem Spielplatz einen Eimer erobert, gibt sie ihn nicht mehr aus der Hand. Sie weiß, was sie will und sie ist stur. Stur wie Bernd. Carolina zu bändigen kostet Kraft und es wäre gelogen, wenn ich anderes behauptete.
Natürlich kann sie unglaublich goldig sein. Ich möchte nicht (auch wenn diese Zeilen nur für mich sind – vielleicht sind sie auch eine Art Rechtfertigung vor mir selbst, wer weiß das schon), dass der Eindruck entsteht, ich würde mein Kind nicht lieben. Im Gegenteil. Ich liebe Carolina sehr!
Wenn sie mir strahlend abgezupfte Gänseblümchen bringt und sich in ihrem kleinen Gesicht Stolz und Freude widerspiegeln, könnte ich dahinschmelzen. Wenn wir auf dem Sofa kuschelnd Bilderbücher ansehen oder sie vor Vergnügen quietscht, wenn ich sie durch unseren Garten jage, dann genieße ich die Zeit sehr.

Und wenn ich unsere kleine Wühlmaus nachts wieder richtig herum ins Bett lege und sie kleine Seufzer, wie eine maunzende Katze, von sich gibt, könnte ich an ihrem Bettchen stehen und weinen vor Rührung. In solchen Momenten halte ich den Atem an und denke, so müsste es bleiben, so glücklich und so unbeschwert.
Aber ich muss mich auch um den Haushalt und das Gut kümmern. Bernd möchte einige Stallungen umbauen. Er meint, dass wir zukünftig nicht nur auf unsere Ländereien und Forstgebiete sowie den Reitstall setzen sollten. Ich bin skeptisch in Bezug auf Bernds Ideen. Er plant, einige Nebengebäude zu sogenannten Veranstaltungsräumen umzubauen. Aber wer will im Stall eine Veranstaltung machen? Und vor allem welche?
Ich finde, uns geht es sehr gut. Genug zu tun haben wir ohnehin.
Genau das ist der Punkt. Ich komme mir derzeit vor, wie ein Hamster, der nur im Rad läuft, sich abmüht und weder irgendwohin noch zur Ruhe kommt. Klar, um die Ländereien, die Schnapsbrennerei und die Pferde kümmert sich Bernd. Aber ich bin für das Gut zuständig. Haushalt, Gemüsegarten, das Gelände in Ordnung halten. Zudem helfe ich Bernd bei der Korrespondenz, da er meint, ich habe als Lehrerin das größere sprachliche Talent, und dann ist da natürlich noch Carolina. Sie wacht nachts öfter auf und dann gehe ich zu ihr, damit Bernd seine Ruhe hat. Sie fordert tagsüber ein, dass man sich um sie kümmert, aber immer geht das nicht. Hin und wieder kommt Eva und spielt mit Carolina. Sie kann das ohnehin besser. Aber sie arbeitet ja auch noch im Kindergarten.
Abends brütet Bernd über seinen Umbauplänen, auch hat er Ideen, seinen Schnaps besser zu vermarkten.
Kuscheln und Sex sind da im Moment Fehlanzeige. Einer von uns ist immer zu müde. Ich denke, dass Bernd und ich nie fertig sind, egal wie wir uns abrackern.
Viel zu arbeiten macht mir nichts aus. Aber ich finde es frustrierend, nie wirklich fertig zu sein und alles im Griff zu haben. Es gibt immer noch mehr Wäsche zu bügeln, Schränke zu Staub wischen und Unkraut zu zupfen. Da ich es ordentlich mag, bin ich eben nie fertig mit der Arbeit. Zudem passiert natürlich dauernd etwas außer der Reihe: Ein Pferd ist krank oder Carolina hat das Bad unter Wasser

gesetzt. An meine neuen Aufgaben und meine Rolle als Familienmutter habe ich mich anscheinend noch immer nicht gewöhnt.
Eigentlich haben wir ein sehr abwechslungsreiches Leben. Und gerade der Gemüsegarten und das Ausprobieren neuer Rezepte macht mir sehr viel Spaß. Als ich noch gearbeitet habe und meine Mutter für mich kochte, hatte ich dafür keinen Sinn gehabt. Aber Rezepte auszuprobieren und auch neue zu erfinden macht mir unglaublich viel Spaß.
Insofern will ich nicht meckern. Ich bin glücklich in meinem Leben. Aber offenbar haben Bernd und ich uns – und dass nach so kurzer gemeinsamer Zeit – in den vergangenen Monaten zu sehr um unsere Aufgaben gekümmert und wir haben uns als Ehepaar vernachlässigt.
Ich möchte damit nicht entschuldigen, was ich getan habe. Aber ich versuche es, vor mir selbst zu erklären und zu analysieren.
Ja, ich habe mich gehen lassen und mich hingegeben. Es hört sich albern an, aber an dem Abend mit Gerhard im Restaurant fühlte ich mich wieder nur als Frau. Ich war nicht Mutter, ich war nicht Hausfrau, ich war Frau.

Pauline legte das Buch abermals beiseite und versuchte das, was sie soeben gelesen hatte, zu verstehen. Konnte sie das nachvollziehen? Fremdgehen in den ersten Ehejahren? Die Familie war jung, Carolina war erst gute eineinhalb Jahre alt. Wie, um Himmels willen, konnte ihre Mutter in dieser Situation fremdgehen? Für Pauline schien dies unvorstellbar. Wie konnte man den Mann betrügen, den man aus Liebe geheiratet hatte? Pauline dachte an Jan. Hätte sie das unglaubliche Glück Jan, diesen Jan, in den sie sich unsterblich teenagermäßig verliebt hatte, hätte sie also das Glück, Jan heiraten zu dürfen, so würde sie ihn niemals betrügen. Niemals. Sein Lebensglück setzt man doch nicht für einen Seitensprung aufs Spiel! Und dann auch noch ihre solide Mutter ...

Nein, Pauline konnte es nicht nachvollziehen. Pauline empfand sich selbst und ihre Ansichten als spießiger und konservativer als die ihrer Mutter. Das hätte sie nie für möglich gehalten. Sie las weiter.

Für Gerhard gab es am Freitag nur zwei Themen: mir Komplimente zu machen, die mich schwindelig werden ließen und über Lea zu schimpfen.

Lea, Lea, Lea – der Name rotierte in Paulines Kopf. Er kam ihr bekannt vor. Wer hieß denn noch Lea? In den 1970ern, also zur Zeit der Tagebucheintragungen ihrer Mutter, war Lea kein besonders üblicher Name für junge Frauen gewesen, schon gar nicht im Münsterland. Die Frauen hießen meist Renate, Marianne, Brigitte oder Monika. Lea war ein ungewöhnlicher Name und erst viel später wurde er wieder modern. Wer war also ungefähr so alt wie ihre Mutter und trug diesen auffallenden Namen? Lea, Gerhard, Lea, Gerhard ...

Natürlich! Pauline schlug sich mit der flachen Hand auf die Stirn. Lea war die Frau ihres Verlegers, Gerhard von Hoff!

Pauline ließ sich aus ihrem Schneidersitz nach hinten fallen, dreckiger Dachboden hin oder her. Sie starrte die alten Balken an.

Konnte es sein, dass ihre Mutter von Gerhard von Hoff sprach? War ihre Mutter einst die Freundin ihres, Paulines, heutigen Verlegers gewesen? War sie mit Gerhard von Hoff fremdgegangen?

Pauline blieb liegen, starrte immer noch die Balken an und beobachtete die großen Spinnweben, die sich leicht im Luftzug, der durch das Dachgeschoss zog, bewegten. Mit diesen Informationen hatte sie nicht gerechnet und nun wollte sie einfach nur da liegen und an nichts denken.

Nach einer Weile las Pauline weiter, denn sie wollte die Hintergründe erfahren.

Gerhard war richtig frustriert. Lea würde sich nur um sich und ihr Aussehen kümmern und den kleinen Erik vernachlässigen. Dabei ist Erik doch der Erbe und soll den Verlag in vielen Jahren einmal übernehmen.
Wir tranken guten Wein, viel Wein. Und je mehr Gerhard über Lea klagte, um so öfter sagte er Sätze wie: »Maria, ich hätte dich nicht gehen lassen sollen. Ich hätte um dich kämpfen sollen. Du bist liebevoll, geradlinig und weißt, was das Leben bringt. Lea ist eingebildet, egoistisch, faul, kalt und überhaupt nicht in der realen Welt. Wie konnte ich sie nur heiraten? Du warst meine große Liebe!«
Und all die Worte, die er ständig wiederholte, ließen mich weich werden. Die Komplimente und der Wein trafen zu einem besonderen Zeitpunkt, da ich keinerlei Aufmerksamkeit von Bernd erfuhr, in mein Innerstes. Ich wehrte mich nicht mehr. Ich schlief mit Gerhard.

25. Januar 1978

Jetzt habe ich eine Weile wieder nicht geschrieben. Die Zeit rast immer so. Aber nun ist wieder etwas passiert: Mein Gott, ich bin schwanger. Ich bin schwanger von Gerhard. Was soll ich nun tun? Es war doch nur eine Nacht!
Wir hatten nach unserer Nacht beide beschlossen, dass es ein Fehler war und dass jeder sein Leben weiterlebt. Gerhard hat sich, um sich nicht ständig über Lea echauffieren zu müssen, ein neues Hobby gesucht. Er fördert junge Künstler. Ich habe Bernd mehr bei seinen Umbauplänen unterstützt und ich glaube, vielleicht hat er recht. Vielleicht funktioniert irgendwann so ein Veranstaltungszentrum auf einem Gutshof. Wir sind uns wieder näher gekommen und ich war sehr erleichtert.
Nie hätte jemand von unserem kleinen Fauxpas etwas erfahren müssen. Nie. Gerhard hat sicher seine Fehler, aber er ist verschwiegen.
Doch nun das. Das kann nicht wahr sein. Ich darf nicht schwanger von Gerhard sein. Soll ich sagen, es ist von Bernd? Aber wir hatten so lange keinen Sex mehr und ich bin schon im zweiten Monat. Vielleicht könnte ich sagen, es kommt zu früh auf die Welt. Gerhard werde ich

nichts sagen. Bei Bernd warte ich noch, bis man es sieht. Mir wird schon etwas einfallen.

30. September 1978

Nun sind viele Monate seit meinem letzten Eintrag vergangen. Ich habe mir viele Gedanken gemacht, viel gegrübelt, aber mir war nicht nach Schreiben zumute. Manchmal macht das Leben einen sprachlos.
Doch jetzt muss ich es einmal aufschreiben, damit ich das Kapitel in meinem Leben abschließen kann.
Ich habe meinen kleinen Jungen gehen lassen müssen.
Oh Gott, es tut so weh ...
Wäre er doch noch bei mir.
Es war sicher für alle das Beste, auch wenn es so sehr schmerzt, dass es mir das Herz zerreißt. Doch da, wo er jetzt ist, geht es ihm besser. Das weiß ich.
Er wird immer in meinem Herzen sein und ich werde ihn nie vergessen!
Mach's gut, da wo du bist. Mama wird immer bei dir sein.
Ich liebe dich, mein Kleiner.

Paulines Augen füllten sich mit Tränen. Als ihre unteren Lider sie nicht mehr halten konnten, rollten sie lautlos die Wangen hinunter und tropften auf die Tagebuchseiten. Sie blickte vom Buch auf in den Dachbodenraum, sah den alten Schlitten und ein Schaukelpferd. Kinder. Sie waren drei Kinder gewesen. Pauline hatte einen Bruder. Und sie hat ihn nie kennengelernt.

Sie ließ ihren Tränen freien Lauf. Wo war ihr großer Bruder hingekommen? Wie wäre er wohl gewesen? Sie hatte dieses Kind nie kennenlernen dürfen. Sie war selbst zwar keine Mutter, doch die Worte ihrer Mutter, der sie sich jetzt trotz Seitensprung wieder sehr nah fühlte, berührten sie sehr. Sie spürte eine Verbindung. Zur Trauer der Mutter. Zu ihrem Bruder.

Pauline weinte aber auch um das Geheimnis der Mutter mit Gerhard, sie weinte um Jan, sie weinte um Carolina. Immer wieder wischte sie die laufenden Tränen mit ihrem Ärmel ab und zog die triefende Nase hoch. Sie spürte, wie ihr das Weinen gut tat, wie sich die aufgestaute Spannung in ihrem Körper löste.

Allmählich beruhigte sie sich. Sie blätterte die Tagebuchseite um, aber da stand nichts mehr. Leere Seite. Ihre Mutter hatte in dieses Buch nie wieder geschrieben.

Zehn

Dienstag, früher Morgen – Hamburg

Kurz nach Mitternacht schloss Jan seinen Koffer, griff seinen Kleidersack inklusive Hemden und Anzüge und ging komplett bepackt ins Wohnzimmer. Er ließ sich auf die L-förmige Ledercouch fallen. Jan schaltete den Fernseher ein, um die merkwürdige Stille zu vertreiben. Er zappte durch die Programme und bekam Dokusoap nach Dokusoap präsentiert, diese furchtbar gespielten Serien voll furchtbarer Realität. Irgendwann unterbrach er das Zappen, da es Jan völlig egal war, was im Fernsehen lief. Er legte die Fernbedienung auf die Lehne und schwang seine Beine auf die Couch, wobei sein Smartphone aus der Jeanstasche rutschte. Jan fing es auf und überlegte kurz, ob er noch einen Blick auf seine Nachrichten oder E-Mails werfen sollte. Doch auf Pias wütende Meldungen, die bereits beim Lesen zu kreischen schienen, hatte er keine Lust. Um sein Büro wollte er sich nicht kümmern. *Merkwürdig,* dachte Jan, *so wenig hat mich meine Arbeit noch nie interessiert.*

Also legte er das Smartphone auf den Glastisch, nicht ohne es vorher auszuschalten. Dann sank er mit dem Oberkörper ein wenig nach hinten und legte den Nacken auf der Rückenlehne ab. Jan starrte mit leerem Blick auf den Fernseher, als könne er durch ihn hindurchsehen. Seine Gedanken begannen erneut um seinen Vater und um Pauline zu kreisen. Dann wurden seine Augenlider schwer, sein Kopf kippte nach hinten und er schlief ein.

Mit dem schwungvollen Einsatz von Geigen, gefolgt von einem kräftig gesungenen: »Love and marriage, love and marriage go together like a horse and carriage. This I'll tell you brother: you can't have one without the other.« schreckte Jan gegen vier Uhr in der Früh hoch. Frank Sinatra gab den musikalischen Startschuss für Al Bundy – zum wahrscheinlich fünftausendsten Mal. Die Serie lief seit den 1990ern über Jahre und anschließend in unzähligen Wiederholungsschleifen. Alle, die in den 90ern entweder 16 oder 26 Jahre alt waren, kennen die Titelmelodie, den sprudelnden Springbrunnen von Chicago und Al – viele vermutlich als anspruchslosen Zeitvertreib nach einer durchsoffenen Party.

Jan empfand augenblicklich den süchtig machenden Geschmack von Chips nach. Während seines Studiums war »Eine schrecklich nette Familie« der Notnagel für eine Auszeit gewesen, wenn Jan partout nicht mehr lernen konnte oder wollte. Chips knabbernd hatte Jan den übelgelaunten und muffig dreinblickenden Schuhverkäufer samt dumpfbackiger Familie konsumiert. Denken fiel bei dieser Serie absolut aus. Und genau darin bestand für Jan im Lernstress der Sinn.

Auch dem fleißigen Jan war klar gewesen, dass jeder einmal aus der Büffelei flüchten musste. Und zugegeben, ein paar Sprüche waren wirklich witzig. Aber man konnte sich auch schämen, mit der Serie Zeit vertrödelt zu haben. Glücklicherweise waren bei Jan Al-Bundy-Auszeiten im Gegensatz zu einigen Kommilitonen nur gelegentlich vorgekommen. Jan hatte sich beständig auf sein Studium konzentriert. Er hatte es vor Ablauf der Regelstudienzeit inklusive Auslandsaufenthalt und mit Bestnoten abgeschlossen.

Nun richtete sich Jan schlaftrunken und mit einem stechenden Kopfschmerz, der typisch für zu kurzen und ungemütlichen Sofa-Schlaf ist, langsam auf. Er setzte die Füße wie ein 80-Jähriger mit Gelenkschmerzen vorsichtig auf den Boden und fuhr sich mit der Hand über das Gesicht. Er fühlte sich matschig. »Love and marriage«

hallte es in seinen Ohren nach, während Peggy Bundy aus dem Fernseher ihr quakiges, amerikanisches »Aaaal...« dröhnte.

»Love and marriage.«

»Was, wenn ich Pauline heirate?«, überlegte Jan leise. Gleich darauf schüttelte er den Kopf. Komischer Gedanke. Er kannte Pauline kaum. Andererseits fühlte sich Jan so verliebt, so verbunden mit Pauline, dass er sie immer um sich haben wollte. Gibt es einen besseren Grund zu heiraten?

Frank Sinatra brachte es in seinem Song auf den Punkt: »You can't have one without the other.« Du kannst das eine nicht ohne das andere haben. Liebe und Heirat gehörten zusammen. Heirate nie ohne Liebe. Heirate, den du liebst.

»Das war es doch, oder?«, murmelte Jan. Gleichzeitig fragte er sich, ob Sinatra seinen Slogan ironisch gemeint haben könnte. Auf ewig glücklich verliebt wie Jonathan und Jennifer Hart wirkten Al und Peggy jedenfalls nicht. Die waren eher wie seine, Jans, Eltern. Seine Eltern hatten entweder gestritten oder sich kaum etwas zu sagen gehabt. Da waren Al und Peggy beinahe liebevoller. Egal. Was hatten Serien schon mit dem Leben zu tun? Jan wischte die interpretierenden Gedanken beiseite. Warum kam er überhaupt auf diese blödsinnigen Gedankengänge? Noch vor ein paar Tagen bestand Jans Welt ausschließlich aus sehr viel Arbeit und ein bisschen Ablenkung mit Pia. Grübeln, Gedanken schweifen lassen? Fehlanzeige. Und jetzt machten sich sein Vater, der Verlag und Al breit. Die Vergangenheit. Gleichzeitig hatte er den einzigen Menschen getroffen, mit dem er sich je eine Zukunft vorstellen könnte.

Jan nahm griff zielstrebig das Smartphone auf dem Tisch, schaltete es wieder ein und schrieb seinem Freund Daniel eine Nachricht.

»Habe mich von Pia getrennt. Post von meinem Vater.

Mache mich auf den Weg nach Münster. Melde mich, J«

Wusch, abgeschickt.

Also auf nach Münster. Mit einem Ruck stand Jan auf und ging ins Badezimmer. Noch immer tat ihm der Kopf weh. Wann war er das letzte Mal auf dieser ungemütlichen Couch eingeschlafen? Er konnte sich nicht erinnern. Denn das, was andere Paare taten, nämlich eng umschlungen einen Film anzusehen und dabei einzunicken, hatten Jan und Pia nie gemacht. Wenn Pia nicht da war, dann hatte Jan es vermieden, früh in die Wohnung zu kommen. Er hatte lieber gearbeitet und war erst passend zur Schlafenszeit in sein Apartment gefahren.

Jan rieb sich den Nacken und begann anschließend sein Hemd aufzuknöpfen.

Die Regendusche ließ sanft das Wasser über seinen Körper perlen. Gedanken an Pia oder Eltern wurden ausgewaschen.

Jan schloss die Augen. Er wollte von Pauline berührt werden. Sie sollte ihm mit der Hand über die Brust fahren, die Arme um seine nackten Schultern schlingen. Beide umnebelt von Wasserdampf. Sie sollte ihn küssen, Wasser lief über ihre Gesichter – wie im Regen von Donnerstagnacht. Er wollte ihre wohlgeformten Brüste an seinem Körper spüren. Er wollte Sex mit ihr unter der Dusche.

Jan schlug die Augen auf. Er drehte auf kalt.

Bei jedem Gedanken an Pauline durchfuhr es Jan. Er sah die Abschiedsszene vor dem Hamburger Hauptbahnhof vom Freitagmorgen vor sich:

Es war noch dunkel und sie standen vor dem westlichen Eingang der Wandelhalle. Jan hielt Pauline an beiden Händen.

»Tja, da wären wir«, sagte Pauline, wippte mit ihren Füßen und sah zu Boden.

»Ja, da wären wir«, konnte Jan nur wiederholen. Wie

ein kleiner Junge, der ein älteres Mädchen anhimmelte, kam er sich in Gegenwart von Pauline vor. Es war ein verlegener Moment. Jan konnte den Blick nicht von ihr lassen, sie sah plötzlich auf, als habe sie seinen Blick gespürt. Dann küssten sie sich, lang und leidenschaftlich. Jan hatte das Gefühl, sie nie mehr loslassen zu wollen. Da der Zeitpunkt des Abschieds von Pauline näher rückte, beschlich ihn das Wissen, dass er gerade etwas Unrechtes tat. Pauline beendete den Kuss und meinte, sie müsse nun gehen. Diese Souveränität und das Pflichtgefühl beeindruckten Jan. Er kannte Mädels, die sich in Paulines Situation krankgemeldet hätten und einfach das Wochenende in Hamburg mit ihrer neuen Errungenschaft verbracht hätten. Langsam ließ Pauline ihre Hände aus Jans gleiten, sie wandte sich zum Gehen. Nun konnte Jan nicht loslassen.

»Ich begleite dich natürlich zum Zug und warte, bis zu abgefahren bist«, sagte er. Pauline lächelte. Sie betraten die Wandelhalle. Zahlreiche Pendler und der Duft von frischen Croissants strömten ihnen entgegen.

Immer wieder malte Jan sich ihre Zweisamkeit aus und dann unterbrach ihn sein Realitätssinn, der alles der Reihe nach geordnet und abgecheckt haben wollte. Was, wenn Pauline doch nicht die richtige Frau war? Einen Fehlgriff hatte sich Jan schon mit Pia geleistet. Aber Pia und Pauline zu vergleichen, das war wie zuckersüße Kirschen mit nasskalten Steinen zu vergleichen. Pia war ihm nur in den Sinn gekommen, wenn Pia anwesend gewesen war. Sonst, während der Arbeit, bei einem Meeting, hatte Jan eigentlich nie an Pia gedacht. Mit Pauline war das plötzlich ganz anders. Pauline schien über allem zu schweben. Bei allem, was Jan in den vergangenen Tagen gedacht oder getan hatte, hatte sich still eine Frage angehängt: Was würde Pauline davon halten?

Dass Jan überhaupt ein Gespräch mit seinem Vater in

Betracht zog, lag vor allem an Pauline. Jan hatte durch sie das Gefühl bekommen, er müsse mit seiner Vergangenheit aufräumen – egal, was dabei herauskäme – um an die Zukunft denken zu können. Zudem gab es nun für Jan einen Bezug zu Münster, denn diese Stadt war Paulines Heimat. Und es war seine Heimat, die er lange begraben hatte und die jetzt von einer wunderschönen, großherzigen Frau aufgewühlt wurde. War das Fügung? Er verliebte sich in eine Münsteranerin, die obendrein für seinen Vater arbeitete?

Aus der Entfernung betrachtet schien diese Konstellation perfekt: Münsteraner Verlegersohn heiratet Münsteraner Journalistin. Beide arbeiten im gleichen Haus, beide haben ihre Familien vor Ort, beide wohnen in der Heimat. Wie idyllisch.

Aus der Nähe betrachtet war allerdings nichts perfekt und idyllisch. Jetzt musste Jan sich erneut mit seiner schrecklich netten Familie auseinandersetzen. War das eine gute Idee? Was waren die tatsächlichen Motive seines Vaters? Bereute er ernsthaft oder waren die Worte in seinem Brief nur vorgeschoben? Sollte er, Jan, ihm vergeben? Um seines eignen Friedens willen? Für Pauline, damit sie idyllisch und perfekt zusammen sein konnten? Ach herrje, und Lea! Wenn er sich mit seinem Vater einließe, käme er um Lea nicht herum. Konnte er diese egoistische, kalte Frau Pauline zuliebe ertragen?

Jan hatte sich abgetrocknet. Er ging mit dem weißen Frotteetuch um die Hüften in sein Schlafzimmer zum Kleiderschrank. Sein Blick fiel auf seinen flachen Bauch. Er spannte die Muskeln an und fühlte ein wenig Stolz, schließlich war er Mitte dreißig. Jan ließ das Handtuch fallen und zog sich an, weißes Oberhemd und Blue Jeans. Dann ging er in die Küche, um sich einen Kaffee zu machen. Fünf Uhr morgens. Gleich würde er in seinen BMW steigen und über die A1 nach Münster fahren.

Knappe drei Stunden würde er brauchen. Er wollte früh im Verlag seines Vaters erscheinen. Wenn sich an dem häuslichen Fluchtreflex seines Vaters nichts geändert hatte, dann er saß er noch vor den meisten Mitarbeitern am Schreibtisch. Jan musste mit ihm reden und dabei möglichst wenig Aufsehen erregen. Seinen Besuch sollte keiner im Verlag mitgenommen.

Dienstagmorgen – Von-Hoff-Verlag, Münster

»Ich möchte zu Gerhard von Hoff«, sagte Jan am Empfang.

»Wen darf ich melden?«, antwortete die junge Blondine hinter dem Tresen. *Sehr jung und hübsch. Mein Vater weiß, wie er Besucher empfängt,* dachte Jan. Persönlich war die Empfangsdame aber nicht Jans Fall.

»Jan von Hoff.«

Die junge Frau sah auf. Ihr Gesicht spiegelte eine Mischung aus Überraschung und Skepsis wieder. Beides hatte Jan erwartet. Außer der langjährigen Sekretärin seines Vaters, Gerda Horstmann, kannte wohl niemand Jan von Hoff im Verlag.

Die Empfangsdame telefonierte.

»Ein Jan von Hoff ist hier.«

Pause. Jan sah sich in der Halle um. Hier war umgebaut worden. Aber besonders schön war es nicht geworden. Eher kalt, zuviel Glas.

»Ich begleite Sie nach oben«, sprach ihn die Empfangsdame an und ging um den Tresen herum.

Vor einer braunen Tür am Ende des Ganges im sechsten Stock hielten sie an. Die Empfangsdame, auf deren Schild am Revers »Frau Müller« stand, klopfte vorsichtig an. Nach einem kräftigen, männlichen »Herein!« öffnete Frau Müller die Tür und beide traten in das Vorzimmer ein. Gerda Horstmann saß noch nicht an ihrem Arbeitsplatz.

»Herr von Hoff, ihr Besuch ist da.« Offensichtlich wusste Frau Müller nicht genau, wie sie Jan sonst hätte betiteln sollen. War es der Sohn?

»Jan, was für eine Überraschung!« Gerhard von Hoff war von seinem Schreibtisch aufgestanden und um diesen herumgegangen. Er schritt nun durch sein großes Büro, durch die geöffnete Tür zum Vorzimmer, auf Jan zu. Seine Arme streckte er aus. Das war schon immer Gerhards joviale Art gewesen. Immer alle umarmen. Ein bisschen war Jan diese Art stets zuwider gewesen. Er mochte Kumpelhaftigkeit nicht. Eine gewisse, freundliche Distanz hatte Jan immer vorgezogen.

Kinder übernehmen viel von ihren Eltern. Aber manchmal sehen Kinder bei Eltern auch, wie sie etwas nicht machen wollen, ging es Jan durch den Kopf. Wie er nun seinem Vater begegnen wollte, wusste er eigentlich gar nicht.

Frau Müller empfing die Schwingungen der Unsicherheit und sagte: »Ich gehe wieder in die Empfangshalle. Auf Wiedersehen.« Damit huschte sie huschte aus dem Vorzimmer.

Nun waren Vater und Sohn allein. Jan bewegte sich langsam auf seinen Vater zu, behielt aber die Hände in den Hosentaschen. Er war nicht der Bittsteller.

Gerhard verzögerte seinen Gang.

Jan musterte seinen Vater. Er war älter geworden. Graue Haare durchzogen seine braunen Locken, mehr Falten hatte er bekommen.

Um den ebenfalls musternden Blicken seines Vaters zu entgehen, blieb Jan am Beginn des Verlegerbüros stehen und ließ demonstrativ den Blick schweifen. Rechts an der Wand hingen drei Bilder. Eines stach besonders ins Auge.

Viel rot und viele Zacken und Spitzen. Es erinnerte Jan an Franz Marc. Als Kind hatte er mit Eva Museen besucht. August Macke im Landesmuseum in Münster hatte es ihm angetan. Aber auch später in München, zu Studienbeginn, hatte er im Lenbachhaus die Gemälde der »Blauen Reiter« bewundert.

Dieses Bild war modern. Sicher eines von den jungen Künstlern, die sein Vater gefördert hatte.

Gerhard war Jans Blick gefolgt und erkannte, dass er bei den Bildern mit den Augen stehengeblieben war.

»Ja, meine Künstler. Auch ein Fehler, irgendwie«, sagte Gerhard in die Stille.

Jan sah ihn an. »Warum?«

»Statt mich um quasi fremde Menschen zu kümmern, hätte ich mich lieber um dich kümmern sollen«, sagte Gerhard und wartete gespannt auf die Reaktion seines Sohnes.

Jan legte die Stirn in Falten und knetete in den Hosentaschen seine Hände. Er wusste nicht, was er nun erwarten sollte.

Gerhard machte eine Handbewegung und deutete in die Sofa-Ecke auf der linken Seite des Büros.

»Setz dich bitte. Ich schulde dir eine Erklärung.« Gerhards Stimme hörte sich staatsmännisch an.

Jan ging auf das dunkelbraune Ledersofa zu. Die zuvor angedeutete Umarmung war glücklicherweise ausgefallen. Es hätte auch nicht gepasst. Sie hatten seit Jahren keinen Kontakt gehabt und nun sollten sie sich um den Hals fallen? Jan fand diese Idee merkwürdig und der Situation nicht angemessen. Konnte sein Vater ernsthaft annehmen, dass allein Jans Auftreten im Verlag alles Gewesene wegwischte? So leicht wollte er es seinem Vater nicht machen. Dazu saßen die Kränkungen, die er erfahren hatte, zu tief.

Jan setzte sich in eine Ecke des Sofas, schlug die Beine übereinander und legte die Arme wie im rechten Winkel auf der Seiten- und Rückenlehne ab. Seinem Gesicht verlieh er einen möglichst starren, emotionslosen Ausdruck. Jan war gespannt, was er nach dem Brief noch zu hören bekam. Er wollte seinem Vater gegenübersitzen. Er wollte in sein Gesicht, in seine Augen sehen, wenn Gerhard sagte, dass es ihm leidtue. Eine Entschuldigung aufschreiben, das war zwar nicht unbedingt leicht, aber sicher leichter, als es der betreffenden Person von Angesicht zu Angesicht mitzuteilen.

»Nun«, Gerhard hatte sich in einen Sessel Jan gegenüber gesetzt, die Beine übereinandergeschlagen und die Hände auf dem Schoß gefaltet. Er wirkte etwas steif.

Jan wartete.

Gerhard sah sich erst im Raum um, als suche er nach den richtigen Worten, dann sah er Jan direkt in die Augen.

Was für ein Mann aus meinem kleinen Jungen geworden ist, dachte Gerhard. *Er strahlt Erfolg aus, das merkt man gleich. Kein Wunder, dass er den Aufstieg in einer großen Agentur geschafft hat. Ich kann stolz auf ihn sein, wenngleich ich keinen Anteil daran habe,* gestand sich Gerhard ein. *Eva hat ihm Tugenden beigebracht und schon nach der Schule hatte er sich ganz allein durchschlagen müssen. Ich habe sein Studium nicht finanziert, ich stand ihm nicht mit Rat und Tat zur Seite, als er seinen ersten Job angenommen hat. Ich habe keinerlei Anteil an seinem beruflichen Erfolg. Er hat es ganz allein geschafft. Vielleicht gibt es eine Frau, die ihn unterstützt hat.*

»Also«, begann Gerhard erneut. »Zunächst möchte ich dir sagen, wie sehr es mich überrascht und wie sehr ich mich freue, dass du hier bist. Damit hatte ich nicht gerechnet. Ich hatte sogar angenommen, dass du mir nicht auf den Brief antworten würdest.« Gerhard räusperte sich.

»Tja, nun bin ich da«, sagte Jan kühl und regte sich nicht.

»Ja«, sagte Gerhard. Er starrte auf seine Hände und rieb diese auf seinen Oberschenkeln.

Dann gab er sich einen Ruck und lehnte sich mit dem

Oberkörper vor.

»Jan, um ehrlich zu sein, weiß ich nicht genau, was ich sagen soll. Ich war auf diesen Moment heute Früh nicht vorbereitet, obwohl mir in den vergangenen Tagen oft durch den Kopf gegangen ist, was ich dir sagen möchte. Verzeih meine Unbeholfenheit, aber ich habe das noch nie gemacht.«

»Sag einfach, was du sagen willst und dann sprechen wir darüber«, sagte Jan als wolle er die Agenda eines Meetings vorgeben.

Er macht es mir in der Tat nicht leicht, dachte Gerhard, *aber er hat recht.*

Gerhard atmete tief ein und sah Jan durchdringend in die Augen: »Es tut mir leid.« Dabei betonte er jedes einzelne Wort.

»Es tut mir leid«, wiederholte er. »Es tut mir leid, dass ich nicht für dich da war. Es tut mir leid, dass ich ein schlechter Vater war. Es tut mir leid, dass ich nach dem Kontaktabbruch nicht um dich gekämpft habe.« Gerhard wartete die Wirkung seiner Worte ab und machte eine Pause.

Jan lockerte seine Anspannung. *Er scheint es ernst zu meinen,* dachte Jan.

Gerhard registrierte die leicht veränderte Sitzposition seines Sohnes und fühlte sich ermutigt, sich weiter zu erklären.

»Jan, ich hätte niemals zulassen dürfen, dass Lea dich so behandelt«, seufzte Gerhard. »Ich hätte dich nicht gehen lassen dürfen. Ich habe auf die falschen Menschen gehört und ich habe mich in die Kunst geflüchtet. Du warst und bist meine echte Familie. Auch, wenn Lea dich nie gewollt hat und dich das hat spüren lassen. Ich war zu schwach, um mich durchzusetzen. Ich wollte eigentlich nur meine Ruhe vor Lea. Gleichzeitig habe ich mit der Flucht vor Lea meine Söhne im Stich gelassen. Jan, ich bitte dich aufrichtig, mir zu verzeihen!«

Als Gerhard geendet hatte, lehnte er sich wieder in seinem Sessel zurück. Mehr konnte er nicht tun. Nun lag die Zukunft ihrer Beziehung in Jans Hand. Es war Gerhard nicht leicht gefallen, all seine Fehler einzugestehen. Ein selbstbewusster und erfolgreicher Unternehmer der älteren Generation – üblicherweise taten sich diese Menschen eher schwer, sich zu entschuldigen. Auch Gerhard hatte sich überwinden müssen. Aber wenn er noch irgendetwas richtig in seinem Leben machen wollte, dann hatte er nun handeln müssen, ehe alles zu spät war.

Jetzt war es an Jan, die Situation zu bewerten. Gerhards Hände zitterten und seine Augen wurden feucht. Er versuchte, dagegen anzukämpfen, um vor Jan nicht völlig als Weichei dazustehen. Zudem wollte er Jan nicht mit Tränen psychisch manipulieren oder dass ihm dies vorgeworfen werden konnte. Es war Jans freie Entscheidung, was aus ihnen beiden werden würde. Er wollte ihn nicht unter Druck setzen. Wenn Jan seine Entschuldigung nicht akzeptierte, dann war das so. Jans Entscheidung hatte Gerhard zu respektieren. Mindestens das war er ihm schuldig.

Dienstagmorgen, neun Uhr – Von-Hoff-Verlag, Münster

Gefühlt verkatert infolge Schlafmangels schlurfte Pauline durch die Empfangshalle des Von-Hoff-Verlags. Außerdem musste sie ziemlich matschig aussehen, so viel, wie sie geweint hatte. Sie hielt den Blick gesenkt.

Die kalten Fliesen wirkten auf sie heute noch ungemütlicher. Bisher hatte Pauline keine Verbindung zu Gerhard von Hoff gehabt. Er war zwar ihr Ober-Boss, aber sie hatte nie direkt mit ihm zu tun gehabt und war sich nicht einmal sicher gewesen, ob Gerhard von Hoff überhaupt von ihrer Existenz wusste. Doch nach der Lektüre des Tagebuch-Geständnisses ihrer Mutter war Gerhard von Hoff für Pauline unheilvoll nahgekommen.

Als der Wecker Pauline um 7 Uhr 30 aus dem Tiefschlaf rappelte, hatte sie kurz überlegt, sich krankzumelden. Aber sie war nicht der Typ, der sich quasi grundlos krankmeldete. Wie ihre Oma immer gesagt hatte: »Wer feiern kann, kann auch arbeiten.« Pauline fand, dass Privatkram auch dazugehörte. Schließlich war es ihre Entscheidung gewesen, bis in die frühen Morgenstunden Tagebuch zu lesen. Was konnte die Redaktion dafür?

Also hatte sich Pauline einmal kurz im Bett umgedreht, dann aber das Gut in Richtung Verlag verlassen. Sie hatte sich aus dem Seiteneingang hinausgeschlichen, um ihrer Mutter nicht begegnen zu müssen. Diese hätte sich sicher über Paulines matschigen Zustand gewundert und Pauline hatte keine Lust gehabt, ihr das zu erklären. Überhaupt brauchte Pauline nun etwas Zeit für sich und wollte ihre Mutter nicht sehen.

Pauline blieb mitten in der Verlags-Halle stehen, kramte in ihrer Handtasche und holte ihren kleinen Kalender heraus. So ziemlich alle anderen synchronisierten ihre digitalen Kalender mit allen möglichen Geräten. Pauline nicht. Sie zog ihr kleines Büchlein hervor. Bei all dem Chaos in ihrem Kopf wusste sie überhaupt nicht mehr, ob sie heute Termine hatte. Ein Blick ins Buch verriet: Nein, sie hatte keinen. Ein Glück. So konnte sie sich in ihrem Büro verkriechen und sich mit der Recherche nach neuen Themen ablenken. Sie klappte den schwarzen Kalender zu, steckte ihn in die Tasche und sah hoch, um auf die Fahrstühle zuzusteuern.

Genau in diesem Moment verließ ein Mann seitlich durch eine Glastür das Bistro des Verlags. Pauline drehte den Kopf nach rechts, um ihm nachzusehen, doch er ging links die Straße entlang und verschwand so aus ihrem Blickfeld. Hier hörten die Fenster des Bistros auf und

Pauline sah nichts mehr.

»Er sah fast so aus wie Jan«, murmelte Pauline verblüfft. Aber das konnte ja nicht sein. Jan in Münster. Wie absurd. Pauline schüttelte den Kopf.

Und wenn doch?, begannen sich hoffnungsvolle Zweifel breitzumachen. Was hätte er ausgerechnet hier im Verlag gewollt? Vielleicht hatte er nach Pauline gesucht, schließlich wusste er, wo sie arbeitete. Ganz romantisch wie in »Pretty Woman« war er ihr nachgefahren, um der rettende Prinz zu sein ...

So ein Quatsch. Pauline schüttelte abermals den Kopf. So etwas passiert nicht. Sag mir, wann so etwas passiert. *Nenn mir nur einen Namen,* dachte Pauline und sah in Gedanken Vivian und Kit auf der Terrasse des eleganten Regent Beverly Wilshire sitzen.

Da fällt mir nur Schneewittchen ein, beendete Pauline die Szene im Kopf.

Trotzdem atmete sie schwer, enttäuscht über die unromantische Realität. Sie gab sich einen Ruck und ging zum Fahrstuhl.

Vor ihrer Bürotür angekommen schloss Pauline lustlos auf. Sie betrat den Raum, der ihr plötzlich nicht mehr wie ihr Büro vorkam, sondern wie die vier Wände des Geliebten ihrer Mutter. Sie fühlte sich verraten und beäugt. Hatte ihre Mutter womöglich noch Kontakt zu – es fiel ihr schwer, allein seinen Vornamen zu denken – Gerhard? Wahrscheinlich nicht, zumindest war Pauline diesbezüglich nie etwas aufgefallen.

Pauline schwang die Laptoptasche auf den Schreibtisch. Das Foto mit ihrer Mutter und ihrer Schwester drehte sie um. Sie wollte beide nicht sehen. Dann vergrub Pauline die Hände in den hinteren Hosentaschen ihrer Jeans und sah aus dem Fenster. Nichts war mehr wie gewohnt. Nicht mal ihr Arbeitsplatz.

Ihr Smartphone klingelte.

Pauline griff an die Jacketttasche und zog ihr Telefon heraus. Das würde sicher Maria sein, die sich gewundert hatte, dass Pauline einfach so verschwunden war. Muffig blickte sie auf das Display: Jan Hoff.

Absolut überrumpelt starrte Pauline erstaunt auf ihr Smartphone. Damit hatte sie wirklich nicht mehr gerechnet. Es war Dienstag. Vier volle Tage hatte sie keinerlei Nachrichten erhalten. Keine SMS, keine E-Mail. Nichts. Und nun rief er an. Weil sie eine Nachricht bei Jans Sekretärin hinterlassen hatte? Ging es um ihren Artikel? Oder wollte er ihr mitteilen, dass der Donnerstagabend ganz toll gewesen war, er aber nach reiflicher Überlegung zu dem Schluss gekommen sei, dass er derzeit keine feste Bindung eingehen könne? Das übliche Blabla.

Paulines Herz pochte und schmerzte.

»Jetzt geh schon ran«, zischte Jan ungeduldig ins Telefon. Er lief unter den Bögen der Geschäftshäuser am Prinzipalmarkt her. Hier kauften Münsteraner wie Touristen Schmuck, exquisite Wohnaccessoires oder Designer-Klamotten ein. Am Prinzipalmarkt fanden sich namhafte Münsteraner Geschäftshäuser oder internationale Designer-Läden. Gleichzeitig wurde der Prinzipalmarkt als Münsters »Gute Stube« bezeichnet. Die Giebelhäuser säumten das Kopfsteinpflaster und ließen die Straße, auf der Autos verboten waren, gemütlich wirken.

Doch für die Schönheit von Münsters bekanntester Straße – auch wenn sie »Markt« hieß, weil hier früher der Markt stattgefunden hatte – hatte Jan gerade kein Auge. Er lief, ohne auf Geschäfte oder Fassaden zu achten, mit dem Telefon am Ohr weiter. Ein Ziel fiel ihm gerade nicht ein. Zu lange war er nicht mehr in Münster gewesen. Er war viel zu nervös, um stehenzubleiben, also lief er weiter. Er hoffte nach jedem Freizeichen, sie würde endlich annehmen.

Was, wenn sie nicht mehr mit ihm sprechen wollte?

Jan konnte sich selbst nicht mehr erklären, warum er sich eigentlich nicht früher bei Pauline gemeldet hatte. Es wäre nur natürlich, wenn sie nichts mehr von ihm wissen wollte. Was, wenn er es vergeigt hatte? Dann wäre alles umsonst gewesen. Das Schlussmachen mit Pia, der ungewöhnliche Auftritt bei seinem Chef, das erste Gespräch mit seinem Vater ... Halt, nicht alles. Die Beziehung mit Pia hätte er längst beenden müssen.

»Dies ist die Mailbox von Pauline Große-Lindhorst. Bitte hinterlassen Sie eine Nachricht.«

Enttäuscht tippte Jan auf »Beenden«. Doch was hatte er erwartet? Dass Pauline freudig zum Telefon sprang, wenn er anrief? Wohl kaum.

Jan blieb stehen. Er war fast am Ende des Prinzipalmarktes, kurz vor dem »Drubbel«, angekommen. Vor ihm reckte sich der zackige Turm der Lambertikirche in die Höhe. Jan sah hinauf. Die Kirche im Blick überquerte er den Prinzipalmarkt und gab Acht, von keinem der vielen Fahrräder, die über das Kopfsteinpflaster holperten und klapperten, umgeradelt zu werden. Dann stand er auf dem Kirchplatz neben dem Brunnen, die beeindruckende Kirchturmspitze des spätgotischen Baus vor sich. Die drei historischen Käfige, die seit den Wiedertäufern als Mahnmal am Kirchturm hingen, fielen ihm ins Auge. St. Lamberti war für Jan immer eine besondere Kirche gewesen. Würdevoll überblickte sie den Prinzipalmarkt. Die Gottesdienste in St. Lamberti hatte er oft mit seiner Kinderfrau Eva besucht. Lea hingegen, obwohl streng katholisch erzogen, hatte für die Kirche nichts übrig gehabt. Ja, sie konnte sich regelrecht echauffieren, wenn es um die Kirche ging. Jan erinnerte sich, dass Lea keine Gelegenheit ausließ, ihren Unmut kundzutun. Pfarrer waren in ihren Augen scheinheilig. Lea nahm ihnen kollektiv nicht ab, dass sie es mit dem Zölibat ernst meinten. Auch, dass die Kirche so viel Geld hatte, störte sie.

Als Kind hatte Jan mit Leas Ansichten nichts anfangen können. Die Tatsache, dass Lea die Kirche derart ablehnte, brachte Jan dazu, sich mehr auf sie einzulassen. Gern war er mit seiner Eva in die sonntägliche Abendmesse gegangen und so der schlechten häuslichen Stimmung entflohen. In der Kirche hatte Jan seine Ruhe gehabt.

Nach der Messe stibitzten sich Eva und er zu einem Imbiss, wo er Pommes und Brathähnchen bekam. Seine Mutter hatte ihm Fast-Food-Essen nie erlaubt, umso mehr hatte Jan die heimlichen Besuche im Imbiss genossen.

Beim Anblick der Kirche und der ehemals gewohnten Umgebung um ihn herum wurde Jan melancholisch. Seit er fortgegangen war, hatte er Münster verdrängt gehabt. Nun kehrte vieles zurück. Eine Verbundenheit konnte er nicht leugnen. Diese Verbundenheit hatte nichts mit seiner Familie zu tun.

Allein Eva hatte ihm glückliche Stunden in Münster geschenkt. Er erinnerte sich, dass sich Eva und er, an den Händen festhaltend, durch die Menschenmengen am samstäglichen Markt über den Domplatz schoben. Obst- und Gemüsestände, Käsewagen, Gewürz- und Fleischerstände reihten sich aneinander. Ein großer Wochenmarkt mit Frische und Düften. An Fischständen vorbeigehend fühlte sich Jan wie an der Nordsee. Und wenn ihm mittags der fettig-knusprige Geruch von Reibekuchen in die Nase stieg, meldete sich sein Magen mit Hungergefühl. Eva war das Kindermädchen und nicht die Köchin im Hause von Hoff, aber auf den Markt ging sie gern und besorgte Gemüse oder Fleisch. Wenn Eva ihre Einkäufe erledigt hatte, bekam Jan immer einen Kakao mit Sahne im gegenüberliegenden Marktcafé. Es war ihr Ritual. Eines von vielen.

Ein uraltes Münster-Gefühl kehrte zurück.

Pauline hatte Jans Anruf nicht angenommen. Sie war davon so überrascht worden, dass sie es einfach nicht geschafft hatte. Jetzt starrte sie auf ihr Smartphone. Immer wieder drückte sie auf die Taste, um den verpassten Anruf zu sehen. Jan Hoff. Er hatte sie tatsächlich angerufen. Aber warum? Warum jetzt? Was wollte er?

Pauline griff zum Telefonhörer.

»Julia? Was machst du? Kannst du kurz in mein Büro kommen?«

Wenige Minuten später rauschte Julia mit wehendem Schal ins Zimmer. Sie warf sich schwungvoll in den Stuhl, der vor Paulines Schreibtisch stand, beugte sich vor und sah Pauline so neugierig an, wie ein Kind, das erwartet von der Tante eine Überraschung zu bekommen.

»Und?«, stieß sie hervor. »Was gibt es so Eiliges?«

»Jan hat angerufen«, sagte Pauline betont gleichgültig. Sie wusste, wenn sie ausflippen würde, würde Julia um so lauter kreischen und Pauline wollte bei Kollegen keine Aufmerksamkeit erregen.

»Was?!« Da war das Gekreische.

»Das sagst du so ruhig? Was hat er gesagt? Will er dich treffen? Fährst du zu ihm nach Hamburg? Was wirst du anziehen?« Julia war nicht zu stoppen.

»Julia«, Pauline verdrehte die Augen und bedeutete ihr mit einem eindringlichen Blick, dass sie sich etwas zurückhalten sollte.

»Was denn?«, sagte Julia etwas pikiert, aber leiser. »Vor ein paar Tagen bist du herumgelaufen wie sieben Tage Regenwetter, weil er nicht erreichbar war und sich auch nicht zurückgemeldet hat. Du warst es doch, die von »großer Liebe« geschwärmt hat. Und nun, wo du vor Freude ausrasten müsstest, bist du so verhalten.«

Julia änderte ihren Tonfall von »Vorwurf« auf »Interesse«. »Also, was hat er denn nun gesagt. Ich höre zu und bin leise.« Julia lehnte sich zurück und spielte abwartend an ihrem großen Ring mit lilafarbenem Stein, der an ihrem rechten Mittelfinger steckte.

»Nichts«, sagte Pauline nur.

»Wie, nichts?« Julia ließ den Ring wieder los.

»Ich bin nicht drangegangen«, gab Pauline zu.

»Wie bitte?« Julia rutschte auf dem Stuhl hin und her während sich Pauline auf ihrem Stuhl zurückfallen lies und gegen ihren Pony blies.

»Habe ich richtig gehört? Du bist nicht drangegangen? Ja, warum denn nicht?«

»Ich konnte nicht. Ich war so überrascht. Ich hatte damit nicht mehr gerechnet. Ich bin panisch geworden und konnte nicht annehmen.«

»Wow. Dich scheint es wirklich erwischt zu haben. Du bekommst nie Panik. Dich hat noch kein Mann aus der Bahn geworfen«, fasste Julia Paulines Vergangenheit mit Männern zusammen.

»Tja, ich weiß auch nicht, was mit mir los war. Es war wie eine Blockade. Ich dachte, ich würde nur Quatsch erzählen und dann hätte er das Interesse verloren.« Julia sah ihre beste Freundin ungläubig an. Selbstzweifel bei Pauline kannte sie nicht.

»Ich war unsicher. Dann hat es ja auch schon aufgehört zu klingeln.« Pauline versuchte, sich irgendwie zu rechtfertigen.

»Okay, es ist nun so gelaufen. Wann hat er angerufen?«

»Vor zwanzig Minuten.«

»Gut, dann warten wir noch fünf Minuten und dann rufst du ihn an.«

»Aber was soll ich ihm sagen?«, fragte Pauline nervös.

»Er hatte doch angerufen, also lass ihn reden«, entgegnete Julia.

»Und was ist, wenn es nur sein Rückruf auf meinen Anruf vom Freitag ist? Vielleicht geht es einfach um den Artikel?« Pauline sah Julia mit nervösem Blick an. Sie wollte keine großen Hoffnungen aufkommen lassen, denn noch immer fand sie es merkwürdig, dass Jan so lange mit einem Anruf gewartet hatte. Das konnte kein gutes Zeichen sein.

»Papperlapapp“, sagte Julia und machte eine wischende Handbewegung. »Wenn es beruflich gewesen wäre, hätte er sicher seine Sekretärin auf deinem Festnetz-Telefon in der Redaktion anrufen und sich dann durchstellen lassen.«

Pauline fand, dass an dem Argument etwas dran war. Sie atmete tief durch, fasste mit beiden Händen an ihre Schreibtischkante um sich wie eine alte Frau langsam aufzurichten und nahm ihr Smartphone in die Hand.

Aufmunternd blickte Julia sie an.

Pauline stellte sich etwas breitbeinig hin, um fester stehen zu können. Jan sollte ihre Unsicherheit nicht bemerken. Auch durch das Telefon nicht.

Dann tippte Pauline bei »Kontakten« auf Jans Handynummer.

Es tutete.

»Jan Hoff.«

Pauline reckte den Daumen in die Höhe, um Julia zu signalisieren, dass Jan tatsächlich dran war und eben nicht seine Sekretärin oder sonst wer. Dann wandte sie sich ab, denn sie hätte nicht gut telefonieren können, wenn sie ständig ins Julias Augen gestarrt hätte.

»Hallo Jan, hier ist Pauline.« Pauline ärgerte sich insgeheim über ihre zaghafte Stimme. Glücklicherweise ließ Jan sie gar nicht weiterreden.

»Pauline, schön, dass du anrufst«, sagte Jan. Dieser Satz und seine warme Stimme, die Pauline schlagartig alle Kuss-Erinnerungen wiederbrachte, ließen ihr Herz freudig hüpfen. Er freute sich, dass sie anrief. Er freute sich. Und schon wieder fühlte Pauline den albernen Teenager in sich.

»Du hattest angerufen ...«, versuchte Pauline möglichst bestimmt ihren Rückruf zu erklären.

»Ja, ich wollte dich etwas fragen«, sagte Jan und machte eine Pause.

Paulines Herz raste.

»Ja?«

»Hast du heute Abend Zeit und Lust, mit mir in Münster essen zu gehen?«

Paulines Gedanken wirbelten. Essen gehen mit Jan? Na, und ob sie Lust hatte. Was für eine Frage! Aber sie sollte nicht zu jubelnd einwilligen. Sie hörte ihre Großmutter reden: »Kindchen, es ist immer besser, wenn die Männer hinter dir her sind, als andersherum.«

»Pauline?«, fragte Jan vorsichtig. Er war sich nicht sicher, was ihre ausbleibende Antwort bedeuten sollte. Hatte er es vergurkt?

»Äh, ja klar. Ich hätte schon Lust.« Pauline versuchte, so gleichmütig wie möglich zu klingen. »Aber ich muss sehen, wie ich meine Termine verlegen kann«, schob sie nach, um nicht mit fliegenden Fahnen zusagen zu wollen. »Gegen neun könnte ich in Hamburg sein, wenn dir das nicht zu spät wäre«, sagte sie etwas nüchtern, um ihn quasi ein wenig zappeln zu lassen. Sie war kein Häschen, das sofort sprang. Auch wenn sie es ehrlicherweise natürlich doch war.

»Pauline, vielleicht hattest du mich gerade nicht richtig verstanden.« Es sollte nicht vorwurfsvoll klingen. »Ich meinte in Münster. Nicht Hamburg. Vielleicht ist das für dich einfacher zu organisieren«, sagte Jan verständnisvoll.

Mist, Mist, Mist!, schoss es Pauline durch den Kopf. *Ich Trottel! Ich bin so nervös, dass ich nicht genau zuhöre. Was denkt er nun bloß von mir!*

»Ach so. Ja, da war die Verbindung wohl gerade schlecht«, log Pauline und blies nervös gegen ihren Pony. »Wenn wir uns in Münster treffen, könnte ich auch gegen sieben Uhr und müsste meine Termine nicht verschieben. Das wäre in der Tat praktischer für mich«, meinte Pauline souverän. Zumindest sollte es sich für Jan so anhören.

»Aber wieso bist du denn in Münster? Habt ihr hier einen Kunden?«

»Ja, es ist gewissermaßen beruflich«, sagte Jan

zögerlich. Pauline merkte, dass er mehr nicht sagen wollte, und beließ es dabei.

»Gut. Wo wollen wir uns denn treffen?«

»Ich hatte zwar ein Restaurant gegoogelt, aber ich glaube, diese Entscheidung überlasse ich besser der ortskundigen Münsteranerin«, sagte Jan freundlich, der sich nicht auf die Internetempfehlungen verlassen wollte.

»Wieso? Du bist doch hier aufgewachsen, vielleicht möchtest du in ein bestimmtes Lokal?«

»Ich bin aber viele Jahre nicht in Münster gewesen und sicher hat sich einiges verändert«, sagte Jan.

»Kann ich verstehen. Dann gehen wir zu einem guten Spanier in der Warendorfer Straße. Findest du die?«, fragte Pauline.

»Doch, doch. Das schaffe ich schon. Die Straßen werden sich ja nicht verändert haben.«

Pauline meinte, sein umwerfendes Lächeln durch das Telefon hören zu können. Wahnsinn, sie würden ausgehen. Pauline konnte es nicht fassen.

»Also gut. Ich sende dir nachher die Adresse und den Link. Um halb acht dort? Ich reserviere auf meinen Namen«, sagte Pauline und riss sich zusammen, damit er ihre Begeisterung nicht erahnen konnte.

»Fein, ich freue mich, Pauline«, sagte Jan sanft.

»Dann bis gleich«, sagte Pauline, die ein »Ich freue mich auch« einfach nicht hervorbrachte. Dann legte sie auf.

»Jaaaa!« Pauline hüpfte und kreischte. Es war ihr egal, ob sie von anderen gehört wurde oder nicht.

»Wir gehen heute aus! In Münster!«

Julia stand auf, breitete ihre Arme aus, umrundete den Tisch und fasste Pauline an beiden Händen.

»Was hab ich gesagt? Was hab ich gesagt? Von wegen »beruflicher Anruf«. Er will dich wiedersehen, ihr habt ein Date! So, und nun kümmern wir uns um die Frage, was du anziehst.«

Elf

Dienstag, Spätnachmittag – Villa von Hoff, Münster

»Endlich bist du da!« Theatralisch fiel Lea ihrem Sohn Erik an der Eingangstür der Villa um den Hals. Erik stellte seinen Koffer auf den Marmorboden und umarmte seine Mutter deutlich weniger theatralisch. Dieses Getue lag ihm überhaupt nicht.

»Komm rein, mein Liebling«, säuselte Lea und machte ihrem Ältesten beinahe mit einer kleinen Verbeugung Platz. »Ich habe dein altes Kinderzimmer herrichten lassen. Natürlich hat ein Designer es optisch angepasst, aber viele Erinnerungsstücke, alte Bücher, die du in deiner Jugend gelesen hast, sind noch da. Selbst Charlie, dein zerzauster Kuschelbär, sitzt in einem Regal.«

Wahrscheinlich hatte es Lea mal wieder nur gut gemeint, aber Erik interessierte sich weder für die Umgestaltungen seiner Mutter noch für seine alten Spielsachen. So nostalgisch war Erik nicht veranlagt. Erinnerungen und altes Zeug waren für Erik Synonyme für Rückschritt. Erik blickte stets nur nach vorn. Für Dinge, die hinter ihm lagen, hatte er keinen Sinn. Seine Mutter hingegen hing sehr an alten Erinnerungen, zumindest wenn sie ihn, Erik, betrafen. Da hatte sich offenbar nichts geändert.

Wenig später saßen Lea und Erik nebeneinander auf einem geschwungenen Sofa im Stil der 1950er Jahre im Salon. Lea hatte diesen Raum so herrichten lassen, wie ein Salon auf dem Schloss ihrer Eltern aussah. Ein üppiger Kronleuchter, ein großer Wandteppich und wie Kerzen aussehende Wandlampen ließen diesen Salon mit niedrigeren Decken als im Schloss, lächerlich gedrungen wirken. Lea aber hielt sich gern im Salon auf. Sie fand ihn kuschelig und kam sich nicht so verloren vor, wie im Wohnzimmer. Der Salon war ihre Höhle.

»Du musst morgen in den Verlag gehen und dir die Bücher ansehen. Es sieht wohl nicht gut aus«, sagte Lea verschwörerisch. Sie legte die linke Hand auf sein Knie. »Erik, du musst den Verlag übernehmen. Dein Vater taugt ja zu nichts.«

»Ja, Mutter, wir werden sehen.« Erik wirkte angestrengt. »Aber heute möchte ich mich erstmal von dem Flug erholen und früh zu Bett gehen, damit ich morgen fit bin. Es wird sicher seine Zeit brauchen, bis ich mir einen Überblick verschafft habe und ...«

»Aber du bist ein Topmanager und Jurist«, unterbrach ihn Lea und machte einen aufgeregten Hopser. »Du wirst dich schnell einarbeiten und alles perfekt hinbekommen. Da hast du in Amerika ja ganz andere Dinge geschafft. Und schau, wie weit du gekommen bist.«

»Ja, Mama«, sagte Erik tonlos.

Leas Aufzählung klang, als hätte Erik vergessen, wer er war und was er konnte. Das hatte er natürlich nicht. Doch Lea konnte seinen Karriereweg nicht oft genug beschreiben. Schon immer war Lea von Hoff felsenfest der Überzeugung gewesen, dass ihr Sohn stets der Beste, Klügste, Schönste war. Auch Erik war von sich überzeugt. Die narzisstischen Züge der Mutter hatten sich während Eriks Erziehung absolut auf den Jungen übertragen. Aber im Fall des Verlages war Erik nicht so zuversichtlich wie seine Mutter. Er befürchtete, dass Gerhard wohl kaum kampflos alles aufgeben würde. Immerhin war es der Verlag seines Vaters. Lea war zwar der Meinung, dass Gerhard sich ohnehin viel lieber um die Kunst kümmern würde, aber ganz teilte Erik die Einschätzung der Mutter nicht. Aber Erik hatte gelernt, beruflich mit Widrigkeiten rechnen zu müssen. Zudem fühlte er sich durch die

Herausforderung angespornt.

»Ja, Mutter. Ich weiß selbst, dass ich gut bin. Dennoch wird es seine Zeit brauchen«, wiederholte Erik nachdrücklich. Er wusste, seine Mutter hatte ihre eigenen Vorstellungen und sie überhörte es gern, wenn sie korrigiert wurde. »Vater aus dem Verlag zu drängen wird bei Weitem nicht so leicht, wie du es dir vorstellst«, sagte Erik ernst und nahm die Hand seiner Mutter.

»Richtig!« Die Salontür knallte ins Schloss, der Wandteller mit bunten Ornamenten daneben wackelte gefährlich. Erschrocken zuckten Lea und Erik gleichzeitig zusammen, drehten sich um und blickten über die Lehne zur Tür. Sie wirkten wie ein erwischtes Liebespaar.

Verdattert sahen Mutter und Sohn in Gerhard von Hoffs Gesicht. Seine Miene war finster.

Lea stützte sich auf der rot-grün gestreiften Rückenlehne ab, ihre zahlreichen Goldarmreifen schepperten den sehnigen Unterarm hinunter.

»Aber, aber was machst du so früh hier?«, stotterte Lea. Sie rang um Fassung, da sie mit Gerhard weiß Gott nicht gerechnet hatte.

»Ist es verboten, einmal um achtzehn Uhr heimzukommen?«, fragte Gerhard zickig. »Wenn man es denn Heim nennen kann«, schob er brummelnd nach und kam entschlossenen Schrittes näher.

Erik stand hastig auf und knöpfte sein dunkelblaues Jackett zu. Erik räusperte sich.

»Vater ...«

Gerhard machte eine Handbewegung, als wolle er eine lästige Fliege verscheuchen.

»Lass gut sein. Du brauchst nicht heucheln. Ich bin der Lügen und Täuschungen überdrüssig. Du willst den Verlag zusammen mit deiner Mutter übernehmen und hast wer-weiß-was damit vor. Sicher nichts Gutes. Aber macht ihr nur.«

Gerhard legte eine Kunstpause ein und ließ sich gelassen in den grünen Sessel zur Linken des Sofas sinken. Erik hockte sich auf die Sofakante. Er und Lea sahen sich irritiert an. Woher wusste er das alles?

»Das wird ein interessantes Spiel«, setzte Gerhard nach und besah sich demonstrativ entspannt seinen Siegelring.

»Was denn für ein Spiel?«, quietschte Lea aufgebracht. Ihr gingen Gerhards betont lässige Andeutungen gehörig auf die Nerven.

Erik zog erstaunt die Augenbrauen hoch. Das Verhältnis seiner Eltern schien gestörter zu sein, als er in den fernen USA angenommen hatte. Natürlich wusste Erik, dass sie nicht aus Liebe geheiratet hatten. Das war wohl niemandem im näheren Umkreis verborgen geblieben. Aber diese Kälte, die aus beiden Gesichtern sprach, sah er zum ersten Mal.

»Nun ja, ihr gegen uns«, enthüllte Gerhard nur ansatzweise. Er war gespannt auf die Reaktion der beiden albernen Figuren auf Muttis Sofa, wie er es triumphierend empfand.

»Ihr gegen uns? Was soll das heißen? Jetzt hör auf, uns an der Nase herumzuführen, Gerhard.« Lea stemmte wütend ihre Fäuste in die Seiten, sodass ihr seidiges Top Falten warf.

»Moment«, sagte Gerhard betont gedehnt. »Wer hat hier wen an der Nase herumgeführt? Du warst es doch, Lea, die anfing, die Messer zu wetzen. Du willst mein Blut sehen. Warum eigentlich, frage ich dich?« Gerhard setzte sich auf und sah Lea auffordernd an. Seine Augen funkelten vor Zorn.

»Du hast alles bekommen, was du wolltest. Du hast deine Villa bekommen mitsamt Bediensteten, die dir alles hinterhertragen.« Seine Stimme wurde lauter. »Du konntest mit meinem Geld shoppen gehen, Hüte und Schuhe kaufen. Die Gärtner und Fensterputzer sind zu dir ins Bett gehopst. Es ging alles nur nach deiner Nase!«

Gerhard sprang auf, vergrub die Hände in der Anzughose und tigerte vor dem Wandteppich, der einen Ritter auf einem Pferd zeigte, auf und ab.

»Und vor allem musstest du dich nicht um den einzigen Job kümmern, den du überhaupt hattest: die Kinder!«

»Das ist nicht wahr«, kreischte Lea und sprang ebenfalls auf.

»Oh Schreck, ich vergaß«, sagte Gerhard provozierend mit vor den Mund gehaltener Hand. »Dein Liebling Erik hat dich hin und wieder zu Gesicht bekommen. Aber nur, wenn du Lust dazu hattest«, sagte Gerhard gedehnt. »Dann hast du dir mit Kino, Eis und ferngesteuerten Autos seine Gunst erkauft. Hast du je auch nur eine Windel gewechselt? Hast du je Mensch-ärgere-dich-nicht gespielt? Hast du ihm je vorgelesen?«

Gerhard machte eine Kunstpause.

Dann lachte er hämisch: »Nein, du doch nicht! Wenn es in Arbeit ausartete, dann durfte sich Eva wieder um den Jungen kümmern.«

»Hast du denn das alles gemacht?«, fragte Lea schnippisch und kreuzte die Arme vor der Brust.

»Nein«, sagte Gerhard ruhig und blickte über Lea hinweg aus dem Panorama-Fenster. »Aber es war auch nicht meine Aufgabe. Ich habe das Geld verdient, das du so wahnsinnig gern ausgeben hast. Unsere Aufgaben hatten wir zu Beginn unserer Ehe klar verteilt.«

Dem wusste Lea nichts entgegenzusetzen. Denn die Zeiten waren früher nicht so gewesen, dass auch Väter Windeln wechselten. In puncto Geld hatte Gerhard ohnehin recht.

»Wir wollen nicht vergessen, dass du dich um Jan nie gekümmert hast.« Gerhard genoss es, weiter herumzustochern. Dass Lea bei den Kindern noch mehr versagt hatte als er selbst, weil Lea schließlich zuhause gewesen war, überdeckte sein eigenes schlechtes Gewissen und verschaffte ihm Genugtuung. *Man fühlt sich eben in*

Gegenwart von Verlierern als Gewinner, dachte er.

»Also Lea«, sagte Gerhard und sah sie wieder an, »du hattest ein sehr bequemes Leben: viel Geld, viele Angestellte, keine Aufgaben. Ich bin dir übrigens auch nicht in die Quere gekommen. Weder bei deinen Toyboy-Geschichten noch sonst irgendwie. Denn ich war entweder im Verlag oder bei Kunstausstellungen. Was willst du nun noch? Was, Lea? Erkläre es mir! Was willst du mit dem Verlag?«, donnerte Gerhard. Er sah sie durchdringend an. Wenn er schon gegen seine Frau und seinen Sohn kämpfen musste – ausgerechnet – dann wollte er den Grund für den Kampf kennen.

»Also gut! Wenn du es unbedingt wissen willst.« Lea holte Luft und ballte die Fäuste, als wolle sie gleich körperlich angreifen. »Ja, ich hatte ein bequemes Leben. Aber Geld allein macht auch mich nicht glücklich.«

»Sieh an, wer hätte das gedacht«, zischte Gerhard durch die Zähne.

»Halt die Klappe!« Lea tobte.

»Ich will dich am Boden sehen! Deine überhebliche Art widert mich schon seit Jahren an«, keifte sie. »Ich war immer abhängig von dir. Du hast dich oft genug als »Gönner« aufgespielt und du hast das nicht einmal bemerkt.«

Sie lehnte ihren Oberkörper zurück, streckte den schlank trainierten Bauch heraus und sprach mit tiefer Weihnachtsmann-Stimme: »Der große Gerhard von Hoff. Der wichtige Verleger. Hohoho.« Sie kehrte zurück aus ihrer Weihnachtsmann-Haltung und ging zum Angriff über. Ihre Augen funkelten, als könnten sie tödliche Blitze schießen.

»Ich war bei Empfängen nur geduldet oder gar nicht erst dabei. Nie wurde ich als Verleger-Ehefrau wahrgenommen, weil du mich immer klein gehalten hast«, fauchte Lea.

»So ist das also, die Verleger-Gattin wolltest du sein.

Ich habe dich wohl nicht genug öffentlich hofiert«, sagte Gerhard amüsiert und setzte sich wieder in den Sessel. »Aber Verleger-Gattin ist doch kein eigener Verdienst. Da kann es dir egal sein, wie du wahrgenommen wirst.«

»Ich bin eine »von Twistingen«. Unsere Familie hat Tradition und ich hätte mehr sein können, als ein Anhängsel«, erboste sich Lea, die nun wild mit den Armen fuchtelte.

»Du warst ja auch mehr. Geliebte von Stallburschen, zum Beispiel«, sagte Gerhard herablassend.

»Wage es ja nicht, mich als Hure zu bezeichnen, du undankbarer Holzkopf!«

»Undankbar? Habe ich etwas verpasst?« Gerhard sah sich um, als hätte er etwas übersehen. »Wofür hätte ich dir je dankbar sein sollen? Dass du eine Rabenmutter warst? Dass du Affären in meinem Haus hattest?«

»Ich wollte nie Kinder!«, brüllte Lea. »Für die Einschränkungen und Entbehrungen solltest du mir tatsächlich dankbar sein! Schlaflose Nächte, vollgekotzte Sofas, kreischende Kinder ...«

»Tu doch nicht so!«, fiel ihr Gerhard ins Wort, »mit all dem hattest du nichts zu tun. Darum hat sich doch Eva gekümmert!«

»Na und? Die kam erst ein paar Jahre später. Vorher hatte ich die Kinder allein. Ich kann mit Kindern nichts anfangen. Sie machen alles schmutzig und sind laut. Und wie wir zu Jan gekommen sind, den ich nun überhaupt nicht wollte, weißt du ja. Auch dafür solltest du mir dankbar sein. Ohne mich gäbe es Jan gar nicht!«

»Ganz tolle Leistung«, sagte Gerhard abfällig. »Genau aus dem Grund, weil du überhaupt keine Lust hattest, dich um die Kinder zu kümmern, genau deshalb habe ich Eva eingestellt. Danach hattest du doch deine Ruhe und Zeit für deine Peelings.«

»Mach dich ruhig lustig«, keifte Lea. »Du brauchtest einen Erben und Nachfolger, basta. Entbehrungen hatte ich in jedem Fall, egal, wie du es darstellst. Gewollt habe ich Kinder nie. Nie, hörst du!«

Lea klatschte mit der flachen Hand auf den Marmortisch, da Gerhard sich wieder von ihr abgewendet hatte. Seine arrogante Kaltschnäuzigkeit machte Lea rasend.

»Stopp!«, mischte sich Erik ein und stand vom Sofa auf. »Das bringt doch nichts. Ihr wart beide keine tollen Eltern«, sagte Erik kühl, der von der Tatsache, dass er nicht gewollt gewesen war, ziemlich unberührt blieb.

»Was du nicht sagst.« Gerhard wandte sich Erik zu. »Ich habe deine Ausbildung bezahlt, deine teuren Universitäten, eine Wohnung in New York. Dafür war ich gut genug.« Was bildete sich dieser unverschämte Lümmel eigentlich ein?

»Zu Unterhaltszahlungen während der Ausbildung warst du verpflichtet«, sagte Erik emotionslos.

»Ach, jetzt wird es also juristisch?«, bellte Gerhard. »Aber das Apartment in Manhattan passte dir schon in den Kram. Lass gut sein, Erik. Wir beide finden ohnehin nicht zusammen und meinen Verlag bekommst du nicht. Dafür werde ich sorgen.«

»Das werden wir sehen«, sagte Erik ruhig und verschränkte die Arme vor der Brust. Seine dunklen Augen wirkten bedrohlich.

»Gut«, sagte Gerhard, »wir werden es sehen. Aber ihr werdet euch noch wundern.« Mit diesen Worten schritt er zur Tür.

Gerhard nahm in der Diele seinen Autoschlüssel aus einer silbernen Schale und verließ die Villa. Er wollte in den Verlag zurückfahren. Es gab eine Menge zu tun. Er war nur am Aasee aufgetaucht, weil er Erik und Lea irritieren wollte. Sie hatten ja keine Ahnung gehabt, dass Gerhard das Telefongespräch zwischen ihnen belauscht hatte. Gerhard fand, dass ihm die Überraschung gelungen war. Allerdings war Lea schneller aus dem Konzept zu bringen gewesen als Erik. »Erik ist ein echter Fiesling. Und so etwas ist mein Sohn«, murmelte Gerhard und stieg in seinen Jaguar.

Während er die Fenster hinunter ließ, um sich duftende Frühlingsluft um die Nase wehen zu lassen, dachte er über den Streit nach. Dass Erik so wenig empfand, wenn er hören musste, dass er gar nicht gewollt gewesen war, verwunderte Gerhard.

Nicht gewollt zu sein, ist bestimmt das schlimmste Gefühl, das Kinder haben können, dachte Gerhard. Erik schien das nichts auszumachen. *Wer so kalt ist, bei dem muss man mit allem rechnen. Jan und ich werden uns wappnen müssen,* dachte Gerhard in Bezug auf den Verlag.

Gerhard atmete die frische Luft ein und genoss, an einer Ampel stehend, den Anblick von der Abendsonne angestrahlter Altbauten, denn endlich regnete es nicht mehr.

Es war schön in Münster und der Frühling war da. Vielleicht bestand ihm eine neue Zeit bevor. Vielleicht konnte er wenigstens mit Jan eine Familie bilden, obwohl er dies bis vor wenigen Tagen für völlig ausgeschlossen gehalten hatte.

Die Ampel wurde grün und Gerhard brauste um die Ecke.

Dienstag, früher Abend – »Drei Eichen«, Münster

»Meinst du, das geht?« Pauline drehte sich vor ihrem schmalen Ganzkörperspiegel hin und her. Ihr Blick verriet Skepsis, sie legte die Stirn in Falten.

»So etwas fragst ausgerechnet du mich?« Julia konnte sich die Andeutung, dass es normalerweise umgekehrt war, und sie die stilsichere Pauline um Rat fragte, nicht verkneifen.

Pauline zog einen Flunsch und zupfte an ihrem blauen T-Shirt mit V-Ausschnitt, der tief, aber nicht zu tief war, herum. Sie war nicht überzeugt. Sie wollte für Jan attraktiv sein, aber ihm nicht signalisieren, dass er mit ihr heute alles machen könne. Sie brauchte ein Outfit, das Anziehung und Distanz ausstrahlte. Sie wollte sexy und überlegen wirken. Immerhin hatte Jan sie nach einem Date gefragt. Also mussten auch die nächsten Schritte von ihm kommen. Außerdem wollte Pauline ihm nach all den Tagen, die er sie hatte hängen lassen, nicht bedeuten, dass er leichtes Spiel mit ihr hatte. Und zu aufgedonnert durfte sie natürlich auch nicht daher kommen. Sie gingen Tapas essen und nicht in die Oper.

Klar freute sich Pauline über die Verabredung, hatte sie vor wenigen Stunden noch geglaubt, sich alles abschminken zu können. Gleichzeitig behagte ihr sein Verhalten, sich so lange nicht zu melden, überhaupt nicht. Wenn er es Ernst mit ihr meinte, dann musste er sich schon anstrengen.

Entschlossen streifte Pauline T-Shirt und Jeans ab und warf sie verknüllt auf ihren Cocktailsessel aus den 1960er Jahren.

Julia lehnte sich indessen auf dem karierten Sofa von Paulines Oma zurück. Das konnte jetzt dauern. Pauline war im Prinzip stilsicher, aber auch Perfektionistin.

Viele T-Shirts und einen Klamottenberg auf dem Sessel später war Pauline dann zufrieden. Sie wählte eine dunkle, enge Stoffhose, die ihre langen, schlanken Beine zur Geltung brachten und ein gelbes T-Shirt mit rundem Ausschnitt, dazu eine braune Strickjacke.

Als Pauline auf den Holzdielen hockend den Klarlack auf ihren ohnehin immer vorbildlich manikürten Fingernägeln erneute, fragte Julia vom Sofa: »Was hast du denn nun vor? Ich meine, auf was soll es heute hinauslaufen? Kann ich damit rechnen, morgen keine Single-Freundin mehr zu haben?«

Pauline sah verdutzt auf.

»So schnell geht das alles nicht«, wehrte sie ab und vergaß völlig, den Pinsel wieder in den Lack zu tauchen.

»Doch«, sagte Julia bestimmt. »So, wie du von eurem ersten Treffen geschwärmt hast? So, wie du dich geistesabwesend benommen hast? So niedergeschlagen, wie du warst, weil er dich nicht anrief? Das alles deutet auf einen schweren Grad von Verliebtsein hin. Außerdem sieht er gut aus, hat einen super Job und Geld. Und davon abgesehen bist du auch schon Anfang dreißig. Da wird es mit dem Heiraten mal Zeit.«

»Na, vielen Dank auch«, schnaubte Pauline übertrieben. Aber richtig böse konnte sie ihrer Freundin ohnehin nie sein. Julia nannte die Dinge eben gern beim Namen.

»Ich sehe es schon vor mir«, sagte Julia schwärmerisch, blickte an die Decke und ließ eine Handfläche – ähnlich einer Schlagersängerin – langsam durch die Luft gleiten. »Pauline Große-Lindhorst heiratet einen erfolgreichen, attraktiven Mann und zieht mit ihm in die Traumstadt Hamburg.«

»So ein Quatsch!« Pauline tauchte den Pinsel wieder ein. »Ich weiß gar nicht, ob ich überhaupt möchte, dass es so schnell geht. Ich würde gern wissen, warum er sich plötzlich doch mit mir verabreden wollte.«

»Wozu das denn? Also mir würde es reichen, dass er mich wiedersehen will. Wozu in der Vergangenheit wühlen?«

»Erstens finde ich, dass ein paar Tage nicht die große Vergangenheit sind und zweitens bin ich skeptisch und neugierig. Es muss einen Grund geben. Normalerweise haben mich Männer gleich am nächsten Tag mit Anrufen bombardiert, wenn sie in mich verschossen waren. Warum ausgerechnet Jan nicht? Der Einzige, der mich umgehauen hat?«

»Vielleicht genau aus dem Grund. Richtig verliebt warst du noch nie. Eine kleine Affäre für den Zeitvertreib, aber eine lange Beziehung gab es bei dir nicht. Die Männer, die fasziniert von dir waren, kämpften vielleicht deshalb um dich, weil du nicht zu haben warst. Das macht interessant. Nun ist es umgekehrt. Jetzt willst du einen Mann haben. Vielleicht wollte er sich auch einfach nur interessant machen«, sagte Julia, die jahrelang das Kratzen der Männer an Paulines Tür beobachtet hatte. Es waren Idioten dabei gewesen, aber auch ein paar sympathische Typen, die ganz gut ausgesehen haben. Doch Pauline hatte sie alle nicht gewollt. Julia wiederum hatte sich einmal in einen von Paulines Verehrern verguckt. Der wollte aber nichts von Julia wissen. So ungerecht war das Leben.

»Schon möglich«, meinte Pauline, schraubte das Fläschchen zu und wedelte mit den Fingern, damit der Lack schneller trocknete. »Dennoch glaube ich nicht an das schnelle Happy End. Das kann einfach nicht sein. So, und nun meine liebe Julia, wirst du warten müssen, was heute Abend passiert. Wie spät ist es?«

»Ich glaube, du solltest losfahren«, meinte Julia und blickte auf das riesige Ziffernblatt ihrer quietsch-gelben Armbanduhr. Pauline sprang auf und sauste aus dem Zimmer.

»Ich habe ein gutes Gefühl bei euch beiden!«, rief Julia Pauline hinterher, sich langsam erhebend.

»Jaja, du und deine Gefühle!«, rief Pauline, bereits die Treppe hinunterpolternd, zurück. Julia folgte ihr ohne große Eile in die große Diele. Sie wusste, dass Pauline noch ein Weilchen für die Schuhauswahl brauchen würde.

Zwölf

Dienstagabend – Tapas Bar, Münster

Angespannt und nervös ging Pauline einige Schritte auf und ab. Offiziell war Pauline eine viertel Stunde zu früh und dies kam äußerst selten vor. Pünktlich ja, deutlich zu früh nein. Und so tippelte Pauline vor der »Tapas Bar« in der Warendorfer Straße herum.

Ob er wirklich kommen wird?, schoss es ihr zweifelnd durch den Kopf. Andererseits, warum sollte er sie versetzen? Er hatte doch nach der Verabredung gefragt.

Pauline blies gegen ihren Pony und knotete die Strickjacke um ihre Taille noch enger, in ihrem Magen kribbelte es. Ihr Blick fiel auf den Eingang des neben der »Tapas Bar« liegenden Kinos. Es war klein und alt und gemütlich. Hollywood-Streifen wurden hier nicht gespielt, sondern vornehmlich anspruchsvollere Außenseiter-Filme. Pauline ging immer mal wieder gern in dieses Kino, meist mit ihrer Schwester Carolina, denn ihre Kolleginnen oder auch Julia waren ausschließlich für Liebesschnulzen mit attraktiven Stars zu haben.

Jan, da war sich Pauline sicher, würde mit ihr auch in dieses Kino gehen. Über seine Vorliebe für britischen Humor hatten sie bereits an ihrem ersten Abend in Hamburg gesprochen. Während Pauline auf ihren Füßen nach vorn und hinten kippelte und sich auf die Unterlippe biss, stellte sie sich vor, wie romantisch ein Kino-Abend mit Jan in dem kleinen Kino sein könnte. Sie würde sich an seine Schulter lehnen, den angenehmen Duft seines frischen Aftershaves, das sie schon bei ihrem ersten Treffen umwerfend fand, einatmen und ihn irgendwann in der Dunkelheit hemmungslos küssen.

»Hey, du bist ja schon da!«

Pauline sah aus ihren Gedanken gerissen in die Richtung, aus der die sonore Stimme kam.

Jan lief strahlend auf sie zu. Aus seiner aufrechten Haltung sprach eine Selbstsicherheit, die Pauline faszinierend fand. Jan wirkte weder arrogant noch hatte er das Auftreten eines Machos.

Paulines Herz fing an zu rasen, sie hörte mit dem Kippeln auf und schulterte ihre große Handtasche erneut, obwohl diese gar nicht drohte herunterzurutschen. Sie musste sich irgendwie beruhigen.

»Hallo Jan«, sagte sie, als er näher kam. »Ja, meine Termine waren schneller beendet, als ich gedacht hatte«, log Pauline. Sie wollte nicht, dass er dachte, sie würde sehnlichst auf ihn warten, obwohl das eigentlich der Wahrheit entsprach.

»Du musst dich nicht rechtfertigen«, sagte Jan und zwinkerte ihr zu. Er nahm Pauline in den Arm und gab ihr rechts und links einen Kuss auf die Wange.

Seine Berührung, sein frischer, herber Duft. Pauline wurde schwindelig. Erst jetzt wurde ihr klar, wie sehr ihn vermisst hatte. *Ohne ihn kann ich nicht mehr leben,* durchfuhr es sie. Pauline hätte sich auf der Stelle nur in seine Arme kuscheln mögen und gehalten werden wollen. Sonst nichts. Noch nie zuvor wäre Pauline bereit gewesen, sich auszuliefern. Die Kontrolle und das Sagen über ihr Leben zu haben, war für Pauline bisher essentiell gewesen. Doch in Gegenwart von Jan warf sie diese Eigenschaften über Bord. Sie sehnte sich nach Schutz, der klassischen starken Schulter zum Anlehnen. Vielleicht war diese Sehnsucht auch aufgrund ihrer kompliziert gewordenen Situation in der Familie so groß geworden.

Jan ließ sie wieder los und nun sahen sich beide für einen Moment wortlos in die Augen.

»Pauline, es tut mir sehr leid, dass ich mich nicht eher gemeldet habe. Wirklich.«

Pauline blickte in seine blauen Augen, die so offen und ehrlich wirkten, dass sie ihm einfach glauben musste. Sie konnte sein schlechtes Gewissen sehen. Zwar wollte sie noch immer den Grund dafür wissen, aber sie wollte hier auf der Straße dieses Thema nicht vertiefen.

»Ich habe einen Tisch reserviert, lass uns doch hineingehen«, sagte Pauline möglichst ruhig.

»Gern«, sagte Jan, machte einen großen Schritt auf die Tür des Restaurants zu, öffnete diese und ließ Pauline den Vortritt. Pauline bezahlte ihre Rechnungen selbst, aber ihr gefiel es, wie Jan als Gentleman agierte.

»Frau Große-Lindhorst, schön Sie wieder bei uns zu haben«, tönte ein großer Spanier im Eingangsbereich. »Ich habe Ihren Lieblingsplatz reserviert.«

»Danke, Carlos«, sagte Pauline mit einem charmanten Lächeln. Jetzt fühlte sie sich selbstsicher, denn die »Tapas Bar« war so etwas wie ihr zweites Zuhause.

Carlos lavierte sich gekonnt zwischen den vielen kleinen Holztischen durch. Pauline folgte ihm und spürte Jans Blicke in ihrem Rücken. Möglicherweise warf er einen Blick auf ihre langen, schlanken Beine. Das konnte ihr nur recht sein.

Das Restaurant war gut besucht, wenngleich es ein normaler Dienstagabend war. Aber halb Münster fand, dass die Tapas bei Carlos unschlagbar gut schmeckten. Zudem war der verwinkelte Raum mit den dunklen Holzmöbeln und Teelichtern auf den Tischen überaus gemütlich.

Carlos führte sie in das kleine Eck hinten links im Raum. Direkt neben dem Fenster hatten die Gäste einen wunderschönen Blick in den liebevoll gestalteten Garten im Hinterhof. Das Grün der Bäume war saftig, wie es sich gehörte, wenn der Mai bevorstand.

Pauline nahm auf dem hinteren Stuhl Platz. So konnte sie sowohl in den Garten als auch in den Raum und auf die Theke schauen. Es interessierte sie immer, was in ihrer

Umgebung geschah, welche Menschen zusammentrafen, welche Gespräche sie führten. Daher mochte sie es nicht, mit dem Rücken zum Raum zu sitzen. Diesen Platz bekam nun Jan zugewiesen.

Allerdings war sich Pauline sicher, dass sie an diesem Abend nur Augen für Jan haben würde. Der Platz mit dem Blick in den Raum war eben eine Gewohnheit.

»Die Schreiberin will das Leben sehen«, unkte Jan und setzte sich.

Pauline wurde rot und fühlte sich ertappt.

»Ist das verkehrt? Ich mag es, Leute zu beobachten«, sagte sie bestimmt und warf ihren Kopf in den Nacken. Sie war ziemlich verblüfft, dass Jan ins Schwarze getroffen hatte. Entweder hatte er eine gute Menschenkenntnis oder er war schon öfter mit Journalistinnen essen gegangen – was bei Graphik-Designern nicht unüblich war. Letztere Vermutung stimmte Pauline etwas muffig.

»Nein, nein«, erwiderte Jan schnell, »im Gegenteil, ich finde, man kann durch Beobachten und Zuhören nur lernen.« Eine unbeholfene Pause entstand.

»Du bist also regelmäßig hier, wie Carlos verraten hat«, wechselte Jan das Thema. »Wer ist denn der Glückliche, der hier am lauschigen Plätzchen mit dir essen darf?« Jan hörte sich gezwungen lustig an, was ihm nicht stand, fand Pauline. Denn seine lockere, amüsante, ehrliche Art gefiel ihr weitaus besser. Aber dieser leise eifersüchtige Unterton gefiel Pauline auch. Er dachte, dass Pauline oft mit einem Mann – oder Männern – hier gewesen sein musste.

»Der Glückliche ist meine Schwester«, sagte Pauline trocken und beobachte Jans Gesicht. Eine Spur Erleichterung schien sich in seiner Mimik bemerkbar zu machen.

»Dann scheint ihr also ein sehr enges Verhältnis zu haben, wenn ihr zusammen essen geht. Das finde ich toll! Geschwister sollten zusammenhalten«, sagte Jan und

Pauline meinte etwas Wehmut aus seinen Worten herauszuhören, aber das konnte auch täuschen. Hatte Jan überhaupt Geschwister? Pauline bemerkte, wie sie begann, bestimmte Parameter abzufragen. Sie wollte so viel wie möglich über Jan erfahren, aber er war seine Angelegenheiten betreffend sehr zurückhaltend. Gleichzeitig schien er eine offene und verständnisvolle Art zu haben, und konnte sich offenbar gut in andere Menschen und ihre Denkweisen hineinversetzen.

»Ja, eigentlich verstehen wir uns gut, aber wir sind sehr unterschiedlich und manchmal knallt es eben«, sagte Pauline und dachte an den Streit mit Carolina. Noch immer hatte sich ihre Schwester nicht gerührt und sich für ihren Ausbruch beim Essen am Sonntag auf »Drei Eichen« entschuldigt. Aber vielleicht war sie einfach zu sehr mit der Baby-Frage beschäftigt. Wie auch immer, jetzt wollte Pauline nicht an ihre Schwester denken, auch wenn sie die »Tapas Bar« an Carolina und lustige Abende mit ihr erinnerte. Tatsächlich fragte sich Pauline in diesem Moment, warum sie eigentlich diese Location für ihr Date mit Jan ausgewählt hatte, wo dieser Ort eine enge Familienbindung hatte. Dabei wollte sie heute Abend nun wirklich nicht an ihre Familie, an den Seitensprung ihrer Mutter, ihren Bruder und all das denken.

»Alles in Ordnung?«, fragte Jan, lehnte sich ein wenig vor und stützte die Ellenbogen auf dem Tisch ab.

»Ja, ja, ich denke schon«, sagte Pauline etwas verwirrt. »Es ist nur ...«, sie brach ab und sah zum Fenster hinaus. Sie wollte Jan nicht mit ihren familiären Angelegenheiten behelligen. Es sollte ein romantisches Date sein und keine Therapie-Stunde werden. Andererseits konnte sie nicht leugnen, dass sie die Situation mit ihrer Familie belastete und sie sehnte sich danach, darüber sprechen zu können. Den Fund und den Inhalt des Tagesbuches hätte Pauline normalerweise mit Carolina besprochen. Aber das war derzeit nicht möglich. Und Julia? Julia war gerade so begeistert von Jan und selbst besorgt wegen ihrer Stelle, da wollte Pauline nicht noch ein Thema vorbringen. Außerdem hatte Julia mit ihrer eigenen Mutter genug tun. Wenn sie doch nur mit Jan reden könnte. Sie hatte das Gefühl, das sie sich Jan anvertrauen konnte, dass er Verständnis haben würde. Aber der Zeitpunkt war denkbar schlecht. Welcher Mann wollte schon Probleme wälzen, wenn er sich eine heiße Verabredung erhoffte?

»Was heißt »es ist nur«?«, hakte Jan nach. Er schien wahrlich an ihren Gedanken interessiert zu sein. Das freute Pauline.

»Ach, nichts«, winkte sie ab. »Ich habe mich ein bisschen mit meiner Schwester gestritten, aber wer tut das nicht. Das wird schon. Also, wollen wir bestellen?« Pauline nahm die kleine Karte in die Hand und setzte sich aufrecht hin.

»Okay«, sagte Jan und tat es ihr nach. »Kannst du etwas empfehlen, wenn du schon Stammgast hier bist?«

»Die Klassiker wie Datteln im Speckmantel oder Schrimps sind alle super. Aber du solltest die Kartoffeln mit dem scharfen Dipp probieren. Die Sauce ist genial«, schwärmte Pauline.

»Natürlich nur, wenn du scharf magst«, fügte sie schnell hinzu.

»Es kann gar nicht scharf genug sein«, entgegnete Jan mit einem Augenzwinkern. Hätte Pauline diesen Satz bei anderen Männern als platt und stupide empfunden, so löste er nun, wenn Jan es sagte, ein Kribbeln durch ihren ganzen Körper aus. Er flirtete mit ihr.

Dienstagabend – Poststraße, Hamburg

Ella Nientiedt stieg aus dem Fahrstuhl und durchquerte die Empfangshalle. Für heute hatte sie genug gearbeitet. Obwohl ihr Chef nicht da war, gab es genug zu tun, aber um sieben Uhr konnte sie ruhigen Gewissens die Agentur verlassen. Sie wühlte in ihrer schwarzen Handtasche nach ihrem Schal.

»Tschüss, Enzo«, rief sie dem Portier zu.

»Tschüss, Ella, bis morgen«, verabschiedete er sie freundlich.

Ella schob sich durch die Drehtür. Auf der Straße wickelte sie sich ihren lindgrünen Schal um den Hals.

»Wo ist Jan?«, zischte sie plötzlich jemand von links an.

Erschrocken blickte Ella hoch. Vor ihr stand Pia Schüller.

»Frau Schüller«, versuchte sich Ella in einem möglichst ruhigen Tonfall zu sprechen. »Was machen Sie denn hier?«

»Ich suche Jan. Wo ist er. Wenn es jemand weiß, dann Sie«, sagte Pia spitz und schaute sich suchend um, ob Jan möglicherweise noch irgendwo hinter ihnen auftauchen würde.

»Frau Schüller«, sagte Ella erneut. »Herr Hoff ist auf einer Dienstreise.«

»Wohin?«

»Wenn er es nicht gesagt hat, kann ich darüber keine Auskunft geben«, sagte Ella Nientiedt geschäftsmäßig und strich sich eine Haarsträhne hinter das Ohr.

»Pah«, machte Pia. »Sie könnten schon. Wie kann ich ihn erreichen, wann kommt er wieder?«

»Wie gesagt«, wiederholte Ella, »wenn er es nicht gesagt hat, darf ich es nicht.«

»Ich bin seine Freundin, ich habe ein Recht darauf zu erfahren, wo er steckt!«, polterte Pia los. Sie versuchte, durch Angriff ihre Unsicherheit zu verdecken. Möglicherweise wusste Ella Nientiedt längst, dass sich Jan von ihr getrennt hatte und dann würde sie, Pia, sich lächerlich machen. Vielleicht wusste sie es noch nicht. Jan sprach im Büro nicht gern über private Angelegenheiten. Das wusste Pia. Wenn sie fest behauptete, dass sie Jans Freundin war, konnte sie Ella vielleicht dazu kriegen, ihr zu sagen, wo Jan steckte.

»Vielleicht hätten Sie dieses Recht, wenn Sie seine Ehefrau wären.« Ella konnte sich diesen Seitenhieb nicht verkneifen. Sie hatte Pia Schüller noch nie gemocht.

»Und jetzt muss ich gehen. Guten Abend, Frau Schüller«, sagte Ella steif, hängte sich ihre Tasche an den rechten Arm und tippelte auf ihren Pumps davon.

»Unverschämtheit. Ich werde mich über Sie beschweren«, rief Pia ihr nach, aber sie wusste natürlich, dass es keinen Sinn machen würde. Wutschnaubend stampfte sie mit dem Fuß auf. Was sollte sie nun tun? Imke, die Freundin von Jans bestem Freund Daniel konnte sie nicht fragen. Imke hatte auch ein Auskunftsverbot bekommen. Es steckte sicher diese andere Frau hinter Jans Verschwinden, die auch sicher der Grund für die Trennung war. Aber so kampflos wollte Pia Jan nicht aufgeben. Er war eine gute Partie, die Events und das schicke Apartment fehlten ihr. Sie wollte nicht in ihrer Einzimmer-Bude hocken und jedes Wochenende grübeln müssen, ob sie sich neue Klamotten kaufen konnte. Sie hatte sich längst an die Rolle als Begleitung eines erfolgreichen Mannes gewöhnt. Schicke Einladungen, gute Restaurants. Da kehrte sie doch nicht zum Fast-Food-Fraß und Instant-Coffee zurück.

Während Pia grübelnd auf der Poststraße stand, kam die Drehtür des Bürogebäudes erneut in Schwung. Oliver Temmer verließ das Haus. Pia wusste, dass er in Jans Team arbeitete. Außerdem hatten sie sich auf einem Sommerfest der Agentur sehr gut verstanden. Oliver wusste ganz sicher, wo Jan war.

»Hey Oliver«, rief sie und setzte ihr verführerisches Lächeln auf. Oliver war ein netter Bursche, blass und unscheinbar, seine braunen Haare standen immer etwas wild vom Kopf ab. Oliver war nicht vorlaut oder von sich eingenommen, wie das Bild von Werbeleuten oftmals war. Er war gewissenhaft. Jan hatte oft erzählt, dass er sich auf Oliver verlassen konnte. Auf Pia wirkte Oliver wie ein schüchterner kleiner Junge. Sie vermutete bei ihm leichtes Spiel, wenn sie nur ihren Charme einsetzte.

»Ach, Pia!« Oliver drehte sich überrascht um.

»Mensch, wir haben uns ja lange nicht mehr gesehen«, sagte Pia betont freundlich. »Wie geht's dir denn so?« Pia ging auf Oliver zu. Er sollte ihren engen Rock und ihre schlanken Beine ruhig aus der Nähe betrachten.

»Eigentlich ganz gut«, brachte Oliver hervor.

»Die Geschäfte laufen gut, oder? Ihr habt sicher genug in der Agentur zu tun«, gab sich Pia verständnisvoll.

»Oh ja, du sagst es. Besonders im Moment, wo Jan nicht da ist.«

»Jaja, wenn einer fehlt, haben die anderen immer mehr Arbeit.«

»Richtig und dieses Mal soll ich ihn vertreten. Das habe ich noch nie gemacht, aber es ist spannend.« Oliver kam langsam in Redefluss.

»Ach wirklich? Das ist ja toll für dich! Das hat Jan mir gar nicht erzählt, aber du weißt ja, wie er ist, wenn er viel um die Ohren hat. Dass er dir die Verantwortung überträgt, zeigt, wie sehr er dich schätzt.« Pia machte ihren langsamen Augenaufschlag.

Oliver drückte seinen Rücken durch und steckte die Hände in die Taschen, um lässiger zu wirken. Pias Bewunderung gefiel ihm.

»Ich habe tatsächlich sehr viel zu tun«, sagte Oliver und er legte die Stirn in Falten, um die Tragweite zu unterstreichen. »Ich war gerade nur auf dem Weg, mir etwas zu Essen zu besorgen. Dann wird gleich weitergearbeitet.«

Pia nickte verständnisvoll.

»Zudem«, Oliver wollte seine Relevanz weiter

hervorheben, »hat Jan etwas Wichtiges in seiner Heimat zu erledigen und er möchte absolut nicht gestört werden. Daher kann ich bei ihm nicht nachfragen, wenn es Probleme gibt. Aber ich schaffe das natürlich auch ohne seine Hilfe.«

»Natürlich«, sagte Pia und legte ihre Hand auf Olivers Unterarm. Innerlich triumphierte sie. Sie hatte nun, was sie wollte.

»Dann lass es dir schmecken. Ich möchte dich ja nicht von deiner Arbeit abhalten.«

»Ich hoffe, wir sehen uns bald einmal wieder, Pia«, rief Oliver ihr hinterher, denn Pia hatte sich bereits umgedreht und hatte die Straße überquert.

Den kleinen Oli zu beeindrucken war ein Kinderspiel gewesen. Jan war also in Münster. Wenn Pia auch nicht viel von seiner Vergangenheit, seiner Kindheit wusste, so wusste sie immerhin, dass er in Münster aufgewachsen war. Von seiner Familie hatte Jan nie erzählt, aber Pia hatte im Internet gelesen, dass es in Münster einen Verlag gab, der Gerhard von Hoff gehörte. Da sie sonst in Münster keine von Hoffs ausfindig gemacht hatte, ging sie davon aus, dass es Jans Vater sein musste.

Konnte es sein, dass Jan plötzlich zu seinem Vater in den Verlag wollte? Aber warum?

Dreizehn

Mittwochmorgen – Harbour Hotel, Münster

Pauline blinzelte. Durch einen Spalt zwischen zwei lichtundurchlässigen, schweren Vorhängen drang Tageslicht ins Zimmer. Auf dem Nachttisch lag ihre Armbanduhr. Pauline hob den rechten Arm, um das Ziffernblatt so zu drehen, dass sie einen Blick darauf werfen konnte. Ansonsten bewegte sie sich nicht.

7 Uhr 10. Gut. Sie hatten nicht verschlafen. Langsam ließ Pauline ihren Arm sinken. Sie lag auf dem Bauch, den Kopf zum Fenster gedreht. Die weiße Bettdecke ließ ihre nackten Schultern frei. Sie wollte diesen Moment genießen. Sie lag mit Jan in einem Hotelbett.

Erst vor wenigen Stunden waren sie eingeschlafen. Sie hatte sich neben ihn gelegt und hatte den Kopf an seine kaum behaarte Brust gelehnt. Sie hatte seinen Herzschlag gehört und seinen männlich-herben Geruch eingeatmet. Ihre langen Haare bedeckten seine linke Schulter. Immer wieder waren ihre Fingerkuppen sanft über seinen entblößten Bauch und seine Brust gefahren. Wenn sie nicht gewusst hätte, dass er fünfunddreißig Jahre alt war, hätte er auch fünfundzwanzig sein können. Sein Körper war trainiert, seine Haut weich.

Er hatte seinen Arm um sie geschlungen und streichelte immer wieder die seitliche Kurve zwischen ihrem Rippenbogen und ihrem Hüftknochen. Sie hatte seine Berührungen genossen und bei den Gedanken an das, was vorher war, lächeln müssen.

Nachdem sie die Tapas Bar verlassen hatten, waren sie mit dem Taxi in Jans Hotel gefahren. Das Beste in

Münster. Ein neues, puristisches Hotel am Hafen. Schon während der Fahrt hatten sie sich leidenschaftlich geküsst. Sie konnten die Finger gar nicht voneinander lassen.

Er hatte die Zimmertür geöffnet und hatte er ihre Hand genommen und sie langsam in den dunklen Raum gezogen. Durch das große Fenster fiel genug Licht von den umliegenden Häusern und Straßenlaternen herein, sodass es unnötig war, die Beleuchtung einzuschalten.

Stürmisch hatte er ihr T-Shirt über den Kopf gestreift, Pauline hatte ihr Zopfband gelöst und die blonden Haare mit einer schwungvollen Kopfbewegung fallen lassen. Dann hatte er ihre Schultern berührt, Pauline zärtlich geküsst und langsam die schwarzen Träger ihres BH's über ihre Schultern gestreift. Er hatte ihren Hals und ihr Dekolleté geküsst und Pauline war heiß geworden. In ihrem Körper zuckte und kribbelte es vor Verlangen. Darauf hatte sie gewartet, sehnsüchtig gewartet. Sie hatte Jan gewollt. Bewegungen im gleichen Rhythmus, Höhepunkt zur gleichen Zeit. Es war unglaublich gewesen.

Jetzt lag Pauline neben Jan. Langsam drehte sie sich zu ihm. Sie stützte ihren Kopf auf den rechten Arm und zog die Bettdecke wie ein schulterfreies Kleid über ihre Brust. Jan schlief auf dem Rücken. Paulines Augen wanderten ungeniert über sein Gesicht. Er hatte hellbraune, buschige, aber wohlgeformte Augenbrauen und lange, dunkle Wimpern. Seine gerade Nase war ein wenig zu groß, was aber nicht weiter störte. Sie betrachtete seine sinnlichen Lippen, die so hervorragend küssen konnten. Im Gegensatz zu anderen Kerlen sabberte er nicht und versuchte auch nicht ständig, in ihre Unterlippe zu beißen. Es gab grauenvolle Küsser, aber nicht Jan. Jan knutschte perfekt. Jan küsste zärtlich und leidenschaftlich zugleich. Seine Küsse ließen Paulines Welt als Karussell erscheinen und entzündeten ein innerliches Feuerwerk.

Pauline betrachtete nun sein Gesicht als Ganzes. Ein weiteres Mal stellte sie fest, dass es kein klassisch schönes

Gesicht, aber ein attraktives, besonderes Gesicht war. Seine hervortretenden Wangenknochen machten es markant, die kleinen Fältchen um den Mund, die beim Lachen entstanden, charmant. Wenn er lächelte, blitzten zwei kleine Grübchen um die Mundwinkel auf. Er sah dann mal spitzbübisch, mal lässig aus.

Pauline fühlte sich so sehr zu ihm hingezogen, dass es sie beinahe zerriss. War das möglich? Konnte man innerhalb kürzester Zeit einem Menschen so nahe sein, dass man ihn nie wieder verlassen wollte?

Jan bewegte sich. Pauline lächelte und sah zu, wie er langsam die Augenlider aufschlug, in den Raum blinzelte und seine Umgebung wahrnahm.

»Guten Morgen«, hauchte Pauline und lächelte. Sie konnte eigentlich noch immer nicht glauben, dass sie neben Jan im Bett lag. Hatte sie nun im fernen Hamburg ihren Traummann gefunden? Es schien alles so unwirklich.

»Guten Morgen. Was für ein schönes Erwachen«, sagte Jan und drehte leicht den Kopf zu Pauline. Er lächelte ebenfalls. Dann nahm er sie in den Arm und küsste sie. Pauline ließ sich in die Kissen zurückfallen und erwiderte seinen Kuss. Ihre Hände fuhren mit sanftem Druck seinen muskulösen Rücken entlang, dann griff sie an seinen knackigen Po.

Er schloss die Augen unter der Dusche und ließ die Tropfen auf sein Gesicht prasseln. Jan fühlte sich glücklich. Einfach nur glücklich. Er lächelte. Die Frau seines Lebens war nur wenige Schritte entfernt im Raum nebenan und zog sich wahrscheinlich ihre enge Hose über ihre langen Beine. Pauline war eine unglaubliche Frau. Sie war keine Tussi wie Pia, die Wert auf Nagellack und dazu farblich passende Handtaschen legte. Pauline stellte keine bohrenden Fragen nach seiner Familie. Und sie hatte es offensichtlich nicht auf sein Geld abgesehen. Denn Pauline hätte auch ein eleganteres Restaurant mit höheren Preisen als eine Tapas Bar vorschlagen können. Außerdem war sie unglaublich heiß. Kurvig, zart, wunderschön. Sie wusste, was sie wollte. Und das gefiel ihm.

Jan drehte den Wasserhahn ab, nahm sich ein weißes, flauschiges Hotelhandtuch und ging aus der Dusche. Mit einem kleinen Handtuch wischte er den beschlagenen Spiegel frei und sah hinein.

Wenn er die Situation mit seinem Vater und dem Verlag geregelt bekäme, dann stünde einer Zweisamkeit in Paulines geliebtem Münster nichts mehr im Wege. Sie war hier verwurzelt und sie brauchte ihre Familie. Das spürte er.

Gleichzeitig gab es für Jan – außer vielleicht seinem Freund Daniel – keinen Grund, länger in Hamburg zu bleiben. Er hatte kaum Freunde, da er nur gearbeitet hatte. Pia war abgehakt. Sicher, in der Agentur hatte er gern gearbeitet, aber sie würden auch ohne ihn auskommen. Den Verlag auf festeren Grund zu stellen, war eine spannendere Herausforderung als die hundertste Werbung für einen Kunden zu kreieren und noch immer kein Partner zu sein.

Auch wenn Jan nach der Schule Münster fluchtartig verlassen hatte, so mochte er die Stadt und er hatte auch schöne Stunden erlebt. Pauline würde ihm Münster wieder näher bringen. Und vor allem: Was sollte er in Hamburg ohne seine Frau anstellen? Jan wusste, dass Pauline die richtige Frau für ihn war und für sie würde er alles tun.

Jan wollte sie auf Händen tragen, ihr jeden Wunsch von den Augen ablesen. Auch wenn Pauline nicht der Typ war, der auf Äußerlichkeiten, Geschenken wie Schmuck oder das Fahren in schnellen Autos Wert legte, so wollte er sie doch verwöhnen. Sie war so anders als Lea oder Pia oder die Mädels aus der Werbebranche. Lea und Pia waren nur auf Prestige aus. Schrecklich. Jan wischte die Gedanken an diese Frauen beiseite. In seinem Leben sollten sie keine Rolle spielen.

Pauline stand angezogen, die Haare zum Dutt geknotet, am Fenster und blickte auf den Hafen. Jan als Wahl-Hamburger würde dieses Becken niedlich finden. Die Sonne schien und es versprach, ein wunderschöner Frühlingstag zu werden. Was würde er bringen? Wieder umspielte ein Lächeln Paulines Mund. Ihr war, als könne sie gar nicht aufhören, zu strahlen. Sie ahnte zum ersten Mal in ihrem Leben, was es bedeutete, tatsächlich verliebt zu sein. Sie würde für Jan alles geben, mit ihm überall hingehen, ihm bei allen Problemen zur Seite stehen. Diese Bedingungslosigkeit hatte sie bei ihren Beziehungen früher – wenn man diese denn als solche bezeichnen konnte – nie verspürt. Und weil das so gewesen war, hatte sie die drei »Beziehungen« auch nach wenigen Wochen wieder beendet. Pauline kam allein klar. Doch seit sie Jan kannte, ahnte sie, wie schön das Leben zu zweit sein könnte.

»Hey, du bist ja schon fertig«, sagte Jan aus dem Badezimmer kommend und umschlang Paulines Hüfte von hinten.

»Wieso wundert dich das?«, fragte Pauline amüsiert. »Ich war zuerst duschen. Was meinst du, wie lange es dauert, sich anzuziehen und sich die Wimpern zu tuschen?«

»Bei dir offensichtlich nicht lang«, stellte Jan fest und drückte sie ganz fest. Diese Kleinigkeiten machten bereits den Unterschied zu Pia aus.

Pauline durchzuckte es, sie lehnte ihren Kopf an Jans Schulter und schloss die Augen. So müsste es bleiben.

»Meine kleine Hexe Zora«, flüsterte Jan eigentlich mehr zu sich selbst.

Pauline schlug ruckartig die Augen auf und drehte sich um.

»Was hast du gerade gesagt?«

»Nichts«, beeilte sich Jan zu sagen, der diese Reaktion nicht erwartet hatte.

»Doch. Wie nennst du mich?«

»Wenn es dich beleidigt, vergiss es. Es ist nicht wichtig.«

»Nein. Es beleidigt mich gar nicht, aber ich will wissen, ob ich mich nicht verhört habe. Also, was hast du gesagt?«, bohrte Pauline nach.

»Ich habe nur »meine kleine Hexe Zora« gesagt. Es ist eine Kindergeschichte, die ich gemocht habe. Nichts weiter. Ich sage es auch nicht mehr.« Jan wusste nicht mehr, warum er das überhaupt gesagt hatte. Zora mit ihrem Fridolin war die Heldin und die imaginäre Zuflucht seiner Kindheit gewesen. Pauline sollte nun der wichtigste Mensch in seinem Leben werden. Vielleicht kam ihm daher die kleine Hexe in den Sinn.

Erst jetzt bemerkte Jan, wie Pauline ihn mit offenem Mund anstarrte.

»Was ist?«, fragte er sie irritiert. »So schlimm ist das jetzt auch nicht.« Jan versuchte, beschwichtigende Worte zu finden.

»Die kleine Hexe Zora mit ihrem grünen Wischmopp Fridolin, stimmt's?«, fragte Pauline leise.

Jan riss die Augen auf.

»Ja, aber woher kennst du denn diese Geschichte?«, fragte er.

»Gegenfrage: Woher kennst du sie?« Pauline gab nicht nach. Sie wollte zuerst erfahren, woher er sie kannte, denn sie fand, dass sie als Nichte von Eva ein Vorrecht auf diese Kindergeschichte hatte.

Noch immer wollte Jan nicht allzu viel aus seiner Kindheit preisgeben und anstatt seine Kinderfrau, Eva Holtkötter, zu erwähnen sagte er nur: »Eine Erzieherin hat sie mir früher erzählt und ich fand die Geschichte einfach schön.«

»Mir wurde sie auch erzählt«, sagte Pauline leise, drehte sich wieder um griff nach Jans Armen, dass er sie wieder festhalten sollte. Jan nahm sie in die Arme und fragte nicht weiter, da Pauline nicht darüber sprechen wollte.

Komisch, wie kommt Jan an Tante Evas Zora, rumorte es in Pauline.

Pauline fühlte sich mittlerweile von ihrer gesamten Familie verraten.

Sind denn alle Lügner? Ist nichts so, wie ich es immer angenommen habe? Der Morgen hatte so traumhaft begonnen und nun holen mich die Lügengeschichten meiner Familie ein.

»Du hast doch ein paar Tage in Münster zu tun, hast du mir gestern Abend erzählt«, stellte Pauline mit zitternder Stimme fest. »Kann ich hier bei dir im Hotel bleiben? Ich möchte nicht nach Hause.«

Jan, der ihre plötzliche Traurigkeit nicht nachvollziehen konnte, sich aber freute, dass sie bei ihm bleiben wollte, antwortete sanft: »Aber natürlich.«

Sie griff in Jans Arme, die sie immer noch umfassten, als wolle sie sich festkrallen, damit eine große Welle Enttäuschung über ihre Familie sie nicht hinfort spülte. Jan spürte ihren Griff und hielt sie wortlos noch fester im Arm.

Ich werde dich immer vor allem beschützen. Egal, was es ist, mein Engel, dachte er und küsste sie sanft auf das Haupthaar. Ihm gefiel diese Rolle. Pauline wirkte souverän und selbstsicher, als habe sie keinen Schutz nötig. Doch in Wahrheit schien sie gerade sehr schutzbedürftig. Jan hoffte, er könne ihr irgendwie helfen, denn er mochte Pauline nicht traurig sehen. Sicher würde der Zeitpunkt kommen, da sie ihm erklärte, was los war. Auch er musste sich offenbaren. Noch hatte Pauline keine Ahnung, wer er war.

Nachdem sie eine Weile umschlungen am Fenster gestanden hatten, meinte Jan vorsichtig: »Lass uns heute Abend essen gehen. Ich werde dich auf andere Gedanken bringen. Kennst du ein kleines Restaurant, in dem wir ungestört sein können?«

»Gern.« Pauline schien dankbar. »Ich überlege mir etwas und schreibe es dir später. So, ich glaube, wir müssen los. Ich treffe mich um neun mit einem Kollegen in der Stadt für eine Reportage.« Pauline hatte einen Schalter umgelegt und konzentrierte sich wieder auf ihre Arbeit.

»Aber nicht fremdgehen«, sagte Jan mit einem Augenzwinkern. Pauline lächelte: »Das würde mir nie einfallen.«

Es war schön, sie wieder lächeln zu sehen.

Mittwochmorgen – kurz nach zehn Uhr, Von-Hoff-Verlag, Münster

»Ich kann Ihnen bedauerlicherweise wirklich nicht weiterhelfen«, sagte Frau Müller nachdrücklich und zuckte die Schultern.

Julia, die soeben das Verlagsgebäude betreten hatte, kam neugierig näher. Sie betrachtete diese zierliche, dunkelhaarige Person vor dem Empfangstresen.

Nie gesehen, sagte Julia in Gedanken, wenngleich natürlich viele Menschen erstmals in den Verlag kamen. Aber Julia registrierte jeden und wusste sehr schnell, wer wohin gehörte oder wollte, sobald sie mindestens einmal das Gebäude betreten hatten.

»Gibt es ein Problem, Lena?«, fragte Julia streng, die nun bei den beiden Damen angekommen war.

»Guten Morgen Julia. Eigentlich nicht«, sagte Lena. »Aber Frau Schüller, so war doch ihr Name?«, fragte Lena an Pia Schüller gewandt. Aber sie sprach, ohne die Antwort abzuwarten, weiter: »Also, Frau Schüller möchte zu Jan von Hoff. Er ist mit dem Verleger in einer Besprechung und darf nicht gestört werden.«

Pia schnaubte. »Er ist mein Freund und ich muss unbedingt mit ihm reden«, sagte Pia mit einem Befehlston, als sei sie die Königin von England und niemand dürfe ihr ein Begehren verwehren. Ihre künstlichen Fingernägel klickten auf der Glasplatte des Tresens.

Julia schnappt kurz nach Luft, denn sie konnte nicht glauben, was sie da hörte. Es gab einen Jan von Hoff und er war hier im Verlag? Konnte es Paulines Jan *ohne von* Hoff sein? Und wenn ja, wer war diese Frau Schüller?

Julia hatte sich schnell wieder gefangen.

»Liebe Frau Schüller«, versuchte sie es zuckersüß, »setzen Sie sich doch in den Empfangsbereich.« Julia wies mit der Hand auf eine Sitzgruppe an der linken Seite der Halle. »Ich versuche, das für Sie zu klären.«

Mürrisch und ein wenig skeptisch schlich Pia zur Sitzgruppe hinüber. Sie wusste nicht, was sie davon halten sollte und sie wusste auch nicht, wer diese Frau war. Aber sie wusste, dass sie bei dieser Frau Müller nicht weiterkam und sie musste doch unbedingt Jan finden.

Nachdem Pia Schüller außer Hörweite war, wandte sich Julia leise an Lena Müller. »Psst, was will die? Wer ist sie? Und wer ist Jan von Hoff?«

Lena, die sich immer gut mit Julia Schneider verstanden hatte, gab brav Auskunft: »Der ist gestern ganz früh hier aufgetaucht. Ich hatte keine Ahnung, dass er der Sohn des Verlegers ist. Ich dachte immer, es gibt nur einen Erik von Hoff, der im Ausland ist.«

»Das dachte ich bisher auch«, murmelte Julia gedankenverloren, die versuchte, die Geschichte auf die Reihe zu bekommen und warum sie eigentlich nichts von einem Jan von Hoff wusste.

»Dass ich Herrn von Hoff in Frage gestellt habe, war so peinlich, ehrlich Julia. Ich war am Anfang ziemlich unfreundlich zu ihm. Das war nicht professionell und wenn sie mich nun rauswerfen?« Lena sah bedröppelt aus.

»Quatsch, so schnell wird hier niemand entlassen«, Julia versuchte, der ständig wegen allem besorgten Lena Mut zu machen, obwohl auch Julia die Mitarbeiterversammlung von vergangener Woche nicht vergessen hatte.

»Und was will nun diese Frau Schüller?«, bohrte Julia weiter.

»Sie behauptet, die Freundin von Jan von Hoff zu sein. Aber der Verleger und sein Sohn besprechen sich im sechsten Stock und ich habe die Anweisung von Frau Horstmann, dass sie von niemandem gestört werden sollen.« Lena senkte den Blick.

»Nachdem ich Jan von Hoff gestern nicht besonders freundlich begrüßt habe, möchte ich mir natürlich nicht noch einen Fehler leisten, verstehst du?« Sie sah verunsichert wieder auf.

Julia verstand. Und Julia befürchtete, dass sich hier etwas zusammenbraute, dessen Ausgang ungewiss erschien. Julia sah über die Schulter zu Pia Schüller hinüber. Knallroter Lippenstift, eine Frisur wie aus »Pulp Fiction«, Schuhe passend zur Handtasche und einen mürrischen Gesichtsausdruck. Nein, das war nicht die Sorte Frau, die man schnell loswurde. Frau Schüller hatte sich was auch immer in den Kopf gesetzt. Julia musste sich etwas einfallen lassen. Und sie musste herausbekommen, was hier lief.

»Liebe Frau Schüller«, säuselte Julia und ging einladend auf Pia Schüller zu. »Kommen Sie doch bitte mit in mein Büro. Herr von Hoff ist gerade in einem sehr wichtigen Meeting, aber ich werde oben Bescheid sagen, dass Sie auf ihn warten. So lange kommen Sie mit zu mir. Ich kann Ihnen gern erzählen, an welchen Geschichten über Prominente wir gerade arbeiten.«

»In Ordnung«, sagte Pia durch die Zähne gequetscht.

»Dann folgen Sie mir bitte.« Julia drehte sich um und zwinkerte Lena verschwörerisch zu. *Volltreffer,* dachte Julia. Eine Mischung aus Beschwichtigung und das Lockmittel Promi-Geschichten hatte bei dieser Person gewirkt.

Beinahe im Militärschritt stolzierten die beiden Frauen auf ihren Highheels in Richtung Fahrstuhl. Lena Müller plumpste auf ihren Sessel hinter dem Tresen. Sie war erleichtert, dass Julia ihr das Problem abgenommen hatte. Auf Julia war Verlass.

Besprechungsraum, sechster Stock – Von-Hoff-Verlag

Bücher aus der Buchhaltung und alle Ausgaben der Verlagszeitungen lagen auf dem großen Konferenztisch verteilt. Gerhard von Hoff und sein Sohn waren alles gemeinsam durchgegangen, Jan hatte Fragen gestellt. Gerhard Erklärungen gegeben - sofern er es konnte. Nun stand die Besprechung zur Zukunft an. »Gerhard«, sagte Jan geschäftsmäßig, »wir werden auf der starken Marke »Land und Stil« aufbauen müssen, sonst hat der Verlag bald keine Chance mehr. Als erste Ideen ins Unreine gesprochen: ich stelle mir Kochbücher vor und Produkte aus der regionalen Küche. Die können wir zusätzlich vermarkten. Zum Beispiel Tees, Joghurt, was weiß ich. Von uns organisierte Kochkurse wären denkbar oder wir können auch den Namen »Land und Stil« an andere Produkte verkaufen. Die Zeitschrift allein wird nicht mehr ausreichen. Wir müssen über neue Formate nachdenken, neue Kanäle und auch über das Einstellen von unrentablen Magazinen.«

Gerhard sah seinen Sohn, der ihm gegenübersaß, aufmerksam und beobachtend an. Er war froh, dass Jan seine Entschuldigung angenommen hatte. Gerhard fuhr mit seiner Hand über den Holztisch und griff nach Jans Hand, die gerade Notizen machte.

Jan sah auf. So lange hatte sein Vater ihn nicht mehr berührt. Es war ein ganz ungewohntes Gefühl.

Lange hatte Jan gestern über Gerhards Worte

nachgedacht und Gerhard war bereits unruhig, in Erwartung einer Antwort, auf seinem Sessel hin und her gerutscht. Schlussendlich hatte sich Jan aber entschieden, seinem Vater zu verzeihen. Allerdings hatte er es ihm kühl mitgeteilt, dann die Unterlagen über den Verlag eingefordert, denn wenn Jan einsteigen und helfen sollte, dann musste sein Vater mit offenen Karten spielen und ihm einen Einblick gewähren. Gerhard hatte Jans Forderungen erfüllt und sie hatten sich zur Besprechung heute früh um halb neun verabredet.

Nun saßen sie hier und Gerhard versuchte erstmals wieder eine körperliche Annäherung, nachdem er gestern seinen Sohn zur Begrüßung nicht hatte in die Arme schließen können.

Jan erwiderte Gerhards Händedruck, auch wenn es sich irgendwie komisch anfühlte. Nach all der Zeit.

Sie sahen sich in die Augen, standen gleichzeitig wortlos auf und umarmten sich. Gerhard hielt Jan fest und Jan ließ es geschehen. Für einen kurzen Augenblick fühlte sich Jan wie ein kleiner Junge. Jahrelang hatte er sich nach dieser Umarmung, nach dieser Entschuldigung gesehnt. Aber er hatte sich nie vorstellen können, dass sein eingefahrener Vater seine Meinung ändern konnte. Dass er reflektiert hatte, was in der Vergangenheit passiert war und dann handelte, um seine Fehler wieder gutzumachen.

Endlich habe ich dich wieder, dachte Gerhard, schloss die Augen und genoss es, sein Kind in den Armen zu halten.

»Ich glaube, wir sollten weiterarbeiten«, sagte Jan, dem es allmählich unangenehm wurde, von seinem Vater so lange umarmt zu werden. Jan freute sich, dass sie beide nach all den Jahren den Konflikt beigelegt hatten, aber innige Nähe wird es nicht mehr gegen. Mit etwas Entfernung konnten sie sicher ehrlicher miteinander umgehen. Zudem gehörte rationale Professionalität und keine Sentimentalität dazu, den Verlag wieder auf Kurs zu bringen.

Julias Büro

»Darf ich Ihnen etwas anbieten?«, fragte Julia, nachdem sie Pia Schüller in ihr Büro verfrachtet hatte.

»Gern«, antwortete Pia kühl, »einen Milchkaffee ohne Zucker, bitte.« Julia meinte, einen leichten Hamburger Akzent herauszuhören. *Mist, jetzt kommt die tatsächlich aus der Stadt aus der Paulines Jan kommt,* dachte Julia grimmig.

»Kommt sofort. Hier haben sie unsere neuen Ausgaben zum Stöbern. Ich bin gleich wieder da«, Julia verschwand in der Teeküche und dachte hektisch darüber nach, was sie mit Pia anstellen sollte. Pauline durfte sie in keinem Fall zu sehen bekommen. Ob es stimmte, dass Jan eine Freundin hatte? Und war Paulines Jan wirklich Jan von Hoff? Warum hatte er es verschwiegen? Wusste es Pauline bereits? Wenn es stimmte, dann war Jan nicht nur ein attraktiver Art Director einer großen Agentur, sondern auch Verlagserbe. Da hätte Pauline ja einen Superfang gemacht und rausgeworfen würde sie aus der Redaktion sicher nicht. *Glück muss der Mensch haben,* dachte Julia. Aber wenn es diese Pia gab und Pauline nur ein Spielzeug für Zwischendurch gewesen war?

»Arme Pauline«, seufzte Julia und ging mit dem Milchkaffee zurück in ihr Büro.

»Bitte, Frau Schüller.« Julia stellte die Tasse auf das kleine Tischchen neben den Sessel, in welchem Pia Platz genommen hatte.

»Lassen Sie mich ganz kurz telefonieren.« Julia ging um ihren Schreibtisch herum, nahm den Hörer ab und

wählte die Kurzwahl für Paulines Nummer. Tut-tuut. Keiner nahm ab. Entweder hat sie heute Morgen einen Termin oder sie liegt noch von gestern Abend im Essig, mutmaßte Julia. Letzteres wäre aber ungewöhnlich für Pauline.
Julia wählte erneut. Dieses Mal die Nummer von Gerda Horstmann.

»Gerda? Ich bin's, Julia. Hast du gerade eine Minute Zeit? Wir haben hier einen Gast und da müsste ich kurz etwas mit dir besprechen«, sagte Julia und ließ dabei Pia Schüller nicht aus den Augen. Diese schien bei dem Wort »Gast« aufzuhorchen, während sie in einer »Land und Stil«-Ausgabe blätterte.

»Danke!« Julia legte auf. »Ich bin für fünf Minuten im Vorzimmer von Gerhard von Hoff. Ich versuche zu klären, wie lange die Besprechung noch dauern wird, wann und wie Sie Jan von Hoff sehen können.« Eigentlich behagte es Julia gar nicht, dieser Mode-Puppe auf ihrem Sessel behilflich zu sein.

»Vielen Dank«, sagte Pia eher höflich als freundlich. Sie vertiefte sich wieder in die Lektüre des Magazins und Julia verschwand.

»Gerda!« Julia stürzte ins Vorzimmer.

»Mensch Julia, geht es nicht etwas leiser«, rügte Gerda, die stets auf Benehmen bedacht war.

»Nein, geht es nicht«, schnaufte Julia, die für drei Stockwerke die Treppe genommen hatte, weil sie nicht auf den Fahrstuhl warten wollte. Sie schloss die Tür hinter sich.

»Raus damit: Ist ein Jan von Hoff beim Verleger und ist er sein Sohn?«

Gerda schaute Julia irritiert an und setzte ihre Lesebrille ab: »Woher weißt du das denn schon wieder, Julia Schneider? Das soll doch noch keiner wissen. Nur Lena Müller und ich wurden eingeweiht.«

»Tja, ich weiß es eben«, entgegnete Julia, nicht ohne

Stolz, dass man nichts vor ihr geheim halten konnte.

»Nun«, sagte Gerda mit Bedacht, »wenn du es ohnehin schon erfahren hast. Ja, Jan von Hoff ist Gerhard von Hoffs jüngerer Sohn. Er ist gerade bei ihm. Aber Jan hatte damals nach dem Abitur den Kontakt zu seinen Eltern abgebrochen und seither galt es als ungeschriebenes Gesetz, dass Jan quasi nicht existierte. Mittlerweile gibt es so viele neue Mitarbeiter im Verlag, dass nur noch der Verleger und ich von Jans Existenz wussten. Dass er gestern hier aufgetaucht ist, davon wussten wir vorher nichts und ich kann dir auch nicht sagen, warum er gekommen ist. Erstens, weil sie sich in den Konferenzraum zurückgezogen haben und zweitens, weil ich es ohnehin nicht preisgeben würde, wie du weißt.« Gerda blickte streng und setzte ihre Halbmond-Brille mit Goldkette wieder auf. Julia wusste, dass es ihr gar nicht behagte, dass sie ihren Chef nicht besser hatte schützen können.

»So ist das also«, sagte Julia und setzte sich auf den Stuhl auf der anderen Seite von Gerdas Schreibtisch.

»Ja, so ist das also«, wiederholte Gerda, »aber du sagst zu niemandem etwas, verstanden? Und nun raus mit der Sprache: Woher weißt du es und warum ist es so wichtig, dass du extra die Treppen läufst?«

Julia bemerkte einmal mehr, dass man Gerda nichts vormachen konnte.

»Nun, das ist so, in meinem Büro sitzt eine Pia Schüller ...« Weiter kam Julia nicht, denn die Bürotür war aufgegangen und hereinkamen Gerhard von Hoff und offensichtlich Jan von Hoff. *Mann, er sieht noch besser aus als auf dem Foto der Agentur-Homepage*, schoss es Julia durch den Kopf. *Kein Wunder, dass sich Pauline in ihn verknallt hat. Er hat was.*

»Gerda, wir brauchen eine Pause. Bringst du uns bitte einen Kaffee und mir einen Joghurt mit Früchten aus dem Bistro in mein Büro? Oh, hallo Frau ...«, erst jetzt hatte Gerhard von Hoff bemerkt, dass Julia auf einem Stuhl im

Vorzimmer saß. Er ging mit ausgestreckter Hand auf sie zu und ihm fiel – wie bei den meisten Mitarbeitern – ihr Name nicht ein.

Julia stand auf, schüttelte die Hand von Gerhard von Hoff und ergänzte: »Schneider. Julia Schneider, Herr von Hoff. Redaktion »Für die perfekte Frau«.« Julia wusste, dass er sich nichts merken konnte und er sollte sie doch gleich in der richtigen Redaktion einordnen.

Diesen Magazin-Namen sollten wir als Erstes ändern, dachte Jan sofort.

»Ja, richtig, richtig.« Gerhard von Hoff tat so, als sei ihm gerade alles wieder eingefallen.

Bevor der Smalltalk weitergeführt werden konnte, mischte sich Jan von hinten ein.

»Sagten Sie gerade »Pia Schüller«, Frau Schneider?«

Der Junior merkt sich die Namen aber besser, dachte Julia, bevor sie antwortete.

»Ja, wieso?«

»Und sie ist in Ihrem Büro?«, vergewisserte sich Jan.

»Ja.« Julia beantwortete nur das Nötigste, denn sie wollte herausbekommen, was hier lief. Wer zu viel erzählt, erfährt nichts, das war ihre Devise.

Jan war verdattert. Das passte doch nicht zusammen. Was machte Pia im Büro von dieser Frau? Pia war noch nie in Münster gewesen.

Hat Daniel wieder gequatscht?, durchfuhr es Jan. Er hatte bereits als Quelle für Jans vollen Namen gedient. In Jan stieg Wut auf. Wut auf Pia, weil sie hier nicht hingehörte. Und Wut auf Daniel, weil Jan befürchtete, dass er erneut die undichte Stelle war.

»Was hat sie gesagt?«, wollte Jan von Julia wissen.

»Sie möchte Sie sprechen und ich habe sie mitgenommen, weil Sie beide«, Julia blickte auf Gerhard von Hoff, »nicht gestört werden wollten.«

Jan nickte stumm. Was sollte er nun tun? Er wusste, dass er Pia nicht wegschicken konnte, ohne ihr klargemacht zu haben, dass es wirklich aus war. Okay, mit seinem Vater wollte er ohnehin eine Besprechungspause machen, Pauline war unterwegs für ihre Reportage und er musste Pia so schnell wie möglich loswerden.

»Frau Schneider, gibt es in der Nähe ein Café, wo ich mich mit Frau Schüller unterhalten kann?«

»Ja«, sagte Julia enttäuscht. Sie hatte gehofft, Jan von Hoff würde erklären, dass es sich um einen Irrtum handele.

»Wenn Sie den Hauptausgang nehmen, gehen Sie links die Straße hinunter. Nach einigen Metern kommt auf der rechten Seite ein kleines Café.« Julia stand auf und schlug ihre Strickjacke vor dem sichtbar gewordenen Bauch zusammen. Ein Reflex, der sie überkam, wenn es Julia zu ungemütlich wurde. Wenn er Pauline hinterging, dann wollte sie nicht weiter mit ihm reden.

»Okay, danke«, sagte Jan. »Ich hole noch meine Jacke aus dem Konferenzraum und müsste einen Anruf tätigen. Dann können wir gehen.«

»Ich muss auch weiter arbeiten«, sagte Julia knapp. »Ich bringe Frau Schüller in die Empfangshalle, da können Sie sie dann abholen.« Sie wollte Jan nicht länger sehen, und wenn er ohnehin noch telefonieren musste, dann konnte sie gleichzeitig diese Tussi abschieben.

Zügig verließ Julia das Vorzimmer. Auf dem Flur krempelte sie die Ärmel der Jacke hoch. Ihr war mächtig heiß geworden. Ja, natürlich war sie auch ein kleines bisschen neidisch auf Paulines neuen Lover gewesen. Aber nur ein ganz kleines bisschen. Doch dass ihre beste Freundin so zum Narren gehalten wurde, ärgerte sie. Nun sauste sie die Treppen wieder hinunter. Pia Schüller sollte aus ihrem Büro verschwinden.

Jan ging in den Konferenzraum. Er versuchte, Pauline zu erreichen. Er hatte das Bedürfnis, ihre Stimme zu hören. Doch sie nahm nicht ab. Sicher ist sie gerade im Gespräch, dachte Jan und tippte eine Nachricht.

»Ich habe deine Küsse vermisst ...«, schrieb er und

lächelte, als er auf »Senden« tippte.
Wusch weg.

Er zog seinen Trenchcoat an, steckte sein Smartphone ein und verließ den Konferenzraum.

Auf in den Kampf, Pia, dachte er grimmig.

Vor dem Betreten ihres Büros versuchte Julia, ruhig zu werden. Schließlich wollte sie sich vor dieser hochnäsigen Frau nicht die Blöße geben, verärgert zu sein.

Mit Schwung öffnete sie die Tür: »Frau Schüller«, sagte Julia mit schiefem Grinsen, »ich bringe Sie wieder in die Empfangshalle und Herr von Hoff wird sie dort abholen.«

Pia sah erstaunt auf. Dass es doch so leicht ginge, hätte sie nicht gedacht. Vielleicht hatte er sie doch vermisst. Nicht umsonst hatte sie ihre höchsten Pumps angezogen und den blutroten Lippenstift gewählt, mit dem sie Jan noch immer verführt hatte. Er würde sich ihrer Wirkung dieses Mal nicht entziehen können. Schließlich musste er bereits seit ein paar Tagen selbst Hand anlegen und sie, Pia, könnte das ganz schnell ändern.

Pia stand auf, klemmte ein paar schwarze Haare ihres Bobs hinter die Ohren und folgte, genüsslich lächelnd, dieser Julia Schneider aus dem Büro.

»Pia, was machst du hier?«, fauchte Jan hinter Pia leise. Er wollte kein Aufsehen. Nicht hier.
Pia drehte sich um und fiel im um den Hals. Sollte Frau Müller vom Empfang ruhig sehen, dass man die Frau des Verlegersohnes nicht so behandeln konnte. Zudem waren die meisten Empfangsdamen Klatschtanten, wusste Pia aus Erfahrung. Sie hatte selbst einmal als Empfangsdame gearbeitet und Informationen geschickt weitergeleitet.

»Jan, wie schön!«, rief sie und zu übertriebene Freude schwang in ihrer Stimme mit.

»Lass das«, sagte ihr Jan ins Ohr, immer noch darauf

bedacht, die Contenance zu wahren. »Komm, wir gehen in ein Café.« Er nahm sie fest am Arm und schob sie hinaus.

»Wohin du willst, mein Lieber«, säuselte Pia.

Als beide auf der Straße standen, griff Lena Müller zum Telefon und rief Julia an.

»Hey Julia, es stimmte also alles, was Frau Schüller gesagt hat?«

»Ja, es scheint so«, sagte Julia gedehnt, die diese Tatsache noch verarbeiten musste.

»Ich habe sie eben in der Halle gesehen«, sagte Lena aufgeregt, »Pia Schüller ist Jan von Hoff um den Hals gefallen.«

»Wirklich?«, fragte Julia matt. Noch mehr Bestätigung brauchte sie eigentlich nicht. Sie grübelte, wie sie Pauline diese ganz schlechte Nachricht beibringen sollte.

Vierzehn

Mittwochmorgen – Villa von Hoff, Aasee

»Ah gut, dass du endlich ausgeschlafen bist. Ich habe schon auf dich gewartet. Was machen wir denn jetzt, Erik«, fragte Lea ein wenig panisch. Sie unterbrach ihr Frühstück, legte das silberne Messer auf den Tellerrand und sah zu ihrem Sohn auf, der soeben den Raum betreten hatte. Nachdem Gerhard am Vorabend abgerauscht war, hatte sich auch Erik mit der Begründung, seinen Jetlag ausschlafen zu wollen, zurückgezogen und eine konsternierte Lea von Hoff zurückgelassen. Da Erik sich deutlich seine Ruhe gewünscht hatte, hatte Lea nicht gewagt, ihn aufzuhalten. Ihr war nichts anderes übrig geblieben, als bis zum nächsten Morgen zu warten.

Erik ging nun wortlos um den Tisch herum, gefolgt von Leas fragenden Blicken. Dann küsste er Lea im Vorbeigehen flüchtig auf die Stirn und sagte in aller Seelenruhe: »Guten Morgen, Mutter.«

Er ging weiter und ließ sich am anderen Ende des Tisches nieder. Nur ein sauberes Gedeck stand dort.

»Vater ist im Verlag, nehme ich an?«, sagte Erik steif und legte die weiße Serviette auf seinen Schoß.

Lea schien ein wenig irritiert ob der Gleichgültigkeit ihres Sohnes. Sie wandte sich ihm zu.

»Ja, er hat das Haus schon vor einer Ewigkeit verlassen.« Dann murmelte sie mehr zu sich selbst: »Zum Glück. Ich ertrage seine Visage nicht mehr.« Sie nahm das Besteck wieder auf und stocherte in ihrem Rührei herum.

Erik, der dennoch das Gemurmel vernommen hatte und sich ein Brötchen aus dem Brotkorb nahm, stimmte ihr zu: »Das kann ich verstehen. Er ist eine lächerliche Figur, die sich von Emotionen leiten lässt. Warum lässt du dich nicht scheiden?«

»Wie bitte?« Lea ließ das aufgegabelte Rührei sinken.

»Warum lässt du dich nicht scheiden?«, wiederholte Erik unaufgeregt und goss sich Kaffee ein. »Das liegt doch auf der Hand. Ihr versteht euch überhaupt nicht mehr.«

»Ich kann ihn tatsächlich nicht ausstehen, das ist richtig«, sagte Lea, legte die Gabel samt Ei zurück auf den Teller und stützte sich mit den Ellenbogen auf dem Tisch ab, was sich eigentlich nicht gehörte. Aber hier gab es keine Zuschauer, vor denen sie sich hätte benehmen müssen.

»Aber«, fuhr sie in einem erklärenden Tonfall fort und faltete die Hände unter dem Kinn, »was ist mit meinem Auskommen? Ich habe mich an diesen Standard gewöhnt und ich will jetzt keine Abstriche mehr machen. Außerdem ...«

»Musst du nicht«, fiel ihr Erik ins Wort und setzte die Kaffeetasse ab. »Oma wird es nicht mehr lang machen, dann erbst du alles. Außerdem sind in Münster die Immobilienpreise gestiegen. Ich habe mich gestern Abend schlau gemacht. Wenn ihr die Villa verkauft – wovon ich ausgehe, da Vater ohnehin hier nie wohnen wollte –, dann bekommt ihr sehr viel Geld dafür und teilt es.«

Lea schaute skeptisch. Von diesen Dingen hatte sie keine Ahnung.

»Sieh mal Lea, an den Verlag kommen wir nicht heran«, erklärte Erik seinen Scheidungsvorschlag. »Vater hat angekündigt zu kämpfen. Da macht es für uns keinen Sinn mehr, sich um die Mehrheiten zu kümmern. Das macht nur Arbeit und kostet Nerven. Dir geht es doch ums Geld und um deine Ruhe vor Gerhard. Da finde ich, ist eine Scheidung genau die richtige Lösung.« Erik nahm sich einen Apfel aus dem Korb und biss herzhaft hinein.

Lea schüttelte sich beim Zusehen. Schwarzer Kaffee und Apfel auf nüchternen Magen, denn das Brötchen lag noch unangetastet auf Eriks Teller.

»Ja, Geld ist das eine und möglicherweise hast du recht«, sagte Lea zögernd. »Mutter ist sehr alt und krank, dennoch solltest du nicht so über sie reden«, murrte sie nun, da ihr die Abfälligkeit ihres Sohnes gegenüber der Großmutter nicht gefiel. So viel Anstand musste sein. Lea befand, dass sie so absolut kaltherzig wie ihr Sohn nicht war.

»So ist das Leben.« Erik zuckte wenig schuldbewusst mit den Schultern.

»Mal angenommen, ich lasse mich scheiden, spekuliere auf Unterhalt, den Erlös der Villa und das Erbe meiner Mutter. Dann hätte ich zwar viel Geld und müsste mich nicht weiter mit Gerhard arrangieren, aber so leicht möchte ich ihn nicht davon kommen lassen. Er hat mir ein Leben aufgezwungen, dass ich so nicht führen wollte!« Lea redete sich in Rage und schob die Ärmel ihres weißen Cashmere-Pullovers hoch.

»Nun komm schon«, knurrte Erik. »Das kann nicht dein Ernst sein. Gerhard hat es dir gestern noch aufgezählt: Du hattest Luxus, du hattest Freizeit und du hattest deine Stellung als Verlegergattin in Münster.«

»Ja, genau darum geht es!«, fauchte Lea. »Gerhard hat mich immer wie ein dummes Anhängsel betrachtet. Zu Veranstaltungen, bei denen es sich gehörte, dass man sich als Paar blicken ließ, da hat er mich mitgenommen. Zähneknirschend. Und dann fiel er mir dauernd ins Wort, als ob ich nicht für mich allein sprechen könnte. Ständig fielen Sätze wie: »Schatz, davon hast du doch keine Ahnung.« und »Halt dich da raus, Lea.« vor anderen Gästen. Das gehört sich einfach nicht! Kannst du dir vorstellen, wie demütigend das war? Wie der letzte Idiot bin ich mir vorgekommen. Aber gesittet an der Seite des großen Verlegers sollte ich sein. Pah!« Lea schob mit Wucht ihren Stuhl zurück, stand auf und warf die Serviette auf ihren Teller, dass das Besteck schepperte.

»Ich musste immer gute Miene machen, Erik!

Eigenständig durfte ich nicht sein.« Angriffslustig wie eine Katze fixierte sie Erik.

»Nun ja, vielleicht hatte Vater in diesen Punkten nicht unrecht. Was weißt du denn schon vom Verlag, der Lokalpolitik oder der Kunst? All das hat dich doch nie interessiert.«

»Kann schon sein, aber so behandelt zu werden, nein Erik, das lasse ich nicht auf mir sitzen. Ich will ihn am Boden sehen. Egal wie!« Lea stützte sich auf einer Stuhlrückenlehne auf und ihre stahlblauen Augen funkelten Erik an.

»Gut, auch das kannst du haben«, sagte Erik und lehnte sich genüsslich zurück.

»Wie meinst du das?«

»Es ist immer von Vorteil, die Schwächen seiner Gegner zu kennen und belastendes Material aufzuheben, bis ein günstiger Zeitpunkt gekommen ist, dieses zu verwenden.« Erik grinste höhnisch.
Lea verstand noch immer nicht.

»Was ist Gerhard schwächste Stelle?«

Lea zuckte mit den Achseln. »Keine Ahnung, die Kunst?«

»Nein.«

»Der Verlag?«, versuchte es Lea erneut.

»No. Denk' scharf nach. Was hat ihn in seinem Leben am meisten bewegt, wer hat ihn am meisten beeinflusst?«

Lea klappte der Mund auf. »Maria!«, stieß sie hervor. Natürlich, da hätte sie auch früher draufkommen können. Maria, seine große Liebe. *Wie kitschig,* dachte Lea und sie rümpfte unwillkürlich die Nase.

Als Lea keine Lust hatte, sich um die Jungs zu kümmern, hat Gerhard Maria angerufen und ihre Schwester als Kindermädchen eingestellt. Maria hatte tatsächlich den größten Einfluss auf Gerhard. Womöglich steckte sie auch hinter Gerhards Kampfeslust um den Verlag.

Lea kniff die Augen zusammen. Gerhard und dieser Maria wollte sie nichts mehr gönnen. Gar nichts.

»Was ist deine Idee«, fragte Lea forschend und kam auf Erik zu.

»Also, hör zu.« Erik beugte sich zu Lea, die sich nun neben ihn gesetzt hatte, als hielten sie ein konspiratives Meeting ab. »Maria und Gerhard hatten Sex, als beide schon verheiratet waren.«

Erik machte eine Pause und wollte die Wirkung seiner Worte sehen. Er sah förmlich, wie die Gedanken in Leas Kopf ratterten.

»Wann? Woher weißt du das?«

»Im Dezember 1977.«

»So eine Unverschämtheit! Da waren Gerhard und ich noch gar nicht so lange verheiratet«, echauffierte sich Lea. »Was fällt diesem Miststück eigentlich ein?«

»Es ist passiert und es lässt sich nicht ändern, Lea«, sagte Erik. »Aber wir können damit arbeiten, denn kaum einer weiß von dieser Nacht.«

»Und woher weißt du es dann?« Lea sah Erik misstrauisch an.

»Ich sagte bereits, dass Vater sich von seinen Emotionen leiten lässt. Vor Jahren suchte ich etwas in seinem Büro und stieß auf einen Brief. Ich las ihn. Darin schrieb Maria, dass die Nacht ein Fehler gewesen sei und sie den Kontakt abbrechen müsse und jeder wieder in sein Leben zurückkehren müsse. Diesen Brief habe ich kopiert. Man weiß eben nie, wann so ein Fund wertvoll sein kann.«

»Du hast es all die Jahre gewusst und mir nichts gesagt?«

Lea schien Gefallen daran zu haben, sich über alles aufzuregen, über Gerhard, über Maria, über Erik.

»Es spielt doch keine Rolle. Wichtig ist, was wir nun damit machen«, sagte Erik, der das Getue der Mutter langsam auf die Nerven fiel.

»Och, du bist so schrecklich berechnend«, sagte Lea.

»Wenn schon. Die Hauptsache ist, man kommt weiter. Also, Gerhard stellt sich gern als verständnisvoller Unterstützer dar. Er hilft jungen Künstlern, er unterstützt das Marketing der Stadt Münster. Er ist ein Saubermann. Wenn wir diesen Brief an Boulevardmedien geben, dann ist sein Image ramponiert. Und auch seine Mitarbeiter, die nun für seinen Verlag kämpfen sollen, hätten ein anderes Bild von ihm. Da hast du deine Rache.«

Mittwoch, später Vormittag – Von-Hoff-Verlag

Was mache ich nur, was mache ich nur? Julia tigerte in ihrem Büro auf und ab. Sie musste es Pauline sagen. Alles andere wäre nicht fair. Julia war klar, dass sie ihrer Freundin sämtliche rosa Wölkchen zerstörte, aber besser früh als spät. Nicht auszudenken, wenn Jan ein doppeltes Spiel spielen würde. Je mehr sich Pauline auf Jan einlassen würde, desto schmerzhafter würde eine Trennung. Es kommt ohnehin immer alles heraus. Irgendwann. Und dann würde sich Paulines Zorn auch gegen sie, Julia, richten. Denn nichts ist schlimmer, als das Gefühl, dass alle über den Betrug Bescheid wissen, nur die betroffene Person nicht. So sah es Julia und sie glaubte, dass Pauline es auch so sehen würde. Wenngleich die Nachricht, dass eine Pia Schüller existierte, Paulines Hoffnungen und Träume zerschmettern würde.

»Also gut«, sagte sie zu sich. »Ich werde sie anrufen und ihr sagen, dass ich dringend mit ihr reden muss.« Sie nahm den Telefonhörer ab und wählte Paulines Büro-Durchwahl. Niemand nahm ab.

Julia versuchte es auf dem Handy. Nach mehrmaligem Tuten hörte sie Paulines fröhliche Stimme: »Ja, Julia? Du willst wohl wissen, wie es gestern war, stimmt's?«

»Ja, also, ich …«, stotterte Julia.

»Mensch, Julia«, lachte Pauline. »Das muss dir doch nicht unangenehm sein. Du, ich bin gleich mit meinem Termin fertig. Dann komme ich in den Verlag und direkt zu dir. Ich brauche ohnehin einen Kaffee. Du bekommst deine Infos, Süße, bis gleich.« Und bevor Julia noch etwas hätte sagen können, hatte Pauline bereits aufgelegt.

»Bis gleich«, murmelte Julia schwer. »Man, wenn du wüsstest, welche Nachricht hier auf dich wartet.« Julia legte ihren Oberkörper auf den Schreibtisch und blickte seitlich aus dem Fenster. Paulines Stimme hatte so aufgekratzt und fröhlich geklungen wie schon lange nicht mehr. *Ach was, wie noch nie,* korrigierte sich Julia in Gedanken und blickte auf die japanische Winkekatze, die auf der Ecke des Schreibtisches stand.

»Du bringst wohl doch kein Glück«, sagte Julia, die ihre schlechte Laune wenigstens irgendwo ablassen musste. Sie setzte sich wieder aufrecht auf den Stuhl und schaltete ihren Computer ein. Irgendwas musste sie arbeiten. Dennoch ließen sie die Gedanken an Pauline nicht los. Julia war immer mal wieder neidisch auf ihre beste Freundin gewesen. Pauline sah super aus, konnte tragen, was sie wollte, war beim richtigen Magazin angestellt und hatte eine nette und wohlhabende Familie. Julia dagegen musste immer ihre paar Pfunde zuviel kaschieren, hatte den Vater verloren, arbeitete für die falsche Zeitung und kein Mann in Sicht weit und breit. Aber diesen Betrug von Jan, nein, so etwas hätte sie ihrer Freundin natürlich nicht gewünscht.

Lustlos arbeitete sich Julia durch die E-Mails, die diesen Vormittag bereits eingegangen waren.

Pauline touchte auf »beenden« und schüttelte belustigt den Kopf. *Diese Julia, neugierig wie ein Streifenhörnchen,* dachte Pauline und bemerkte erst jetzt, dass sie noch einen verpassten Anruf und eine Nachricht auf ihrem Smartphone angezeigt bekam. Jan.

»Ich habe deine Küsse vermisst ...« stand in der Nachricht. Pauline lächelte und ihr Magen zog sihc wohlig kribbelnd zusammen.

»Das habe ich auch ...« schickte sie ihm eine Nachricht zurück. Pauline stellte sich vor, es wäre eine gehauchte Liebeserklärung, die durch die Lüfte hinfort getragen werden sollte. Leider war die Digitalisierung zu unromantisch und Pauline mochte keine Emoticons, also musste Jan sich den »Hauch« dieser Nachricht denken.

Als sie gerade versendet worden war, fiel Pauline ein, dass sie Jan noch kein Restaurant für heute Abend genannt hatte.

Ruhig soll es sein, hat er gesagt, kam ihr wieder in den Sinn. Das war nicht ganz so leicht, denn für gewöhnlich ging sie nicht in ruhige Lokale. Egal, sie würde Julia gleich fragen. Julia kannte in Münster einfach alles.

Pauline packte den Notizblock, den sie aus dem Hotel mitgenommen hatte, in ihre Handtasche und verabschiedete sich von dem Fotografen, den sie für die Geschichte gebucht hatte.

Gut gelaunt nahm sie den nächsten Bus, der fast bis zum Verlag fuhr, setzte sich und tippte erneut eine Nachricht. Dieses Mal an ihre Mutter.

»Ich komme heute Abend auch nicht heim. Mach' dir keine Sorgen.« Maria bevormundete sie nicht, schließlich war Pauline zweiunddreißig Jahre alt, aber Maria wusste gern ungefähr, wo ihre Mädchen waren.

Pauline lehnte sich im Bus zurück und genoss die kleine Rundfahrt. Die Sonne schien und die Häuser, bei denen Sandstein verbaut worden war, wirkten besonders freundlich. Es kam Pauline so vor, als führe sie durch ein ganz anderes Münster. Sie fühlte sich weit weg von »Drei Eichen«, weit weg von den Familienproblemen. Sie wohnte mit ihrem Traummann im Hotel, freute sich auf den gemeinsamen Abend und sah ihre Heimatstadt in neuem Licht. Nur schade, dass Jan in Hamburg lebte und arbeitete.

Pauline drückte den Stoppknopf. An der nächsten Bushaltestelle musste sie aussteigen. Sie lief an dem Café vorbei, wo sie noch vor wenigen Tagen mit Julia grübelnd saß. Meine Güte können sich Gefühle schnell verändern, dachte Pauline und warf im Vorbeigehen einen Blick in das Café.

Pauline stutzte und blieb stehen. Dort, in einer der hinteren Reihen, saß Jan. Zwar mit dem Rücken zur Straße, aber ganz sicher Jan. Vor ihm saß eine junge Frau, höchstens Mitte zwanzig, schätzte Pauline. Sie hatte ein hübsches Gesicht, wenn auch der Lippenstift etwas zu rot war, wie Pauline fand. Sie schienen sehr in ihr Gespräch vertieft.

Pauline zögerte, ob sie kurz hineingehen und »Hallo« sagen sollte. Dann entschied sie sich, es nicht zu tun. Sie wusste, dass Jan geschäftlich in der Stadt war und vielleicht war das einer seiner Termine. Vielleicht war es ein Bewerbungsgespräch mit einer neuen Grafikerin? *Die hätte auch nach Hamburg fahren können,* dachte Pauline.

Wie auch immer, Jan würde ihr noch verraten, warum er in Münster zu tun hatte.

Pauline ging weiter, steuerte auf das Verlagshaus zu und wollte jetzt nur noch mit Julia reden.

Mittwoch – Drei Eichen

Das Smartphone vibrierte auf dem eichenhölzernen Schreibtisch. *Moment,* dachte sich Maria Große-Lindhorst und schrieb eine Bestellung zu Ende. Maria hatte sich noch nie vom E-Mails oder Kurzmitteilungen hetzen lassen.

Fertig. Sie legte den Bestellbogen zur Seite, legte die

Lesebrille zur Seite und griff zum Telefon.

Pauline. Na endlich, dachte Maria, *wo die sich derzeit so rumtreibt. Womöglich stürzt sie sich mal wieder in die Arbeit.*
Doch als Maria die Nachricht gelesen hatte, legte sie das Smartphone nachdenklich zur Seite. Sie lehnte sich zurück. Warum kam sie heute schon wieder nicht nach Hause? Heute Nacht hatte sie auch nicht in ihrem Bett geschlafen. Dass sie gelegentlich bei Julia nach einer gemeinsamen Party übernachtete, das kannte Maria. Aber Pauline schlief eigentlich am liebsten in ihrem Bett und mittlerweile verdiente sie ohnehin genug, um sich ein Taxi leisten zu können.

Da stimmt etwas nicht, dachte Maria und trommelte mit den Fingern der rechten Hand auf ihren Oberarm. Aber was?

Gestern nicht da, heute nicht da. Sie sagt nicht, dass sie bei Julia ist. Was ist da los?

Maria drehte sich mit dem Schreibtischstuhl hin und her. Da kam ihr eine Idee. Sofort griff sie zum Telefon.

»Hier ist Maria«, sagte sie, »ist Jan bei dir?«

»Wie bitte? Also im Moment gerade nicht,« sagte Gerhard von Hoff am anderen Ende der Leitung.

»Nur gerade nicht? Also ist er grundsätzlich da?«, kombinierte Maria schnell.

»Ja, er ist in Münster, aber im Moment ist er eben nicht bei mir. War es das, was du wissen wolltest?«

»Seit wann und warum?« Maria wurde nervös.

»Na hör mal, ich hatte ihm doch geschrieben und es war deine Idee gewesen, meine Liebe!«

Gerhard verstand einfach nicht, was Maria eigentlich von ihm wollte. Es lief doch alles bestens. »Aber ehrlich gesagt hatte ich überhaupt nicht damit gerechnet, dass er sofort kommt, weißt du«, gab Gerhard zu. »Er stand gestern plötzlich in meinem Büro.« Gerhard kam in Erzähllaune. »Wir haben viel geredet. Ich habe mich für alles bei ihm entschuldigt und das fühlt sich gut an. Es ist eine Erleichterung und du hattest mal wieder recht. Jan ist ein prächtiger Junge, du müsstest ihn mal sehen, Maria.« Gerhard redete stolz weiter, ohne wahrzunehmen, dass Maria gar nichts mehr sagte. In Marias Kopf brummte es.

Julias Büro

»Hey, da bin ich!« Mit Schwung rauschte Pauline in Julias Büro.

»Hast du vielleicht schon einen Kaffee gekocht? Ich muss dir unbedingt alle Details von gestern und, nun ja, heute erzählen.« Pauline warf sich in Julias Sessel, auf dem erst eine halbe Stunde zuvor Pia Schüller Platz genommen hatte. Julia war nicht entgangen, dass Pauline noch immer ihr gelbes T-Shirt trug.

»Du warst gar nicht zuhause«, stellte Julia fest und ihr Magen krampfte, denn dann hatten Pauline und Jan offensichtlich ihre erste Nacht gemeinsam verbracht und somit würde es für Julia noch schwieriger, Pauline von Pia zu erzählen.

»Yep«, sagte Pauline flapsig.

Sie ist wie ausgewechselt, dachte Julia verblüfft und zog abermals ihre Strickjacke zu, deren Gurt sich andauernd löste.

»Pauline«, begann sie. »Pauline, ich muss mit dir reden.«

Pauline änderte ihren Lässig-Sitz und setzte sich aufrecht hin.

»Was ist denn los? Du klingst so besorgt. Ist etwas passiert? Haben sie dich rausgeworfen?«

»Nein, nein, das ist es nicht.«

»Ein Glück. Wie soll ich denn ohne unsere Kaffeepausen arbeiten?« Pauline ließ sich erleichtert zurückfallen. Schlimmere Neuigkeiten als ihren Jobverlust konnte Julia kaum haben.

»Pauline«, versuchte es Julia erneut und gab sich einen Ruck, es jetzt durchzuziehen, »dein Jan ist eigentlich Jan von Hoff, der Sohn unseres Verlegers. Er hat eine Freundin, Pia Schüller. Und die ist heute Morgen hier aufgetaucht. Sie wollte Jan sehen und hat sich als seine Freundin vorgestellt. Außerdem hat Lena Müller beobachtet, wie sich die beiden in der Empfangshalle um den Hals gefallen sind«, ratterte Julia die Beweise herunter und sagte nach einer winzigen Pause: »So, nun ist es raus.«

Julia duckte sich wie ein ängstlicher Hund, der fürchtete, gleich Schläge zu bekommen.

Pauline rührte sich nicht.

Julia rührte sich nicht.

»Was sagst du da?«, fragte Pauline, als sie ihre Sprache wiedergefunden hatte. Julias Informationen trafen Pauline wie ein Maschinengewehr.

»Es ist wahr, Pauline. Jan hat eine Freundin. Wahrscheinlich ist sie ihm aus Hamburg nachgereist.« Julia seufzte.

»Hat sie schwarze Haare, ist jünger als wir und trägt einen geschmacklosen Lippenstift?« Geistesblitzartig erinnerte sich Pauline an das, was sie soeben im Café gesehen hatte.

»Woher weißt du ...?«, stotterte Julia.

»Ich habe die beiden gerade in Violas Café gesehen. Ich dachte, es sei ein beruflicher Termin«, sagte Pauline und sah aus dem Fenster in den Innenhof. Jan hatte eine Freundin. Es musste stimmen, denn Julia würde sie niemals anlügen. Julia war es sichtlich schwergefallen, mit ihr, Pauline, darüber zu sprechen. Und wenn Lena Müller auch alles gesehen hatte, musste es wahr sein. Pauline wurde übel. Sie war so glücklich gewesen, so happy, so zum Zerspringen glücklich. Der Tag hatte herrlich begonnen und sie hatte die ganze Zeit ein Lächeln auf den Lippen gehabt. Aus, vorbei, ende.

Pauline stand auf und nahm mechanisch die Winkekatze vom Schreibtisch. Vor und zurück, vor und zurück bewegte sich die Katzenpfote.

Genauso fühlte sich Pauline. In ihrem Leben schien gerade alles vor und dann leider wieder zurückzugehen.

Pauline übermannte eine unglaubliche Trauer und damit wollte sie nun allein sein. Sie stellte die Katze zurück, quetschte ein tonloses: »Muss gehen. Ich melde mich bei dir.« heraus und verließ gruselig lautlos Julias Büro.

Julia wusste, dass es keinen Sinn hatte, der Freundin nachzueilen. Bestimmte Angelegenheiten machte Pauline nur mit sich selbst aus – oder mit ihrer Familie. Erst danach kam die Freundin.

Klack. Die Tür schnappte ein. Pauline lehnte sich von innen dagegen und schloss die Augen.

Tränen rannen ihr die Wangen hinunter. Wie so oft in den vergangenen Tagen. Hatte sie nicht genug geweint? Genug schlechte Nachrichten bekommen? Aber sie konnte sie nicht mehr zurückhalten. Wie konnte Jan ihr das antun? Hatte auch er nur gelogen? Seine Komplimente von gestern Abend, sein Lächeln heute in der Früh? Die Mitteilung, dass er ihre Küsse vermisst hatte? Alles Lüge?

Pauline fragte sich, womit sie es verdient hatte, derart hintergangen zu werden. Alle, die ihr etwas bedeuteten, hatten sie belogen. Maria, Jan, Eva ...

Als ihre Gedanken um ihre Familie kreisten, fiel es ihr plötzlich auf. Was hatte Julia noch gesagt? Jan von Hoff? Gerhard von Hoffs Sohn?

Oh mein Gott!, hörte Pauline eine innere Stimme laut rufen. Das kann nicht wahr sein, das darf nicht wahr sein! Wie alt war Jan? Fünfunddreißig! Pauline rechnete zurück. Im Winter 1977 war Maria von Gerhard schwanger geworden. Dann wäre das Kind im Herbst 1978 auf die Welt gekommen. Jetzt war Ende April 2014. Das könnte passen.

Pauline hielt den Atem an. Sie wagte kaum, weiterzudenken. Konnte es sein? War das möglich? Konnte Jan von Hoff Paulines Halbbruder sein? Hatte Maria ihren Sohn Gerhard überlassen? Und wenn ja, wie hatte sie die Schwangerschaft vor Bernd geheim gehalten? Nun ja, versteckte Schwangerschaften gab es ja immer wieder mal. Oder hatte Bernd es vielleicht gewusst und ein Kuckucks-Kind nicht geduldet? Das konnte sich Pauline bei ihrem gutmütigen Vater allerdings nur schwer vorstellen.

Und die von Hoffs mussten die Familie sein, bei der Tante Eva nach ihrer Kindergartenzeit als Kinderfrau gearbeitet hat. Vielleicht wollte Mama, dass wenigstens ein Familienmitglied bei ihrem Kind ist, überlegte Pauline. Das würde erklären, warum Jan die Hexe Zora kannte.

Eva hat auch ihm die Geschichte erzählt, kombinierte sie.
Pauline wurde ganz schwindelig.
Das Telefon klingelte.

»Oh nein«, stöhnte Pauline leise, wischte sich über das Gesicht und ging hinüber zu ihrem Schreibtisch.

Kurz bevor sie sich meldete, räusperte sie sich, denn sie musste professionell an ihrem Arbeitsplatz sein.

»Land und Stil, Große-Lindhorst.«

»Ja, Pauline, hier ist Carolina«, hörte sie zögerlich die vertraute Stimme ihrer Schwester.

Pauline setzte sich auf ihren Stuhl. Dieser Anruf kam überraschend. Eigentlich hatte Pauline auch gar keine Lust, mit ihrer Schwester zu sprechen, aber wo sie schon dran war, konnte Pauline auch mit ihr reden.

Ich sollte mir wirklich angewöhnen, mir die Nummern im Display vorher anzusehen, schalt sie sich in Gedanken.

»Carolina, was willst du?«, sagte Pauline kühl.

»Ich möchte mich für mein Verhalten bei dir entschuldigen. Das war nicht fair.«

Eines musste man Carolina lassen: Sie konnte sich geradeheraus entschuldigen. Carolina eckte an, konnte grob sein und konnte Menschen mit unbedachten Worten beleidigen. Aber wenn sie erkannt hatte, dass sie einen Fehler gemacht hatte, dann gestand sie ihn auch ein.

In Paulines Fall hatte es drei Tage gedauert, aber immerhin. Sie hatte schließlich auch genug Probleme.

»Hey, wollen wir heute Abend zu Carlos gehen und quatschen? Das haben wir schon lange nicht mehr gemacht.« Für Carolina schien mit ihrer Entschuldigung auch alles abgehakt und die Einladung zum Essen gehen war die Friedenspfeife.

»Nein, lieber nicht zu Carlos«, sagte Pauline zögerlich und dachte schwermütig an den gestrigen Abend dort. Aber Carolinas Stimme nach zu urteilen schien ihre Schwester psychisch aufgeräumt zu sein und in diesem Zustand war Carolina eine gute Zuhörerin. Vielleicht sollte Pauline mit ihr reden. Über alles.

»Also gut«, gab sie sich einen Ruck, »quatschen wir. Wann hast du Zeit? Sofort?«

»Du hast es aber eilig. Ist etwas passiert?«, forschte Carolina nach. Als sie keine Antwort bekam, wusste sie, dass es Ernst war und Pauline nicht am Telefon darüber reden wollte. Sie waren eben Schwestern. Carolina hatte stets ein Gespür dafür gehabt, wann sie als große Schwester gefordert gewesen war.

»Ich habe heute frei, du kannst über mich verfügen.«

»Dann hol' mich doch gleich am Verlag ab und wir fahren zu Herta«, schlug Pauline vor.

Aha, ihr Zufluchtsort ist gefragt, dachte Carolina und laut sagte sie: »In Ordnung, bis gleiche, kleine Schwester.«

Fünfzehn

Mittwochnachmittag – Von-Hoff-Verlag, Münster

Jan hatte sich in den Sessel sinken lassen, während sein Vater vor ihm referierend im Büro auf und ab ging. Jan hatte die Beine übereinandergeschlagen, der linke Arm stützte den Kopf und mit der rechten Hand kontrollierte er unablässig sein Smartphone. Die wüsten Beschimpfungen von Pia löschte er ungelesen. Vorhin im Café hatte er ihr ein für alle Mal klargemacht, dass es vorbei war. Aber Pia schien das nicht akzeptieren zu wollen. Ihr Problem.

Jan wartete auf Antwort von Pauline. Als er mit Pia fertig gewesen war und das Café verlassen hatte, hatte er Paulines Nachricht »Das habe ich auch ...« gelesen und gleich geantwortet: »Dann können wir ja später mit dem Küssen weitermachen. Wann und wo treffen wir uns? Ich kann es kaum erwarten ...«

Doch Pauline meldete sich nicht. Dabei hatte sie doch zugesichert, dass sie ein Restaurant aussuchen und ihm den Namen mitteilen würde. Komisch. War ihr Termin so anstrengend, dass sie keine Zeit hatte, einmal kurz auf das Handy zu blicken? Frauen antworten doch fast immer schnell – zumindest war das Jans Erfahrung mit Pia. Und nun waren seit seiner Nachricht bereits vier Stunden vergangen. Ob er sie in ihrem Büro aufsuchen sollte? Aber dann käme seine Überraschung, die er sich für heute Abend aufgehoben hatte, etwas früh. Er wollte ihr alles zeitgleich mitteilen, dass er Gerhard von Hoffs Sohn war, dass er von nun an im Verlag mitarbeiten würde, dass sie sich ein Häuschen in Münster suchen könnten und dass er sie heiraten wollte. Ja, er war sich ganz sicher. Pauline war die Frau fürs Leben. Nur sie wollte er an seiner Seite haben.

»Was hältst du davon, Jan?«

Jan gab keine Antwort.

»Jan? Ist alles in Ordnung?« Gerhard kam näher.

Jan schreckte zusammen. »Wie bitte?«

»Du hast mir gar nicht zugehört, richtig?«

»Nein, entschuldige bitte.« Jan fuhr sich mit der Hand über das Gesicht.

»Macht nichts. Es sind sehr viele Informationen auf einmal, die ich dir um die Ohren haue«, sagte Gerhard verständnisvoll und tätschelte Jans Schulter. »Wir machen eine Pause. Ich sage Gerda, sie soll uns Kaffee bringen.«

Gerhard war schon auf dem Weg zur Tür, als er sich noch einmal umdrehte: »Oder ist noch etwas? Du hast es dir doch gut überlegt, stimmt's? Du willst doch im Verlag arbeiten oder bereust du deinen Entschluss?« Gerhard wurde etwas unsicher. Vielleicht hatte er seinen Sohn überfrachtet? Vielleicht hatte Jan Sorge, die Aufgabe bewältigen zu können? Vielleicht erwartete er, Gerhard, zu viel von seinem Sohn? Aber er wollte ihn jetzt nicht mehr verlieren.

»Nein, nein, es ist nichts, nur ... ach nichts.« Jan sah wieder auf sein Smartphone.

Gerhard, der sich vorgenommen hatte ab sofort als Vater alles richtig zu machen und Jan nie wieder im Stich zu lassen, drehte um und setzte sich auf einen Sessel neben Jan.

»Es ist die Frau, die heute da war, richtig?« Gerhard versuchte, so einfühlsam wie möglich zu klingen, auch wenn es für ihn ein völlig neues Business war, derartige Gespräche zu führen. Nie hatte er mit Erik oder Jan über Freundinnen gesprochen.

Jan sah auf. »Du meinst Pia?«

»Willst du vielleicht wegen deiner Freundin Hamburg doch nicht verlassen? Ihr könntet auch pendeln. Du musst ja nicht jeden Tag im Verlag sein und ...« Gerhard versuchte sofort, Lösungen parat zu haben. Jan konnte alles von ihm bekommen, wenn er ihm nur mit der Umstrukturierung half.

»Nein, da irrst du dich. Es hat nichts mit Pia zu tun.«

»So?«, sagte Gerhard und zog die buschigen Augenbrauen hoch. Er fand seine Schlussfolgerungen ziemlich plausibel.

Jan seufzte. »Also gut. Du hättest es ohnehin bald erfahren.« Jan setzte sich auf und sah seinen Vater an.

»Ich habe eine fantastische Frau kennengelernt. Sie ist intelligent, verlässlich, liebevoll und natürlich hübsch.«

»Okay, diese Pia ist es offenbar nicht«, versuchte Gerhard seinem Sohn zu folgen. »Aber es ist eine andere Frau aus Hamburg und nun grübelst du, wie du das alles hinbekommen sollst, nicht wahr?«

»Nein, sie wohnt in Münster. Genauer: an der Stadtgrenze.«

»In Münster?« Gerhard war hocherfreut das zu hören. Dann brauchte Jan gar nicht im Homeoffice arbeiten, konnte Präsenz in Münster zeigen und verschwand nicht jedes Wochenende. Wunderbar.

»Ja. Sie ...«

»Junge, das freut mich aber!«, unterbrach Gerhard Jan und schlug sich mit der flachen Hand auf den Oberschenkel. »Das passt doch großartig. Du ziehst nach Münster und ihr könnt euch ein schönes Haus suchen. In Verlagsnähe zu wohnen ist ohnehin besser. So eine Pendelei ist recht anstrengend, wenn ich es mir genau überlege. Außerdem, wer weiß, wie lange eine Wochenendbeziehung hält. Nein, mein Sohn. So ist es sicher viel besser.« Dann hielt er inne, denn ihm kam plötzlich ein Gedanke in den Sinn.

Sein Ton enthielt eine Spur Enttäuschung: »Dann hat deine Entscheidung, für meinen Verlag zu arbeiten, gar nicht ausschließlich mit meinem Brief und meiner Entschuldigung zu tun?«

»Um ehrlich zu sein: nein, nicht ausschließlich.«

»Mmh«, machte Gerhard und zog den Oberkörper kaum merklich zurück als wolle er zu Jan auf Distanz gehen. Jan war diese Reaktion nicht verborgen geblieben. War sein Vater nun gekränkt? Und wenn schon.

»Sagen wir es so: Natürlich habe ich immer mal wieder über die Familiensituation nachgedacht. Und ich habe mich über deinen Brief, deine Wendung gefreut. Aber deine Zeilen kamen sicherlich auch zur passenden Zeit, in der ich eben diese Frau aus Münster kennengelernt hatte. Sie arbeitet sogar für dich. Dann hast du bald drei Familienmitglieder im Verlag, das ist doch toll«, versuchte Jan seinen Vater aufzumuntern. Der horchte auf.

»Sie arbeitet für mich? Wer ist es denn? Vielleicht kenne ich sie ja, auch wenn ich ehrlich gesagt nur wenige Mitarbeiter persönlich kenne.«

»Das habe ich bei Julia Schneider bemerkt. Das solltest du ändern. Ein bisschen mehr Nähe zu den Mitarbeitern kann nicht schaden. Wie auch immer. Sie ist Autorin bei »Land und Stil«.«

»Da kenne ich eigentlich niemanden außer dem Chefredakteur«, murmelte Gerhard.

»Na, dann wird dir auch der Name Pauline Große-Lindhorst nichts sagen. Aber das macht nichts. Ich stelle sie dir noch vor. Nachdem ich ihr einen Antrag gemacht habe.«

Starr wie ein Eiszapfen saß Gerhard in seinem Sessel.

»Was hast du gesagt?«

»Ich möchte Pauline heiraten!«

Mittwochnachmittag – unterwegs

Sie fuhren in Carolinas Cabrio stadtauswärts. Vom

Verlag aus betrachtet lag Hertas Café auf der anderen Seite von Münster. So bahnte sich Carolina den Weg durch die Innenstadt und drei Vororte. Sie ließen das Gewusel im Zentrum hinter sich und fuhren durch einen Stadtteil, der sich durch viele große Bäume am Straßenrand und gepflegte Vorgärten auszeichnete; es wirkte spießig beruhigend. Die meisten Häuser waren in den 1960er oder 1970er Jahren gebaut worden. Es waren große Häuser auf großen Grundstücken, die mittlerweile einiges wert waren. Gelegentlich sah man den Häusern ihr Alter an. Der Anstrich an Garagentoren blätterte, Auffahrten waren wellenartig ausgefahren oder verschattende Tannen ließen Moose am Gemäuer wachsen.

Die Siedlung war geräuschlos und alles schien ein wenig behäbig. Trotz des sonnigen Wetters waren keine Menschen auf der Straße. Sicherlich saßen sie pünktlich zum Mittagessen an Esstischen aus Eiche. Oder sie machten eine Pause, bevor nachmittags das Unkraut im Garten gejätet wurde. Man sah der Wohnsiedlung an, dass Kinder hier vor fünfundzwanzig oder dreißig Jahren groß geworden waren und inzwischen die Eltern im Rentenalter zurückgelassen hatten.

Pauline hatte den rechten Ellenbogen auf die Autotür gestützt und nestelte mit den Fingern an ihren Lippen, während sie hinaussah. Als Teenager war sie in Häusern wie diesen auf Partys gewesen – vornehmlich, wenn die Eltern verreist waren und einer ihrer Klassenkameraden »sturmfrei« hatte.

Wenn man melancholisch ist, Gegenwart und Zukunft zusammenbrechen, erinnert man sich lieber an lustige alte Zeiten, dachte Pauline, der neben den Teenager-Partys auch alkoholische Getränke wie »Saurer« oder »Feigling« in den Sinn kamen. Es schüttelte sie unmerklich. Furchtbares Zeug, aber bezahlbar. Seit sie zwanzig war, hatte sie weder den Zitronenlikör noch den Feigenlikör je wieder getrunken. Doch damals gehörte er zu Partys oder zum

»Vorglühen« vor Partys dazu. Pauline hatte sich bei einer von diesen Hauspartys in einen Jungen aus der Parallelklasse verliebt und war zu schüchtern gewesen, um es ihm zu beichten, denn er hatte auf sie abweisend gewirkt. Erst Jahre später hatte sie erfahren, dass es ihm genauso gegangen war. Er hatte sich auch nie getraut, seine Zuneigung Pauline zu offenbaren, da Pauline andauernd von Verehrern umringt gewesen war. Auch sie hatte abweisend auf ihn gewirkt.

Pauline hatte während ihrer Schulzeit nur einen festen Freund gehabt – einen dreimonatigen Irrtum. Danach war sie lieber allein geblieben und hatte auf den »Richtigen« gewartet. Sie feierte gern mit ihrer Clique in Kellern, in einem alten Bahnhof oder auf Bauernhöfen. Ein bisschen Herzschmerz, ein bisschen wer-mit-wem, ein bisschen lernen für das Abitur. Rückblickend war es eine idyllische Zeit gewesen.

Nun stand sie vor einem privaten und möglicherweise auch beruflichen Scherbenhaufen. Die Mutter hatte eine Affäre mit ihrem Chef gehabt, ihr Traummann hatte eine Freundin und war womöglich ihr Halbbruder, Tante Eva schien alles gewusst zu haben und hatte nie etwas gesagt. Und wenn es dem Verlag nicht bald besser ginge, würde sie arbeitslos werden. Super. Vielleicht sollte Pauline kündigen, als weiter unter diesem Ehebrecher zu arbeiten. Traurigkeit, Wut und Frust machten sich in Pauline breit. Sie knabberte an einem Fingernagel, der Wind sauste durch ihren Pony.

Münster Ende. Die Ausfahrtstraße wurde zu einer Allee mit alten Linden. Carolina drückte auf das Gaspedal. Auf Paulines Seite erstreckten sich große Rapsfelder, die mit der Sonne um die Wette strahlten. Dahinter lag eine Koppel. Pferde grasten auf frühlingsgrünen Wiesen; elegant und ungerührt vertrieben sie mit dem Schweif lästige Fliegen. Ein Fachwerkbauernhof, umgeben von leuchtend blühenden Kastanienbäumen, tauchte auf.

Das Wetter und die Landschaft sind so schön und ich möchte am liebsten nur weinen, dachte Pauline und Tränen stiegen ihr in die Augen, aber dieses Mal unterdrückte sie sie. Vielleicht sollte sie nach London zurückgehen und das alles hinter sich lassen. Besser als jetzt in Münster war ihre Zeit damals in London allemal gewesen.

Mittwoch – Von-Hoff-Verlag

»Bitte, Sie können da jetzt nicht hineingehen«, flehte Gerda Horstmann durchdringend. »Er hat gesagt, er möchte auf gar keinen Fall gestört werden.« Gerda schob sich vor die Tür ihres Chefs, als wolle sie ihn wie eine Tigerin beschützen.

»Und ob ich das kann! Ich bin immerhin noch seine Frau.« Lea von Hoff schob Gerda Horstmann beiseite und stürmte durch die Tür. Erik folgte wortlos.

»Gerhard von Hoff, ich habe mit dir zu reden!« Lea baute sich im Verlegerzimmer wie ein Befehlshaber auf.

Gerhard und Jan sprangen aus den Sesseln. Erst jetzt sah Lea, welchen Besuch ihr Mann hatte. Der Anblick von Jan nach all den Jahren brachte Lea von Hoff völlig durcheinander und ließ sie verstummen.

Erik erkannte die Situation und sprang für seine Mutter ein. »Bruderherz, dass du dich herablässt, in die Niederungen der von-Hoffschen Familie zu steigen«, schnarrte Erik kalt. »Du bist also genauso emotional zu beeinflussen wie Gerhard, wer hätte das gedacht. Papa schreit um Hilfe und schon kommst du angerannt.«

Erik legte die Hände auf den Rücken und umrundete musternd Jan. »Für wen hast du dich denn so schick gemacht? Doch nicht für unseren alten Herren, oder? Der hätte diesen Auftritt gar nicht verdient.«

»Erik, es reicht! Lass Jan in Ruhe«, zischte Gerhard.

»Lass nur. Erik kann mich nicht provozieren«, sagte Jan gelassen.

»Ach nein?«, fragte Erik gedehnt. »Nun ja, im Grunde wollen wir eure wiedergefundene Zweisamkeit gar nicht lange stören. Wir wollten nur eine Mitteilung machen.«

Erik sah sich nach Lea um, die ihre Fassung wieder gewonnen hatte.

Sie räusperte sich: »Ich werde mich von dir scheiden lassen, Gerhard.« Leas Stimme klang fest, aber sie vermied jeden Blick auf Jan.

»Bitte, bitte, nur zu. Wenn es weiter nichts ist«, sagte Gerhard und lächelte breit. »Dann habe ich endgültig meine Ruhe vor dir. Eure Pläne, mir den Verlag wegzunehmen, habt ihr aber schnell begraben.«

»Deine Ruhe lasse ich dir bestimmt nicht«, zischte Lea. Sie trat näher, blieb aber einen Schritt hinter Erik und feuerte aus sicherer Stellung: »Ich werde dich fertigmachen. Ich werde dein Image zerstören. Ich werde dich bloßstellen und dann wird niemand mehr zu dir halten.«

»Dass deine Sätze immerzu mit »ich« anfangen müssen.« Gerhard schüttelte amüsiert den Kopf. »Lea, du bist eine erbärmliche Egoistin. Mach', was du willst. Aber mich triffst du nicht. Außerdem habe ich meine wahre Familie wiederentdeckt.« Gerhard wies mit der Hand auf Jan. »Wir waren räumlich wie emotional zu lange entfernt voneinander, doch nun wird uns niemand mehr trennen.«

»Mir wird schlecht«, warf Erik ein und rollte mit den Augen. »Hör' mit deiner lächerlichen Seifenoper auf. Das nimmt dir doch keiner ab. Seit wann hast du denn Vater-Gefühle?«

»Er hat sich bei mir entschuldigt und ich habe angenommen«, sagte Jan und streckte wie zur Demonstration von Stärke die Brust heraus.

»Gerhard? Entschuldigt?« Erik ließ ein künstliches Lachen hören. »Wie soll die denn ausgesehen haben?«

Dann sah er Jan direkt in die Augen: »Du hast dich über den Tisch ziehen lassen, Brüderchen. Er braucht dich, um neue Ideen für seinen Verlag zu bekommen. Der Kreativste war Gerhard ohnehin nie. Aber du. Du bist gut, sonst wärst du nicht bei einer der besten Agenturen Art Director. Du hast Ideen und du kannst gute Werbung machen. Beides braucht Vater, damit der Verlag nicht völlig den Bach hinter geht. Nur durch einen blöden Zufall hatte Gerhard von Mamas Vorhaben erfahren, sich mehr im Verlag zu engagieren, als nur ein paar Anteile zu halten. Ich wollte Mama helfen und hätte sowieso als Nachfolger eingesetzt werden sollen. Aber dass ich mich auf Mamas Seite schlug, passte Gerhard nicht. Also hat er sich an seinen zweiten Sohn erinnert. Ihm war klar, dass er eine Umstrukturierung niemals allein schaffen würde. Und du warst dumm genug, auf seinen Hilferuf, getarnt als Entschuldigung, hereinzufallen.«

Erik lächelte zufrieden. Wenn er schon nichts mehr mit dem Verlag zu tun haben würde, dann sollte auch Jan das Handtuch werfen. Erik gefiel die Wiederbelebung der Vater-Sohn-Beziehung zischen Gerhard und Jan keineswegs. Für Jan hatte sich Gerhard stets mehr interessiert. Er, Erik, hatte nie eine Chance bekommen. Schon früh hatte sein Vater ihn als Muttersöhnchen abgestempelt. Bitte, sollten sie genau das bekommen. Er war auf Leas Seite. Jan legte die Stirn in Falten und sah seinen Vater ernst an: »Stimmt das, was Erik behauptet?«

»Nun ja. Die Schwierigkeiten im Verlag und Leas Kaltschnäuzigkeit, mich in einem schwachen Moment fertigmachen zu wollen, waren sicher der Auslöser über dich nachzudenken«, gab Gerhard kleinlaut zu und scharrte mit dem Fuß über den Teppichboden.

»Da hörst zu es!«, warf Erik ein und steckte die Hände in die Hosentaschen seines teuren Anzugs. Spätestens jetzt müsste Jan die Flucht ergreifen. Denn sein Bruder hatte Unaufrichtigkeit immer verabscheut.

»Halt endlich den Mund, Erik!«, fuhr Gerhard ihn an. Sanfter, an Jan gewandt sagte er: »Aber ich habe sehr viel über dich nachgedacht. Die komplizierte und enttäuschende Situation, in der ich steckte, führte mir vor Augen, was wirklich wichtig ist. Meine Fehler wurden mir klar. Auch Maria meinte ...« weiter kam er nicht.

»Aha, schon wieder Maria«, keifte Lea, immer noch hinter Eriks Rücken stehend. Ihre goldenen Ohrringe klapperten. »Ich kann den Namen nicht mehr hören. Aber wir werden ihn bald überall lesen.«

Mit dieser Äußerung hatte Lea Gerhard aus dem Konzept gebracht. Er drehte sich zu ihr: »Was zum Kuckuck willst du schon wieder damit sagen?«

Lea lächelte diebisch.

»Ich kann belegen«, begann sie genüsslich, als wolle sie jede einzelne Gemeinheit auskosten, »dass ihr beide die Ehe gebrochen habt. Du hast mit ihr geschlafen, als wir beide schon längst verheiratet waren.«

»Meinetwegen. Ehebruch.« Gerhard von Hoff tat unbeeindruckt, aber tatsächlich lief ihm ein eiskalter Schauer über den Rücken. Woher wusste sie das? Das konnte nicht angehen.

»Du hattest viele Affären. Und davon wissen sogar einige Leute. Dann habe ich eben einmal einen Fehler begangen, ja und?«

»Ich bin noch nicht fertig. Mein Beleg zeigt, dass du mich in jungen Ehejahren betrogen hast. Meine Affären hatte ich alle später und wer will sie einem nach vielen Ehejahren verdenken? Deine Affäre bedeutet, dass nicht nur du so kaltherzig warst, mich rasch nach der Hochzeit zu betrügen, sondern auch Maria. Sie war nämlich ebenso frisch verheiratet gewesen mit Bernd Große-Lindhorst.«

Bei diesem Namen zuckte Jan zusammen. Sein Vater hatte Lea mit Paulines Mutter betrogen? Pauline hielt doch so viel von ihrer Familie und von ihrer Mutter im Besonderen. Wie konnte sie Derartiges gutheißen? Und was war dann diese Maria Große-Lindhorst für eine Frau, die kurz davor war, seine Schwiegermutter zu werden? Noch eine kalte Mutter ohne Ehrgefühl brauchte er wirklich nicht. Jan versuchte, sich seine Irritation nicht anmerken zu lassen und hörte weiter zu.

»So, Gerhard, all das wirft wahrlich kein gutes Licht auf dich. Bedenke: Große-Lindhorts Anwesen gilt als Vorzeige-Gut. Jeder, der in Münster und Umgebung etwas auf sich hält, hat dort Hochzeiten gefeiert, Firmenjubiläen veranstaltet und Konferenzen besucht. Maria und Bernd Große-Lindhorst genießen einen Spitzenruf als zuvorkommende Gastgeber und ehrliche Vertragspartner, die alles realisieren, was sich die Kunden wünschen. Sie und ihr Gut sind der Inbegriff von Rechtschaffenheit, Freundlichkeit und Bescheidenheit. Oh Mann, wenn ich das so deutlich sagen muss, wird mir übel. Sie sind einfach widerliche Gutmenschen«, regte sich Lea auf.

»Ja, dass du mit Freundlichkeit und Warmherzigkeit nichts anfangen kannst, Lea, das kann ich mir denken«, sagte Gerhard spöttisch.

»Du solltest besser aufpassen, was du sagst und mich nicht noch zorniger machen. Jedenfalls wäre es natürlich mit diesem Ruf für »Drei Eichen« vorbei, wenn ich meine Geschichte erzähle. Gutsherrin Maria Große-Lindhorst und ihre Affäre mit dem Verleger. Ich sehe die Schlagzeilen schon vor mir!« Lea lachte dreckig. »Weiß Bernd überhaupt Bescheid? Ups, dann geht noch eine Ehe in die Brüche.«

»Das wagst du nicht ...«, schnaubte Gerhard, der nun kochte vor Wut.

»Warte, warte, mein Lieber. Ich bin noch nicht fertig. Also, dein Image ist kaputt, Marias ebenso und möglicherweise wird das wirtschaftliche Auswirkungen haben. In diesem katholischen Münster könnte es Abonnenten geben, die dir deinen Fehltritt nicht verzeihen werden. Und das ausgerechnet jetzt, wo du auf jeden Leser angewiesen bist, mein Lieber. Gleiches wird auf das Gut zutreffen. Zumindest kurzzeitig. Auch könnten sich die Mitarbeiter des Verlages fragen, ob Pauline Große-Lindhorst nur wegen eures Techtelmechtels eingestellt worden ist. Das ist natürlich kein Verbrechen, aber immerhin genießt sie offenbar als Autorin gewisse Sonderrechte. Woher das wohl kommt?«

»Hinaus!«, brüllte Gerhard und wies mit ausgestreckter Hand zur Tür. »Kommt mir nicht mehr unter die Augen.«

»Wir gehen schon, wir gehen schon. Aber du wirst von uns hören oder besser: Lesen.« Lea wandte sich mit einem diabolischen Lächeln zur Tür.

»Raus!« Wäre Gerhards Stimme eine Welle gewesen, so hätte sie Lea und Erik mit voller Wucht hinausgespült. Jan konnte sich nicht erinnern, dass sein Vater selbst in größter Wut je so laut gebrüllt hatte.

Hertas Bauernhofcafé, Münsterland

Carolina blinkte links. Sie bogen auf einen kleinen Landwirtschaftsweg ein, an dessen Ende verlässlich wie immer Hertas Café stand. Hühner liefen frei auf den davor liegenden Wiesen herum, einige Schafe gab es und sogar Pfauen stolzierten über den Hof. Carolina schotterte über den kleinen Parkplatz und brachte ihr Cabrio staubend zum Stehen. Sie schlug leicht auf ihr Lenkrad und sah Pauline das erste Mal, seit sie ihre Schwester abgeholt hatte, an.

»Da wären wir, meine Kleine.«

»Ja, da wären wir«, sagte Pauline leise und stieg langsam aus. Carolina tat es ihr gleich, warf sich für alle Fälle noch einen Wollpullover über die Schultern und griff nach ihrer großen Beuteltasche.

»Die Sonne scheint so warm. Wollen wir uns nach draußen setzen?«

»Ja, können wir machen.« Pauline wirkte wie in Trance.

Sie setzten sich an einen Holztisch, der liebevoll mit Blumen aus dem Bauerngarten dekoriert worden war. Die Tischdecke grün-weiß-kariert.

Kaum hatten sie Platz genommen, kam Herta auf sie zu. Mit ihrem rundlichen Bauch erinnerte sie an ein liebevolles Nilpferd, dachte Pauline.

»So, so, die Lindhorst-Mädels sind mal wieder bei mir. Das freut mich aber. Was kann ich euch Gutes tun?« Herta sah freundlich von Carolina zu Pauline und bemerkte nun Paulines trübes Gesicht.

»Oh, da ist wohl eine Extraportion Hefezopf mit Marmelade gefragt«, sagte Herta.

»Nein Herta. Ich glaube, ich kann gar nichts essen«, wehrte sich Pauline matt und wandte rasch den Blick von ihr ab.

»Papperlapapp, Kindchen. Das kommt nicht in Frage. Ich werde dir etwas Gutes bringen, so wie du aussiehst.« Herta streichelte Pauline sanft über den Rücken. »Und du Carolina?«

Nachdem Herta im Haus verschwunden war, wollte es Carolina genau wissen.

»So, nun aber raus mit der Sprache. Was ist denn passiert?« Carolina faltete die Hände auf dem Tisch.

»Es hat alles einfach keinen Sinn mehr.«

»Ist es wegen diesem Mann?«, forschte Carolina nach.

»Jaha«, sagte Pauline gedehnt, die eigentlich keine Niederlagen gegenüber ihrer strukturierten, ehrgeizigen und erfolgreichen Schwester zugeben wollte. Andererseits war Caroline wahrlich die Einzige, mit der sie über alles reden konnte. Sie hatte vielleicht auch eine nüchternere Erklärung dafür, was in Maria gefahren war, als sie mit Gerhard von Hoff geschlafen hatte.

Pauline gab sich einen Ruck und erzählte ihrer Schwester die ganze Geschichte: den Fund des Tagesbuches, die Affäre, dass Julia herausgefunden hatte, dass Jan eine Freundin hatte und obendrein noch Gerhard von Hoffs Sohn war. Und dass die Möglichkeit bestand, Jan könne ihr Halbbruder sein.

Carolina hörte zu. Da kam die Ärztin in ihr durch: Den Kranken einfach zuhören. Als Pauline geendet hatte, legte sie ihre Hände in den Schoß.

Carolina sagte nichts.

Dann begann sie langsam: »Pauline, das wird dich jetzt noch einmal enttäuschen, aber ich möchte dir in dieser Situation nichts vormachen: Ich habe es gewusst. Ich habe – vor Jahren schon – ein Gespräch zwischen Tante Eva und Maria zufällig belauscht. Danach habe ich nicht locker gelassen, bis Mama mir alles erzählt hat. Aber ich musste ihr versprechen, dass ich dir nichts sage. Sie war der Meinung, dass es besser für dich wäre, wenn du von nichts wüsstest.«

»Du also auch?« Pauline sah grimmig aus. »Ja, haben denn alle Bescheid gewusst, außer mir?« Pauline sprang auf und rannte umher. »Ich bin also der letzte Idiot, dem niemand etwas gesagt hat. Ist ja großartig!« Sie rang die Hände.

»Ich kann deine Wut verstehen. Aber wir hatten nie damit gerechnet, dass es je herauskommen würde«, versuchte Carolina zu erklären.

»Pah«, machte Pauline verächtlich. »Ihr lest keine Zeitungen, oder? Wie oft hat es Fälle gegeben, bei denen alles scheibchenweise herauskam. Politiker, Schauspieler, Musiker. Und alle sind dann immer erstaunt. Nein, Carolina, das, was herauskommen kann, kann auch herauskommen. So war das schon immer.« Pauline stützte sich an der Rückenlehne des Klappstuhls ab.

»Wenn wir schon bei der Wahrheit sind, will ich dir noch etwas sagen«, sagte Carolina wieder in ihrer gewohnt direkten Art.

»Los, nur zu. Ich kann sehr gut noch mehr Wahrheiten verkraften.«

»Sei nicht so sarkastisch«, sagte Carolina.

»Wie soll ich sonst sein?«

»Nun, ist ja auch egal. Also, als Mama bemerkte, wie sehr du nach Münster zurückkehren wolltest und dass dir London nicht mehr gefiel, da hat sie Gerhard von Hoff angerufen.«

»Du willst mir jetzt nicht sagen, dass ich das Jobangebot nur wegen der Affäre bekommen habe, oder?« Paulines Augen blitzten vor Zorn, fest umklammerte sie die Rückenlehne.

»Nun ja, irgendwie schon«, sagte Carolina und sah ihre Schwester an. »Aber das ist doch nicht so wild. Pauline, wir wissen alle, dass du eine gute Journalistin bist und dass du gute Reportagen schreibst. Wenn du nicht gut genug gewesen wärst, dann hätte dich der von Hoff doch gar nicht genommen.«

»Das kannst du nicht wissen. Und ich dachte immer, sie wollten mich, weil ich so schreibe, wie ich schreibe.«

»Ach, Schwesterchen. Sei doch nicht immer so idealistisch. Was ist denn schon dabei, wenn man eingestellt wird, weil jemand einen anderen kennt? Das passiert doch häufig. Ich würde das nicht überdramatisieren«, Caroline lehnte sich zurück.

»Überdramatisieren? Du bist gut. Ich habe das Gefühl, mein gesamtes Leben findet in einer großen Blase voller Lügen statt. Jetzt kann ich nicht einmal mehr sicher sein, dass ich einen Job habe, den ich mir aufgrund meiner Arbeit verdient habe und nicht, weil gemauschelt wurde.«

Pauline setzte sich wieder.

Nach einer längeren Pause sagte sie leise: »Eigentlich ist das tatsächlich auch schon egal. Ich glaube, ich werde nach London zurückgehen. Ich kann sicher eine Weile bei Nicki wohnen. Hier hält mich einfach nichts mehr. Nichts und Niemand.«

Pauline starrte vor sich hin. Der Wind rauschte durch die Blätter der Pappeln, die neben dem Hof standen. Eine Biene summte vorbei.

Mittwochnachmittag – Von-Hoff-Verlag

Jan hatte Kopfschmerzen. Erik und Lea waren in Gerhards Büro hereingeplatzt wie eine Horde wild gewordener Elefanten. Das, was sie behauptet hatten, war einfach unmöglich. Wie ernst war es seinem Vater denn nun mit der Entschuldigung gewesen? Und warum hatte er eine Affäre mit Paulines Mutter gehabt? Warum hatte er, Jan, nie davon erfahren? Von Leas Affären hatte er auch gewusst. Was war das Besondere an dieser Affäre, dass sich selbst Lea noch Jahre danach derart darüber aufregen konnte? Er begriff es nicht.

Und Pauline? Jan nahm sein Smartphone aus der Tasche, obwohl er sich sicher war, keine Nachricht erhalten zu haben, da sonst das Telefon vibriert hätte, wollte er es dennoch kontrollieren. Nichts. Keine Nachricht, keine Adresse, wo sie sich heute Abend treffen wollten. Das konnte doch nicht sein. War etwas passiert? Jan wurde nervös und schob die Grübeleien bezüglich seiner Familie zur Seite.

»Weißt du zufällig, ob Pauline heute im Verlag arbeitet?«, fragte Jan seinen Vater.

»Woher soll ich das wissen?«, bellte dieser. »Lea ist so ein Miststück und auf Erik hätte ich nie setzen sollen. Das sehen wir jetzt. Er ist ein mieser, eiskalter Hund, der seinem Vater in den Rücken fällt. Wenn Lea die Geschichte nun überall herausposaunt? Ich wollte doch gerade einen Neustart wagen. Da müssen mir die Mitarbeiter vertrauen. Oh Gott, und Maria. Sie wird mich in Stücke reißen. Es war alles geregelt und nun wird ein altes Fass aufgemacht.« Gerhard raufte sich die dicken, lockigen Haare.

»Ich kann verstehen, dass dich das alles aufregt«, sagte Jan nüchtern, »aber vielleicht kommt es gar nicht so schlimm. Vielleicht will niemand Leas Story drucken. Hast du keine guten Beziehungen zur Presse? Und selbst wenn. Eine Affäre ist heute doch kein Drama mehr. Ja, der Aufbau deines neuen Images wäre um einiges schwieriger, aber zu schaffen. Warte doch erstmal ab, was sie tatsächlich in der Hand hat und damit macht.«

»Heißt das, du bist noch immer auf meiner Seite?« Gerhard sah gerührt aus. Er ging ein paar Schritte auf Jan zu, bis er kurz vor ihm stand.

»Ja, Vater.«

Gerhard umarmte seinen Sohn fest, als wolle er ihn nie wieder loslassen, doch Jan wand sich allmählich aus seiner Umklammerung, die im langsam unangenehm wurde.

»Natürlich ist es nicht besonders schön, zu erfahren, dass du quasi aufgrund des Druckes, der auf dir lastet, über mich nachgedacht hast. Auf der anderen Seite sind es doch immer wieder Änderungen in unserem Leben, die uns zum Umdenken bewegen. Ich nehme dir deine Entschuldigung ab und ich glaube dir, dass du einsiehst, Fehler gemacht zu haben. Zudem gibt es eben manchmal Ereignisse, die einen an das erinnern, was wirklich wichtig ist. Du hast dich daran erinnert und das zählt.« Jan klopfte seinem Vater kumpelhaft auf die Schulter.

»Danke, mein Junge.« Gerhard tätschelte ihm die Wange. »Wir haben noch viel Zeit, die wir gemeinsam verbringen können. So viel Zeit, das Verlorene aufzuholen.«

»Ja, aber jetzt habe ich keine Zeit mehr«, sagte Jan etwas unruhig. »Ich muss mit Pauline sprechen.

Entschuldige bitte.« Er wandte sich ab, um Paulines Nummer zu wählen. Mailbox. Jan ließ sein Smartphone sinken. Sie hatte also ihr Handy ausgestellt. Warum?

»Weißt du, wo ihr Büro ist? Ich muss sie sehen.«

»Ich nicht, aber Gerda weiß es. Sie wird es dir zeigen«, sagte Gerhard und ging zur Tür.

»Gerda, könnten Sie meinem Sohn bitte das Büro von Pauline Große-Lindhorst zeigen?«

»Das kann ich ihm auch zeigen«, hörte Jan eine Stimme sagen, die nicht nach Gerda Horstmann klang.

»Maria, was zum Teufel machst du hier?«, sagte Gerhard überrascht und Jan war neugierig, ob es sich um die Maria Große-Lindhorst handelte. Er folgte seinem Vater und spähte durch die Tür. Im Vorzimmer stand eine Frau mit kurzen Haaren, einer rosafarbenen Bluse und einer kurzen Perlenkette um den Hals. Sie hatte dieselben braunen Augen wie Pauline. Ihr Gesichtsausdruck war freundlich, wenn sich auch strenge Züge erahnen ließen. Sie schien eine überaus korrekte Frau zu sein. Um so unvorstellbarer für Jan, dass sie ihren Mann hintergangen haben soll.

»Ich muss mit dir sprechen, Gerhard«, sagte sie direkt und blickte an Gerhard von Hoff vorbei. »Das muss Jan sein, oder?«

Jan trat hervor. »Jan Hoff, ich meine, Jan von Hoff.« Wieder seinen vollen Namen zu benutzen war für Jan so ungewohnt.

»Maria Große-Lindhorst«, sagte Maria und musterte Jan. »Habe ich da eben den Namen meiner Tochter gehört? Nun, wenn sie wollen, dann kann ich ihnen das Büro zeigen.«

»Nein«, warf Gerhard dazwischen. »Das kann Gerda machen. Ich habe dir auch etwas mitzuteilen, Maria.« Hektisch schob Gerhard Maria in sein Büro. Wie er mit dem Dilemma umgehen sollte, konnte er nur mit einer Person besprechen. Maria.

Die Tür wurde geschlossen und Gerda Horstmann stand von ihrem Bürostuhl auf. Sie glättete ihren Rock und sagte freundlich lächelnd: »Bitte, Herr von Hoff. Folgen Sie mir.«

Sie fuhren in den dritten Stock. Jan hoffte, Pauline in einen Artikel vertieft am Schreibtisch sitzend zu finden. Der Tag war ganz anders verlaufen, als er es sich vorgestellt hatte. Eigentlich hatte er Pauline mit einem Heiratsantrag und der Information, dass er Jan von Hoff war und im Verlag seines Vaters einsteigen wollte, überraschen wollen. Doch die bekanntgewordenen Wendungen, dass sein Vater und ihre Mutter ein Verhältnis gehabt hatten, behagten Jan nicht. Er konnte diese Tatsache nicht einordnen und wollte ehrlicherweise auch nicht zu erst mit seinem Vater darüber sprechen. So belastbar war ihr neues Vertrauensverhältnis nicht. Aber Pauline kannte seinen Vater, schließlich arbeitete sie jeden Tag für ihn. Und Pauline schien eine gute Menschenkenntnis zu haben. Er wollte mit ihr über alles sprechen. Auch wenn es keine Auswirkungen auf seine Gefühle für Pauline oder das Engagement im Verlag hatte, so kam ihm alles sonderbar vor. Die Tatsache, dass Pauline sich nicht mehr gemeldet hatte, erschien ihm merkwürdig. Was war geschehen?

In Gedanken versunken folgte Jan Gerda Horstmann auf dem Fuße. Er nahm die Mitarbeiter, die ihnen auf den Fluren begegneten, gar nicht wahr und grüßte nur roboterartig, wenn Gerda es zuvor getan hatte.

»Da wären wir«, sagte Gerda Horstmann unvermittelt und blieb vor einer grauen Tür stehen. Auf dem Namensschild neben der Tür las Jan: Pauline Große-Lindhorst, Land und Stil – letzterer Schriftzug war in dem für die Marke typischen moosgrün gehalten.

Jan klopfte.

Keine Antwort.

Er klopfte erneut.

Wieder nichts.

Jan wandte sich zu Gerda Horstmann um: »Sie ist nicht da, sie geht nicht ans Telefon. Haben Sie noch eine Idee, wie man sie erreichen kann? Sie kennen doch sicher alles und jeden hier im Haus.«

Die Sekretärin seines Vaters überlegte kurz. »Julia Schneider. Sie ist Frau Große-Lindhorsts beste Freundin und arbeitet hier bei einer anderen Zeitung. Ich zeige ihnen ihr Büro.« Und weiter ging es auf dem langen Flur, an welchem Bürotür an Bürotür gereiht wurde. Ganz am Ende des Ganges hielt Frau Horstmann erneut an. Dieses Mal klopfte sie an die Bürotür.

»Julia? Bist du da?«

Sie hörten ein dumpfes: »Ja, komm' rein, Gerda.«

Gerda Horstmann öffnete die Tür und sie und Jan traten ein. *Das war also Julia Schneider,* schoss es Jan durch den Kopf. *Das war die Frau, die oben im Vorzimmer seines Vaters berichtet hatte, dass Pia da war.*

Oh nein, dann hatte Julia Schneider Pauline sicher von Pia erzählt! Jan wurde noch nervöser. Das konnte eine Erklärung sein, warum sich Pauline nicht meldete und sie die Mailbox angeschaltet hatte.

Als Julia sah, wen Gerda mitbrachte, verzog sie die Mundwinkel. Der hatte ihr gerade noch gefehlt. Andererseits sollte sie sich nicht so sehr anmerken lassen, dass sie ihren neuen Chef – und das würde er sicher werden – für einen Betrüger hielt. Jetzt, da ihr Job in Gefahr war, musste sie sich wohl oder übel gut mit ihm stellen. Also, auf in den Kampf. Julia erhob sich, zog an ihrer Strickjacke und versuchte ein Lächeln.

»Herr von Hoff, da sehen wir uns ja schneller wieder als gedacht. Wie kann ich Ihnen denn helfen?«

»Also, ich kann Pauline nicht erreichen und ich muss sie ganz dringend sprechen. Wissen Sie vielleicht, wie ich sie erreichen kann? Das würde mir wirklich sehr helfen!«

Dass du sie dringend sprechen musst, kann ich mir denken,

grummelte Julia in Gedanken. Aber sie musste sich zusammenreißen. Schnell überlegte sie. Eigentlich wollte sie nicht, dass dieser Jan ihrer Pauline noch mehr Schmerzen zufügte. Für Pauline war eine Welt zusammengebrochen. Sie sollte in Ruhe trauern. Aber wenn sie ihren Job nicht sofort riskieren wollte, sollte sie ihm helfen. Außerdem konnte es immerhin im Bereich des Möglichen liegen, dass Jan von Hoff Pauline tatsächlich noch etwas Wichtiges zu sagen hatte. Sie konnte sich nicht anmaßen, Racheengel zu spielen und Jan in die Irre laufen zu lassen.

»Sie ist nicht in ihrem Büro, da haben wir eben nachgesehen. Und sie hat die Mailbox eingeschaltet«, ergänzte Jan, der hoffte, Julia zu einer Vermutung, wo Pauline sein könnte, zu bewegen. Dass sie ihm gegenüber abgeneigt war, hatte Jan bereits gemerkt, als er durch die Tür gegangen war.

»Okay«, sagte Julia gefasst, »dann ist sie ganz sicher in Hertas Café. Das ist ihr Rückzugsort, ihre kleine Glücksinsel. Wenn es ihr schlecht geht oder wenn sie etwas zu feiern hat, dann ist sie immer dort. Hertas Café ist so etwas wie ihr zweites Zuhause.«

»Alles klar«, sagte Jan schnell. Er wollte keine Zeit verlieren. »Wie lautet die Adresse?«

Julia gab sie ihm und Jan verschwand augenblicklich aus ihrem Büro, nicht ohne ein sehr freundliches »Vielen Dank!« zu rufen. *Eigentlich ist er ja doch ganz süß,* dachte Julia und setzte sich wieder. Warum müssen auch sympathische Männer Mistkerle sein. Hoffentlich hatte sie keinen Fehler begangen.

Sechzehn

Mittwoch, später Nachmittag – auf dem Weg zu Hertas Café

Jan warf sich in ein Taxi und nannte die Adresse des Bauerncafés. Eigentlich hatte Jan am Nachmittag noch zu einem Juwelier gehen wollen, um den Verlobungsring auszusuchen. Aber dafür hatte er nun keine Zeit mehr. Wenn Pauline tatsächlich annahm, dass Pia seine Freundin war, musste er sie so schnell wie möglich vom Gegenteil überzeugen. Auch wenn Jan Pauline nicht für die Art Frauen hielt, die kopflos wurden, wenn es schwierig wurde, so konnte er dennoch nicht ausschließen, dass sich Pauline bewusst von ihm abwenden wollte, vielleicht mit einem spontanen Urlaub. Immerhin hatte er sich nach dem ersten Date einige Tage nicht mehr bei ihr gemeldet gehabt. Das trug nicht gerade dazu bei, dass Pauline unerschütterlich an seine Liebe glauben konnte. Das war Jan bewusst. Wenn er diese Frau nicht verlieren wollte, dann musste er ihr zeigen, wie Ernst es ihm war.

Jan sah aus dem Taxi-Fenster. Eine Allee aus Linden, ein strahlend gelbes Rapsfeld und grasende Pferde auf einer Koppel. Jan hatte vergessen, wie idyllisch und wunderschön das Münsterland sein konnte. Es hätte alles perfekt sein können: Er und Pauline in diesem Landstrich, dessen Menschen westfälisch direkt, aber auch sehr herzlich sein konnten. Eine Familie gründen in Paulines geliebter Heimat. Das Erbe seines Vaters fortführen und gleichzeitig die Zerwürfnisse begraben. Es hätte der perfekte Neustart werden können. Doch nun waberten Schatten der Vergangenheit über die frühlingshafte Idylle. Ihre Eltern hatten ein Verhältnis gehabt – diese Art Nähe hatte sich Jan für die Familienzusammenführung nicht gewünscht. Es brachte nur Ärger, wie man an dem Auftritt von Lea und Erik fabelhaft hatte sehen können. Und was, wenn die Große-Lindhorsts gar keinen weiteren von Hoff in ihrer Familie duldeten? Schließlich hatte der erste schon genug Unmut gebracht. Was, wenn Pauline sich nicht davon überzeugen ließ, dass die Beziehung mit Pia endgültig vorbei war?

»Da liegt das Café«, sagte der Taxifahrer knapp und bog in den Landwirtschaftsweg ein. Als sie näher auf den Hof zufuhren, erblickte Jan Pauline mit einer anderen Frau im Garten. Sein Herz klopfte. Wie würde sie reagieren?

Hertas Café

Pauline sah das Taxi aus den Augenwinkeln kommen. Komisch, wer fuhr hier denn mit einem Taxi vor? Zu Herta fuhr man mit dem Fahrrad. Besonders Touristen mochten diesen Halt auf einer ihrer Radtouren. Einheimische fuhren ebenfalls Rad oder Auto, aber mit dem Taxi hatte Pauline hier noch niemanden ankommen sehen. Neugierig folgte sie dem Wagen mit ihren Blicken.

Carolina nutzte die Ablenkung Paulines und stand auf: »Ich muss mal kurz auf die Toilette. Bis gleich.« Mit großen Schritten steuerte sie auf die alte hölzerne Eingangstür zu und verschwand dahinter, ohne auf den ankommenden Wagen zu achten. Das Taxi kam kurz vor der Tür zum Stehen. Der Gast bezahlte, dann öffnete sich die hintere Tür zur Seite des Hofes hin.

Von hinten erkannte sie seine braunen Locken und die gerade Haltung seiner Schultern. Pauline zuckte zusammen. Sie traute ihren Augen nicht. Wie hatte er sie hier gefunden? Was wollte er hier? Und vielleicht ging es gar nicht um sie. Schnell drehte sie sich wieder um und starrte die Außentheke unter einem Unterstand an, der früher ein Stall gewesen war. Heutzutage wurde die Theke benutzt, wenn im Sommer besonders viele Gäste kamen. Heute war sie geschlossen.

Pauline hörte Schritte auf dem Kiesweg. Das war nicht Carolinas hektischer Stechschritt. Jan wollte also doch zu ihr. Warum? Um ihr weitere Lügen aufzutischen?

»Pauline.« Seine Stimme hinter ihr klang sanft und warm. Sofort war die Anziehung wieder da, wenngleich sie so traurig, enttäuscht und wütend auf ihn war. Doch Pauline konnte und wollte sich nicht umdrehen. Noch immer starrte sie auf den silbrigen Zapfhahn.

»Papa?« Carolina stand telefonierend in der Diele vor dem Kamin und fuhr mit dem Finger über einen Kupfertopf, der auf dem Kaminsims stand. »Papa, du musst mit Mama gleich zu Herta kommen. Es geht um Pauline. Sie hat so einiges erfahren und sie will so schnell wie möglich wieder nach London. Ihr müsst das verhindern. Pauline gehört doch hierher, zu ihrer Familie.«

»Aber Carolina, was ist denn passiert? Habt ihr euch nun völlig entzweit?«, fragte Bernd Große-Lindhorst argwöhnisch.

»Nein, das ist es nicht. Zumindest nicht direkt. Für meine Anschuldigungen vom Wochenende hatte ich mich bei ihr entschuldigt. Es sind ganz andere Dinge hinzugekommen. Ich kann das nicht alles am Telefon erzählen. Wir müssen das als Familie klären. Bringst du Mama mit?«

»Als Familienmensch kenne ich dich gar nicht. Dann wird es wohl etwas Ernstes sein, wenn du dich auf einmal so einbringst«, stellte Bernd nachdenklich fest.

»Mensch Papa, hack nicht immer auf mir herum. Ja, ich weiß, dass ich oft nur meine Angelegenheiten im Blick habe. Aber ich mache nicht alles aus Berechnung.« Carolina fühlte sich auf die Füße getreten. Sie war immer zielstrebig gewesen, hatte beruflich erreicht, was sie wollte. Dass sie reiten konnte, so oft sie wollte, hatte sie ihrem gutmütigen Mann Manfred zu verdanken. Carolina war sportlich und hatte eine tolle Figur. Sie konnte es sich leisten, regelmäßig auf dem Prinzipalmarkt einkaufen zu gehen und lud gern Gäste zu kulinarischen Abendessen in ihr großes Haus in Mauritz ein. Aus der Entfernung betrachtet war Carolinas Leben perfekt. Von vielen Freunden und Kollegen wurde sie bewundert, sie galt als taff. Doch wenn Carolina ehrlich war, dann fehlte ihr die Warmherzigkeit der Schwester, das fröhliche Wesen von Pauline. Pauline hatte um ihre Ausbildung gekämpft, der Abstecher nach London war spannend gewesen, aber nicht das, was sich Pauline vorgestellt hatte. Naja, und mit den Männern war es bei ihr auch nicht einfach gewesen. Bei Pauline schien es genau umgekehrt zu sein: Aus der Entfernung schien ihr Leben weniger perfekt und dennoch war sie ein Glückskind. Sie machte aus allem das Beste und man nahm ihr ihre innere Ausgeglichenheit ab.

Mit dieser Wirkung wird sie sicher Jan verzaubert haben. Eigentlich, so überlegte Carolina noch immer vor dem Kamin stehend, *war Pauline dort angekommen, wo sie hingehörte: nach Münster, zu ihrer Familie, zu einem großartigen Mann.* Jetzt war es an Carolina der kleinen Schwester zu helfen, die Wahrheiten ihrer Familie aus der Vergangenheit anzunehmen und nicht wegzulaufen. Sie hoffte inständig, ihre Eltern möchten bald da sein.

Von-Hoff-Verlag

»So, jetzt weißt du Bescheid«, schloss Gerhard seine Ausführungen. »Was machen wir denn nun?«

Maria saß, die Beine übereinandergeschlagen und mit

dem oberen Bein wippend, auf einem Sessel in Gerhards Büro. Sie ließ seine Worte auf sich wirken und dachte nach. Es ging darum, die Familie zusammenzuhalten. Das war Maria klar. Sie mussten die Karten auf den Tisch legen und die Wahrheit sagen, auch wenn es schmerzhaft werden würde.

Gerhard beobachtete Maria. Sie war noch immer eine schöne Frau. Sie hatte mehr Falten um die Augen und sie tönte ihre Haare, um das Grau zu verdecken, aber ansonsten strahlte ihr Gesicht eine Ebenmäßigkeit aus, die bei Frauen über sechszig Jahren kaum zu sehen war. Sie hatte immer noch eine schlanke Figur. In Gerhards Augen war Maria die perfekte Mischung aus Herz und Verstand, aus Disziplin und Mitgefühl. Wenn er nur bei ihr geblieben wäre, dann wäre alles anders gekommen ...

Die nachdenkliche Stille wurde von einem schrillen Handyklingeln unterbrochen. Maria schreckte auf und griff in ihre Tasche.

»Diesen nervigen Ton muss ich unbedingt noch ändern«, murmelte sie und blickte auf das Display. Sie sah zu Gerhard auf. »Es ist Bernd«, sagte Maria mit Verwunderung in der Stimme. Sie drückte auf »annehmen«.

»Bernd, was gibt es?«

»Wo bist du gerade? Wir sollen so schnell wie möglich zu Herta fahren. Carolina hat eben angerufen und sie meint, Pauline will Hals über Kopf nach London zurück, weil sie Dinge erfahren hat, die sie belasten. So kopflos ist sie doch sonst nicht. Hast du eine Ahnung, um was es geht?«

»Ja, ich fürchte schon«, sagte Maria und sie spürte, wie ein Kloß im Hals immer größer wurde. Es half aber nichts, da musste sie durch. Maria atmete tief ein: »Okay Bernd, ich fahre hier gleich los. Wir treffen uns dort.« Sie legte auf.

»Pauline«, hörte sie seine Stimme erneut. »Pauline, ich muss mit dir reden.«

»Jetzt kommt sicher der Satz: »Es ist nicht so, wie du denkst«, oder?« Pauline fuhr herum und funkelte ihn an. Sie war verletzt, das konnte Jan in ihren hübschen Augen erkennen. Er fühlte sich so hilflos. Er wollte Pauline nicht verletzen. Diese blöde Pia. Warum hatte sie ihm auch nachfahren müssen. War er nicht deutlich genug gewesen? Jan nahm sich einen Stuhl und stellte ihn vor Paulines, so, dass er sie direkt ansehen konnte. Er wollte ihr nah sein. Er wollte, dass sie in seinen Augen las, wie wichtig sie ihm war, wie sehr er sie liebte.

Zögernd wandte Pauline sich ihm zu. Sie wollte ihm gar nicht zuhören, da ihr ohnehin alles sinnlos erschien, aber sie konnte sich seiner Anziehungskraft nicht völlig entziehen. Er brachte sie dazu, genau das zu tun, was er beabsichtigte.

»Pauline, ich möchte dich bitten, mir zuzuhören. Ich kann mir vorstellen, welchen Eindruck du von mir haben musst. Aber ich bitte dich von Herzen, mich anzuhören und dann zu entscheiden, wie du über mich urteilen willst.«

»Wozu? Ich weiß schon alles und es macht keinen Sinn mehr«, sagte Pauline verbittert.

»Pauline bitte.« Jan versuchte es erneut und sah ihr in die Augen. »Deine Freundin Julia ist auf Pia Schüller gestoßen.«

»Deine Freundin wäre passender als *Pia Schüller*«, warf Pauline ärgerlich ein und verschränkte die Arme vor der Brust. Die Wut gewann die Oberhand.

»Nein, das wäre nicht passender. Sie ist nicht meine Freundin. Zumindest ist sie es nicht mehr.«

Pauline horchte auf und ihre rechte Augenbraue zuckte unmerklich.

Jan sprach weiter. »Pia Schüller war meine Freundin. Und, um die Wahrheit zu sagen, sie war es auch noch am vergangenen Donnerstag, als wir beide uns trafen.«

Pauline blies nervös gegen ihren Pony.

Na wunderbar, dachte sie. *Da hatte mich mein Instinkt nicht getrogen. Er hatte sich bei mir nicht gemeldet, weil er eine Freundin gehabt hatte. Wahrscheinlich hatte er erst im Café heute Mittag mit ihr Schluss gemacht, nachdem wir die Nacht gemeinsam verbracht hatten. Typisch Mann,* dachte Pauline verächtlich. *Sie trennen sich erst, wenn die Neue schon da ist.*

»Wahrscheinlich glaubst du, ich sei wie viele Männer, die erst eine Beziehung beenden, wenn sie eine neue Frau haben.«

Konnte Jan Gedanken lesen?

»So war es aber nicht«, sagte Jan. »Als wir uns im Fahrstuhl begegneten, war ich wie vom Donner gerührt. Als du später in meinem Büro gesessen hast, wusste ich, dass ich dich wiedersehen wollte und als wir dann diesen herrlichen Abend verlebt hatten, war mir klar: Du bist meine Traumfrau.«

Jan versuchte zu ergründen, was Pauline dachte, doch Pauline saß regungslos auf dem Stuhl, die Arme noch immer wie zur Abwehr vor der Brust verschränkt. Sie trug das gelbe T-Shirt von gestern, da sie wohl noch keine Gelegenheit gehabt hatte, sich zuhause umzuziehen. Diese Shirt erinnerte ihn an das Essen beim Spanier, den fröhlichen Abend, an die leidenschaftliche Nacht ...

Als Pauline nichts antwortete, erzählte Jan weiter: »Sicher fragst du dich, warum ich mich zunächst nicht bei dir gemeldet habe. Diese Frage ist berechtigt. Aus heutiger Sicht weiß ich auch nicht mehr genau, warum ich mich nicht gerührt habe. Jedenfalls musste ich mir über einiges klar werden, und als es so weit war, habe ich mit Pia Schluss gemacht. Das war, bevor ich nach Münster kam.

Das musst du mir glauben. Sie hat es wohl nicht akzeptieren wollen und ist mir nachgereist. Ich kann wirklich nichts dafür, dass Pia in Münster aufgetaucht ist.« Jan sah Pauline flehend an.

»Und woher wusste sie, wo du warst?«, fragte Pauline misstrauisch.

»Woher soll ich das wissen? Pia ist in dieser Hinsicht schlau. Sie weiß, wie man an Informationen kommt. Es war auch ein dummer Zufall, dass sie im Verlag ausgerechnet an deine Freundin Julia geraten ist. Andernfalls hättest du gar nicht diese falsche Vermutung, dass wir noch zusammen sind, aufstellen können. Aber ich will nicht weiter über Pia reden. In diesem Café habe ich ihr heute gesagt, dass es aus ist und dass es dich gibt. Ich hoffe, sie lässt mich nun in Ruhe.« Jan machte eine Pause.

»Hattest du denn je vor, mir zu sagen, dass du zumindest vergangene Woche noch eine Freundin hattest? Auf mich macht das nämlich nicht den Eindruck. Du warst doch froh, dass ich davon nichts mitbekommen habe.«

»Nein, Pauline, das stimmt nicht. Ich hätte dir das erzählt. Aber ich wollte erst ein paar Dinge klären. Und ich wollte dich nicht zu Beginn damit verschrecken, dass ich mich gerade erst getrennt hatte. Welchen Eindruck hätte das denn auf dich gemacht?«

Da hatte Jan nicht unrecht, fand Pauline, sagte aber nichts.

»Nun«, machte Jan weiter, »da wir bei der Wahrheit sind, möchte ich dir alles erzählen. Heute Abend bei unserem Essen hätte ich das ohnehin vorgehabt. Deshalb fragte ich nach einem besonders ruhigen Restaurant. Aber ich kann es dir ebenso gut auch jetzt sagen. Pauline, ich heiße eigentlich Jan von Hoff. Gerhard von Hoff, dein Chef, ist mein Vater.«

»Das weiß ich schon«, sagte Pauline kühl und vermied, in Jans schöne Augen zu sehen. Es würde alles noch schwerer machen.

Jan sah sie überrascht an.

»Woher weißt du das?«

Pauline gab keine Antwort und sah weiter in den Garten. Ein Pfau stolzierte vorbei.

»Nun, da du es schon weißt, kann ich es abkürzen. Also, ich hatte in meiner Kindheit gewisse Schwierigkeiten mit meiner Familie, ging nach dem Abitur weg aus Münster und lies das »von« in meinem Namen weg, da ich nie wieder mit meiner Familie zu haben wollte. Doch dann bist du in mein Büro spaziert. Ausgerechnet eine Mitarbeiterin meines Vaters aus der Stadt, in der ich aufgewachsen bin. Wenig später erreichte mich ein Brief meines Vaters. Er bat um Entschuldigung für die Fehler, die er in meiner Kindheit begangen hatte, und bat mich auch um Hilfe, da im Verlag einiges schief liefe. Obwohl ich eigentlich nicht an Derartiges glaube, fand ich doch, dies könne kein Zufall sein. Erst tauchst du auf, dann meldet sich mein Vater. Nach vielen Grübeleien konnte ich nicht leugnen, dass mir mein Vater noch etwas bedeutete. Außerdem habe ich sehr genau zugehört, wenn du von deiner Familie gesprochen hast, wie nah ihr euch alle seid, wie wichtig dir deine Eltern und deine Schwester sind. Mir hat das imponiert. Zudem war mir klar, dass du in Münster würdest bleiben wollen. Es ist ja auch wunderschöne Stadt. Wie auch immer, ich beendete die Beziehung mit Pia, beschloss, meinem Vater zu helfen und mit dir ein neues Leben in Münster aufzubauen.« Er machte eine Pause, rutschte von seinem Stuhl, kniete vor Pauline nieder und nahm ihre Hand. Erstaunt sah Pauline Jan an, unfähig, irgendwas zu sagen.

»Pauline«, sagte Jan mit seiner warmen Stimme und sah in ihre braunen Augen. »Pauline, willst du mich heiraten?«

Paulines Augen flackerten. Ihr Herz schlug bis zum Hals. Schweiß trat ihr auf die Stirn. Was sollte sie sagen? Sie hörte den Satz, den sie in ihren kühnsten Träumen nicht gewagt hätte zu träumen. Der Satz, auf den jede Frau hofft, die ihren Traummann gefunden hat. Es war *der* Satz.

Aber es ging nicht, nein.

Hektisch zog Pauline ihre Hand aus seiner. Sie sprang auf. Aber sie fiel ihm nicht um den Hals, sondern machte ein paar Schritte rückwärts in Richtung Haus. Nervös nestelte sie mit den Fingern an ihrer Lippe. Wie ein verschrecktes Reh sah sie zu Jan hinüber, der Paulines Reaktion gar nicht verstehen konnte. Was sollte das nun heißen?

»Pauline!« Er stand auf und ging auf sie zu. Er breitete die Arme aus und wollte sie in den Arm nehmen.

»Nein. Nein, es geht nicht.« Sie wich noch einen Schritt zurück. Pauline hatte Angst, sie könnte von seiner Nähe überwältigt werden und das musste sie verhindern.

»Warum geht es nicht? Weil ich bis vor Kurzem noch mit Pia zusammen war? Pauline, sie bedeutet mir nichts, ehrlich. Ich glaube, sie hat mir noch nie etwas bedeutet. Wenn du meinen Freund Daniel fragst, wird er dir sagen, dass wir eigentlich kein verliebtes, glückliches Pärchen waren. Pauline, bitte«, er streckte seine Hand aus und versuchte ihre zu erreichen. »Pauline, ich liebe dich! Ich will mein Leben mit dir teilen. Ich habe noch nie einen Menschen wie dich getroffen.«

»Nein, Jan! Ich kann nicht. Ich kann nicht deine Frau werden, versteh' das doch bitte!«

»Dann nenne mir den Grund, warum nicht. Habe ich nicht ein Recht, das zu erfahren?«

»Weil ...«, Pauline pausierte. Es war so schwer. Es tat ihr so weh. Sie hatte ihren Traummann gefunden. Er hatte ihr einen Antrag gemacht, aber es ging nicht. Sie atmete schwer. Jan sah sie offen an. Er wollte wissen, woran er war.

»Weil wir Geschwister sind!«, brach es aus Pauline heraus.

Jan rührte sich nicht. Seine Gedanken wirbelten.

Geschwister ... das war doch nicht möglich. Sein Magen zog sich säuerlich zusammen. Pauline sollte seine Schwester sein? Wie konnte das sein? Da fiel es ihm ein. Es war doch möglich. Gerhard und Maria Große-Lindhorst hatten eine Affäre gehabt. Gleich zu Beginn ihrer Ehen. Das könnte der Zeitpunkt seiner Geburt gewesen sein. Was, wenn er ein Kind dieser Verbindung war? Jans Herz begann zu rasen. Pauline war seine Schwester ...

Dann hatte sie recht, dann war alles vorbei. Er griff nach einem Stuhl, der an einem leeren Tisch neben ihm stand, und setzte sich. Jan starrte ins Leere. Pauline starrte auf Jan und beobachtete, dass es ihm auch langsam zu dämmern schien. Wusste er also auch von der Nacht ihrer Eltern?

Plötzlich fühlte sich Pauline an der Schulter gepackt und umgedreht.

Überrascht sah sie in das Gesicht ihrer Mutter. Sie hatte sie überhaupt nicht kommen hören. Sie war so mit den Gedanken an Jan, über seine Ex-Freundin, seinen Antrag und dessen Abwehr beschäftigt gewesen, dass sie nicht wahrgenommen hatte, wie ein Auto auf den Hof gefahren war.

Ausgerechnet jetzt tauchte Maria auf. Pauline spürte eine Abneigung in ihr aufsteigen. Hinter Maria erblickte sie Gerhard von Hoff.

»Was macht ihr hier?« Paulines Stimme bebte. »Habt ihr nicht schon genug angerichtet? Ihr beide mit eurer verlogenen Affäre! Ich habe immer geglaubt, dass du ehrlich und aufrichtig bist, Maria.« Sie wandte sich wütend ab und sah zu Jan hinüber, der immer noch regungslos auf dem Stuhl saß. Ihre Blicke trafen sich. Am liebsten wäre Pauline zu ihm gelaufen. Dem einzigen Halt, den sie offenbar hatte. Sie wollte weg von ihrer Mutter, die sie maßlos enttäuscht hatte.

»Line, Schätzchen«, versuchte es Maria vorsichtig.

Pauline wurde hellhörig. Line wurde sie nur ganz selten genannt.

»Schätzchen«, sagte Maria erneut. »Hör mir zu.«

»Ich will nichts mehr hören!«, schnaubte Pauline. »Ich habe alles gelesen. Ja, ich weiß, man darf nicht in den Tagebüchern anderer Leute stöbern. Aber es war purer Zufall, dass ich darüber gestolpert bin. Ich weiß von deiner Affäre mit meinem Chef und ich weiß, dass ihr ein Kind habt. Ich kann mir nun auch erklären, warum du nicht so freudig auf die Nachricht reagiert hast, dass ich einen Jan Hoff liebe. Du musst gewusst haben, dass es Jan von Hoff gewesen ist. Er ist euer Sohn. Ein Geheimnis, das nie herausgefunden werden sollte. Doch habt ihr beide einmal an Bernd gedacht? Oder an Carolina und mich?« Pauline hatte sich mittlerweile wieder zu ihrer Mutter umgedreht. Sie wollte ihr Gesicht sehen, ihr schlechtes Gewissen.

»Ja, Pauline, du hast recht. Gerhard und ich haben einen großen Fehler gemacht und es tut uns sehr leid, dass du dich verletzt fühlst«, sagte Maria ruhig.

»Es freut mich zu hören, dass es dir wenigstens leid tut«, sagte Pauline verächtlich.

»Aber es ist nicht ganz so, wie du denkst.«

»Das habe ich heute schon einmal gehört.« Pauline wippte ungeduldig mit dem Fuß. Was würde nun noch kommen?

Jan war hinter ihr aufgestanden und hatte sich – in kleiner Entfernung – hinter Pauline gestellt. Auch er war gespannt auf weitere Erklärungen, die Vergangenheit seiner Eltern betreffend.

Gerhard tat es seinem Sohn gleich und ging näher an Maria heran. Sie wirkten wie ein Paar, das zusammenhielt.

Pauline fand diesen Anblick unerträglich. Ihr Vater tat ihr so leid. Was fiel diesem Gerhard ein? Er hatte ihre Familie zerstört, ihre Zukunft. Wenn sie diese Affäre nicht gehabt hätten, wäre Jan nicht ihr Sohn und sie könnte ihn heiraten.

»Schätzchen.« Maria nahm Paulines Hand und hielt sie fest. Marias Augen strahlten eine Erleichterung aus, die Pauline nicht deuten konnte.

»Jan ist nicht dein Bruder.« Maria hatte diese Worte sanft, aber deutlich gesprochen und machte nun eine Pause. Pauline sah ihre Mutter verstört an. Jan war nicht ihr Bruder?

»Aber es hat alles gepasst«, stotterte Pauline, die die Worte ihrer Mutter noch nicht glauben konnte. »Deine Schwangerschaft in dem Tagebuch, dein Eintrag, dass du deinen Sohn weggeben musstest, was ist damit? Auch der errechnete Zeitpunkt seiner Geburt passte mit Jans Alter überein. Außerdem kennt Jan Zora und Fridolin, doch das war meine Geschichte. Tante Eva hat immer behauptet, sie habe sie nur mir erzählt. Du hast Jan zu Gerhard gegeben und hast Eva auf ihn aufpassen lassen, damit du wenigstens ein bisschen von deinem Sohn mitbekommst. So war es doch, oder?«

»Nein, Paulinchen, so war es nicht. Ja, ich war schwanger von Gerhard. Es hatte nur diese eine Nacht gegeben und es war ein schrecklicher Fehler gewesen. Weißt du, wir waren einmal ein Paar, bevor ich deinen Vater kennenlernte. Und irgendwie habe ich mich zu einer Dummheit hinreißen lassen. Menschen machen Fehler, Paulinchen.«

»Aber du nicht, Mama. Du warst immer so perfekt, so diszipliniert. Dir war die Wahrheit immer so wichtig.«

»Ja, mein Schatz. Gerade weil ich diesen Fehler begangen habe, war es mir wichtig, dir und Carolina Wahrheitsliebe beizubringen. Aber Jan ist nicht der Sohn, von dem im Tagebuch die Rede ist. Ich habe das Kind damals verloren, Pauline. Es gibt keinen Bruder. Obwohl es die Schwangerschaft nie hätte geben dürfen, war ich doch unendlich traurig, als ich das Kind verloren habe. Du bist noch keine Mutter, aber wenn du eine bist, wirst du wissen, dass Eltern immer Sorge haben, dass ihren Kindern etwas zustößt. Ein Kind zu verlieren gehört zu den schlimmsten Erfahrungen, die Eltern machen können.«

Maria schluckte. Gerhard strich ihr kurz über die Schulter und lies dann seine Hand wieder sinken.

»Jedenfalls ist die zweite Sorge, die Eltern umtreibt«, fuhr Maria fort, »ob ihre Kinder auch glücklich sind. Und daher muss ich dir sagen, dass ich Gerhard gebeten hatte, dir einen Job in seinem Verlag anzubieten. Ich wusste, dass du zu stolz sein würdest, mich oder deinen Vater um Rat und Hilfe zu bitten. Aber ich wusste auch, dass du in London immer unglücklicher wurdest und dich mehr und mehr nach Münster gesehnt hast. Verzeih' deiner Mutter die Einmischung. Es war nicht richtig. Ich hätte dich fragen müssen. Daher habe ich mich nicht gefreut, dass du Jan kennengelernt hast. Denn du hast richtig vermutet: Eva war das Kindermädchen von Jan. Und von ihr wusste ich, dass Jan in Hamburg bei einer Agentur arbeitete.«

»Ich hatte Maria um Rat gefragt, als ich bemerkte, dass sich meine Frau Lea nicht um Jan kümmerte«, warf Gerhard ein. »Maria hat Eva gebeten, eine Stellung als Kindermädchen bei uns anzunehmen. Als mich Maria später fragte, ob ich eine Chance sähe, dass du – ich darf doch du sagen, oder? – bei uns arbeiten könntest, war ich froh, Maria einmal einen Gefallen zu tun. Das war ich ihr schuldig. Außerdem hatte ich deine Texte gelesen und fand sie wirklich gut. Ebenso war dein Chefredakteur damit einverstanden, der durchaus sehr kritisch sein kann.«

»Ich hatte gehofft, dass sich deine und Jans Bekanntschaft wieder verflüchtigt. Denn ich wollte nicht, dass herauskommt, dass ich bei deinem Job in Münster nachgeholfen habe. Zudem hatte ich Sorge, du könntest irgendwann die komplizierte Beziehung zwischen mir und Gerhard entdecken.«

»Aber Carolina weiß davon!«

»Ja, sie hat es zufällig erfahren. Carolina ist weniger emotional. Ich wollte dein Bild von einer Familie nicht zerstören, Pauline.«

»Du meinst, die Illusion.«

»Du hast allen Grund, wütend auf mich zu sein. Jetzt sehe ich, dass es besser gewesen wäre, mit dir offen über alles zu sprechen. Wie heißt es? Hinterher ist man immer klüger.« Maria lächelte ein wenig.

»Und Vater?«, fragte Pauline vorsichtig.

»Bernd weiß es inzwischen. Es war eine schwierige Zeit für uns beide, als er es erfahren hat, aber er hat mir verziehen, der Gute. Vielleicht kannst du das auch?«

Pauline nahm nun die Hände ihrer Mutter. »Ich habe mir so viele Gedanken gemacht, Mama. Es hat so weh getan, dein Tagebuch zu lesen.« Paulines Stimme zitterte.

»Ich weiß, mein Schatz, ich weiß«, hauchte Maria und schloss die Augen. »Es tut mir so unendlich leid!«

Pauline fiel der Mutter um den Hals. Es war eine Erlösung. Nun war alles raus. Pauline weinte und Maria drückte ihr Kind fest an sich. Nie wieder würde sie jemanden aus ihrer Familie anlügen, das schwor sich Maria.

Carolina und Bernd, die eine Weile im Hintergrund gestanden und alles mit angehört hatten, kamen auf Maria und Pauline zu und nahmen sie in die Arme. Pauline löste sich von ihrer Mutter und drückte erst ihren Vater und dann ihre Schwester.

»Ich würde gern auch etwas sagen«, erklang Jans Stimme hinter der Familie Große-Lindhorst. Alle drehten sich zu ihm um, Pauline wischte sich die Tränen ab, die mittlerweile zu Freudentränen geworden waren, nun, da die Familie wieder eins geworden war.

»Jetzt, wo geklärt wurde, dass Pauline und ich keine Geschwister sind, möchte ich dich, Pauline noch einmal ganz offiziell fragen: Willst du meine Frau werden?«

»Ja! Ja, ich will!« Pauline flog Jan um den Hals und ließ ihn nicht mehr los.

Weihnachten 2014 – Gut »Drei Eichen«

»Wer möchte einen heißen Kakao oder Tee?«, fragte Carolina und sah ihre Familie an, die versammelt in der Diele saß. Das Feuer im Kamin knisterte und warf seinen Lichtschein in den großen Raum. Die Fenster waren mit roten und grünen Filzsternen weihnachtlich dekoriert worden, auf einem Beistelltisch brannten vier rote Kerzen auf dem Adventskranz. Der Duft von Zimtplätzchen und Orangen breitete sich aus.

»Ich nehme einen Kakao«, sagte Pauline und kuschelte sich an Jans Schulter an.

»Und ich hätte gerne einen schwarzen Tee«, bestellte Bernd ohne von seiner Zeitung aufzusehen.

»Gut, dann bringe ich von beidem eine Kanne«, sagte Carolina und verschwand in der Küche.

»Wisst ihr schon, ob es ein Junge oder ein Mädchen wird?«, wollte Manfred wissen.

Pauline und Jan sahen sich lächelnd an. »Ein Mädchen«, sagten sie wie aus einem Mund.

»Eigentlich ist das ja egal. Hauptsache, das Kind ist gesund«, meinte Maria und strickte weiter an einer kleinen Jacke.

»Da hast du natürlich recht. Wer wüsste das besser als wir«, sagte Manfred. Er sah in das Feuer.

»Wie sieht es denn bei euch aus?«, fragte Pauline vorsichtig, die wusste, dass das Baby-Thema für Manfred und Carolina noch immer ein heikles war.

»Nach Carolinas Fehlgeburten und der Tatsache, dass sie nicht mehr Anfang dreißig ist, sieht es eher nicht danach aus, dass wir einmal Nachwuchs haben werden«, sagte Manfred ohne den Blick von den züngelnden Flammen zu wenden. Sein Gesicht spiegelte Traurigkeit wider.

»Dafür werden wir aber eine großartige Tante und ein toller Onkel für euer Kind sein«, verkündete Carolina fröhlich und kam mit einem Tablett in die Diele. »So, nehmt ihr mir bitte die Tassen ab?«

Nachdem Carolina alle mit Getränken versorgt hatte, wechselte Maria das Thema. »Wo werdet ihr Gerhard am zweiten Weihnachtstag treffen, Jan?«

»Er wird zu uns kommen. Er meint, seine Wohnung sei noch nicht ordentlich eingerichtet.«

»Und was ist mit Lea und Erik?«

»Erik ist zurück in die USA gegangen und Lea hat sich mit dem Geld von Gerhard eine Wohnung in Hamburg gekauft. Das ist alles, was ich weiß. Erik und Lea fehlen mir auch zu Weihnachten nicht, falls du das meinst, Maria. Obwohl herausgekommen ist, dass Lea meine leibliche Mutter ist. Es gab wohl nach einer Party noch eine Art »ehelichen Fehltritt« der beiden. Gerhard hat mir erzählt, dass Lea mich abtreiben lassen wollte, weil sie auf keinen Fall ein weiteres Mal schwanger sein wollte. Gerhard habe das aber nicht zugelassen, erzählte er.«

»Für mich wird es immer schwer nachzuvollziehen sein, dass eine Familie auseinanderbricht und man gar keinen Kontakt mehr hat«, sagte Maria und sah Jan an.

»Aber Lea und Erik sind zu egoistisch, als dass es in ihren Leben Platz für eine Familie gäbe. Das habe ich als Junge schon begriffen. Mein Vater war anders und daher ist es für mich wichtiger, zu ihm wieder einen guten Kontakt zu haben.«

Dann sah Jan Pauline verliebt an.

»Am wichtigsten bist du für mich! Du und das Baby sind mein Leben.«

Er küsste Pauline zärtlich auf die Stirn. Pauline schloss die Augen.

So müsste es immer bleiben, dachte sie.